U0112453

八闽文库

要籍選刊

65

# 全閩明詩傳

一

〔清〕郭柏蒼　楊　浚　纂

陳叔侗　點校

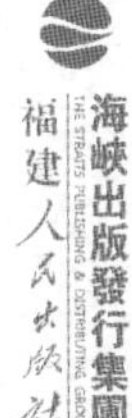

## 二〇二二年八閩文庫出版工程領導小組

組　長　張　彦

副組長　鄭建閩

成　員　林端宇　鄭家紅　顔志煌　黄國劍
　　　　許守堯　肖貴新　林　生　黄　誌
　　　　卓兆水　吴宏武　陳　强　張立峰
　　　　鄭東育　林義良　林　彬

## 二〇二三年八閩文庫出版工程領導小組

組　長　張　彦

副組長　王金福

成　員　林端宇　鄭家紅　顔志煌　黄國劍
　　　　許守堯　肖貴新　黄　誌　陳熙滿
　　　　吴宏武　林　生　李　潔　張立峰
　　　　鄭東育　黄葦洲　林　彬

# 八閩文庫編纂委員會

# 八閩文庫總序

葛兆光　張帆

## 一

在傳統中國的文化史上，福建算是後來居上的區域。經歷了東晉、中唐、南宋幾次大移民潮，浙、閩之間的仙霞嶺，早已不是分隔内外的屏障，而成了溝通南北的通道。歷史使得福建越來越融入華夏文明之中，唐宋兩代，特別是在「背海立國」的宋代，東南的經濟發達，海洋的地位凸顯，福建逐漸從被文明中心影響的邊緣地帶，成爲反向影響全國文明的重要區域。在七世紀的初唐，詩人駱賓王曾説「龍章徒表越，閩俗本殊華」（駱臨海集箋注卷二晚憩田家，陳熙晉箋注，上海古籍出版社一九八五年，第三六頁），前一句説的是華夏的衣冠對斷髮文身的越人没有用，後一句説的是閩地的風俗本來就與華夏不同，意思都是瞧不起東南。但是，到了十五世紀的明代中期，黃仲昭在弘治八閩通志序裏卻說，八閩雖爲東南僻壤，但自唐以來文化漸盛，「至宋，大儒君子接踵而出」，實際上它的文明程度，已經「可以不愧於鄒魯」（四庫全書存目叢書史部一七七册，齊魯書社一九九六年，第三六四頁）。

的確，自從福建在唐代出了第一個進士薛令之，而且晉江有歐陽詹，福清有王棨，莆田有徐夤、黃滔這些傑出人物之後，到了更加倚重南方的宋代，福建出現了蔡襄（一〇一二—一〇六七）、陳襄（一〇一七—一〇八〇）、游酢（一〇五三—一一二三）、楊時（一〇五三—一一三五）、鄭樵（一一〇四—一一六二）、林光朝（一一一四—一一七八）、朱熹（一一三〇—一二〇〇）、蔡元定（一一三五—一一九八）、陳淳（一一五九—一二二三）、真德秀（一一七八—一二三五）等一大批著名文人士大夫。這些出身福建或流寓福建的士人學者，大大繁榮和提升了這裏的文化，甚至使得整個中國的文化重心逐漸南移，也許，就像程頤說的那樣「吾道南矣」（宋史卷四二八道學楊時傳，中華書局一九七七年，第一二七三八頁）。也就是說宋代之後，原本偏在東南的福建，逐漸成了中國重要的文化區域。

不過，習慣於中原中心的學者，當時也許還有偏見。以來自中心的偏見視東南一隅的福建，那時福建似乎還是「邊緣」。雖然人們早已承認福建「歷宋逮今，風氣日開」

（黃虞稷閩小紀序，撰於康熙五年，續修四庫全書史部七三四册，上海古籍出版社二〇〇二年，第一二七頁），但有的中原士人還覺得福建「僻在邊地」。像北宋樂史的太平寰宇記，一面承認「此州（福州）之才子登科者甚衆」，一面仍沿襲秦漢舊説，稱閩地之人「皆蛇種」，並引十道志説福建「嗜欲、衣服，別是一方」（樂史太平寰宇記卷一〇〇江南東道一二，中華書局二〇〇七年，第一九九一頁）。所以，歷史上某些關於福建歷史、文化和風俗的著作，似乎還在以中原或者江南的眼光，特别留心福建地區與核心區域不同的特異之處，筆下一面凸顯異域風情，一面鄙夷南蠻鴃舌。但是從大的方面説，我們看到宋代以降，實際上福建與中原的精英文化越來越趨向同一，正如宋人祝穆方輿勝覽所説，「海濱幾及洙泗，百里三狀元」，前一句裏所謂「洙泗」即孔子故鄉，這是説福建沿海文風鼎盛，幾乎趕得上孔子故里；後一句裏「三狀元」是指南宋乾道年間福建登第的三個狀元，即乾道二年（一一六六）的蕭國梁、乾道五年的鄭僑和乾道八年的黄定，他們都是福建永福（今永泰）這個地方的人（祝穆新編方輿勝覽卷一〇，施和金點校，中華書局二〇〇三年，第一六三頁）。

文化漸漸發達，書籍或者文獻也就越來越多，福建文獻的撰寫者中不僅有本地人，也有流寓或任職於閩中的外地人。日積月累，這些文獻記録了這個多山臨海區域千年的文化變遷史，而八閩文庫的編纂，正是把這些文獻精選並彙集起來，爲現代人留下唐宋以來有關福建的歷史記憶。

## 二

福建鄉邦文獻數量龐大，用一個常見的成語説，就是「汗牛充棟」。那麼多的文獻，任何歸類或叙述都不免挂一漏萬。不過，我們這裏試圖從區域文化史的角度，談一談福建文獻或書籍史的某些特徵。

毫無疑問，中國各個區域都有文獻與書籍，秦漢之後也都大體上呈現出華夏同一思想文化的底色，但各區域畢竟有其地方特色。如果我們回溯思想文化的歷史，那麼，唐宋之後福建似乎也有一些特點。恰恰因爲是後來居上的文化區域，所以福建積累的傳統包袱不重，常常會出現一些越出常軌的新思想、新精神和新知識。這使得不少代表新思想、新精神和新知識的人物與文獻，往往先誕生在福建。衆所周知的方面之一，就是宋代儒家思想的變遷。應當説，宋代的理學或者道學，最初乃是一種批判性的新思潮，一些儒家士大夫試圖以屬於文化的「道理」鉗制屬於政治的「權力」，所以，極力强調

「天理」的絶對崇高，人們往往稱之爲道學或理學，也根據學者的出身地叫作「濂洛關閩之學」。其中，「閩」雖然排在最後，卻應當説是宋代新儒學的高峰所在，以至於後人乾脆省去濂溪和關中，直接以「洛閩」稱之（如清代張夏雒閩源流録），以凸顯道學正宗，恰在洛陽的二程與福建的朱熹，而道學最終水到渠成，也正是在福建。因爲宋代道學集大成的代表人物朱熹，雖然祖籍婺源，卻出生在福建，而且相當長時間在福建生活。他的學術前輩或精神源頭，號稱「南劍三先生」的楊時、羅從彦（一〇七二—一一三五）、李侗（一〇九三—一一六三），也都是南劍州即今福建南平一帶人，他的提攜者之一陳俊卿（一一一三—一一八六），則是興化軍即今莆田人，而他的最重要的弟子黄榦（一一五二—一二二一）是閩縣（今福州）人、陳淳是龍溪（今龍海）人。

正是在這批大學者推動下，福建逐漸成爲圖書文獻之邦。慶元元年（一一九五），朱熹在福州州學經史閣記中曾經説，一個叫常濬孫的儒家學者，在福州地方軍政長官詹體仁、趙像之、許知新等資助下，修建了福州府學用來藏書的經史閣，即「開之以古人斅學之意，而後爲之儲書，以博其問辨之趣」（朱文公文集卷八〇，朱子全書第二四册，上海古籍出版社、安徽教育出版社二〇一〇年，第三八一四頁）。宋代之後，經由近千年的日積月累，我們看到福建歷史上出現了相當多的儒家論著，也陸續出現了有關儒家思想的普及讀物。大家可以從八閩文庫中看到，這裏收録的不僅有朱熹、真德秀、陳淳的著述，也有明清學者詮釋理學思想之作，像明人李廷機性理要選、清人雷鋐雷翠庭先生自恥録等等，應當説，這些論著構成了一個歷經宋元明清近千年的福建儒家文化史。

## 三

説到福建地區率先出現的新思想、新精神和新知識，當然不應僅限於儒家或理學一系。更應當記住的是，從宋代以來，中國政治、經濟和文化的重心，逐漸從西北轉向東南，一方面由於中原文化南下，被本地文化激蕩出此地異端的思想，另一方面海洋文明東來，同樣刺激出東南濱海的一些更新的知識。

我們注意到，在福建文獻或書籍史上，呈現了不少過去未曾有的新思想、新精神和新知識。比如唐宋之間，福建不僅出現過譚峭（生卒年不詳）化書這樣的道教著作，也出現過像百丈懷海（約七二〇—八一四）、潙山靈佑（七七一—八五三）、雪峰義存（八二二—九〇八）那樣充滿批判性的禪僧，還出現過禪宗史上撰於泉州的最重要禪史著作祖堂集。又如明代中後期，那個驚世駭俗而特立獨行的李贄（一五二七—一六〇二），有人説他的獨特思想，就是因爲他生在各種宗教交匯融合的泉州，傳説他曾受到伊斯蘭教之影響，當然更因爲有佛教與心學的刺激，使他成了晚明傳統思想世界的反叛者。而另一個莆田人林兆恩（一五一七—一五九八），則是乾脆開創了三一教，提倡「三教合一」，也同樣成爲正統的政治意識形態的挑戰者。再如明清時期，歐洲天主教傳教士「梯航九萬里」，也把天主教傳入福建，特别是明末著名傳教士艾儒略（一五八二—一六四九）應葉向高（一五五九—一六二七）之邀來閩傳教二十五年，從而福建才會有「三山論學」這樣的思想史事件，也産生了三山論學記這樣的文獻，無論是葉向高，還是謝肇淛，這些思想開明的福建士大夫，多多少少都受到外來思想的刺激。最後需要特别提及的是，由於宋元以來，福建成爲向東海與南海交通的起點，所以，各種有關海外的新知識，似乎都與福建相關，宋代趙汝适撰寫諸蕃志的機緣，是他在泉州市舶司任職；元代汪大淵撰寫島夷志略的原因，也是他從泉州兩度出海。由於此後福州成爲面向琉球的接待之地，泉州成爲南下西洋的航線起點，因而福建更出現了像張燮東西洋考、吴朴渡海方程、葉向高四夷考、王大海海島逸志等有關海外新知的文獻，這一有關海外新知的知識史，一直延續到著名的林則徐四洲志。老話説「草蛇灰線，伏脈千里」，歷史總有其連續處，由於近世福建成爲中國的海外貿易和海上交通的中心，所以，這裏會成爲有關海外新知識最重要的生産地，這才能讓我們深切理解，何以到了晚清，福建會率先出現沈葆楨開辦面向現代的船政學堂，出現嚴復通過翻譯引入的西方新思潮。

甚至還可以一提的是，近年來福建霞浦發現了轟動一時的摩尼教文書，這些深藏在道教科儀抄本中的摩尼教資料，説明唐宋元明清以來，福建思想、文化和宗教在構成與傳播方面的複雜性和多元性。所以，在八閩文庫中，不僅收録了譚峭化書，李贄焚書續焚書、藏書續藏書，林兆恩林子會編等富有挑戰性的文獻，也收録了張燮東西洋考、趙新續琉球國志略等關係海外知識的著作，讓我們看到唐宋以來，福建歷史上新思想、新精神和新知識的潮起潮落。

## 四

在八閩文庫收録的大量文獻中，除了福建的思想文化與宗教之外，也留存了有關福建政治、文學和藝術的歷史。如果我們看明人鄧原岳編閩中正聲、清人鄭杰編全閩詩録收録的福建歷代詩歌，看清人馮登府編閩中金石志、葉大莊編閩中石刻記、陳棨仁編閩中金石略中收録的福建各地石刻，看清人黄錫蕃編閩中書畫録中收録的唐宋以來福建書畫，那麼，我們完全可以同意歷史上福建的後來居上。這正如陳衍（一八五六—一九三七）在閩詩録的序文中所説「余維文教之開，吾閩最晚，至唐始有詩人，至唐末五代中土詩人時有流寓入閩者，詩教乃漸昌，至宋而日益盛」（續修四庫全書集部一六八七册，第四一一頁）。可見，宋史地理志五所説福建人「多向學，喜講誦，好爲文辭，登科第者尤多」，「今雖閭閻賤品處力役之際，吟詠不輟」（杜佑通典州郡十二），真是一點兒不假。

清代學者朱彝尊（一六二九—一七〇九）曾説「閩中多藏書家」（曝書亭集卷四四淳熙三山志跋，四部叢刊初編集部二七九册，上海書店一九八九年，第六〇一頁）。千年以來的人文日盛，使得現存的福建傳統鄉邦文獻，經史子集四部之書都很豐富，翻檢八閩文庫，就可以感覺到這一點，這裏不必一一叙説。需要特别指出的是，福建歷史上不僅有衆多的文獻留存，也是各種書籍刊刻與發售的中心之一。福建多山，林木葱蘢，具備造紙與刻書的有利條件，從宋元時代起，福建就成爲中國書籍出版的中心之一。宋元時代福建的所謂「建本」或「麻沙本」曾經「幾遍天下」（葉夢得石林燕語卷八，侯忠義點校，中華書局一九八四年，第一一六頁），更有所謂「麻沙、崇安兩坊産書，號稱『圖書之府』」的説法（新編方輿勝覽卷一一，第一八一頁）。版本學家也許將它與蜀本、浙本對比，覺得它並不精緻，但是，從書籍流通與文化貿易的角度看，正是這些廉價圖書，使得很多文化知識迅速傳向中國四方，也深入了社會下層。淳熙六年（一一七九），朱熹在建寧府建陽縣學藏書記中曾説到，「建陽版本書籍行四方，無遠不至」，可當時嘉禾縣學居然藏書很少，「學於縣之學者，乃以無書可讀爲恨」，於是一個叫姚耆寅的知縣，就「鬻書於市，上自六經，下及訓傳、史記、子、集，凡若干卷以充入之」。當地刊刻的書籍，豐富了當地學者的知識，也增加了當地文獻的積累，甚至扭轉了當地僅僅重視「世儒所誦科舉之業」的風氣（朱文公文集卷七八，朱子全書第二四册，第三七四五頁），這就是一例。到了清代，汀州府成爲又一個書籍刊刻基地，近年特別受到中外學者注意的四堡，就是一個圖書出版和發行中心，文獻記載這裏「以書版爲産業，刷就發販，幾半天下」（咸豐長汀縣志卷三一物産）。所以，美國學者包筠雅（Cynthia J. Brokaw）文化貿易：清代至民國時期四堡的書籍交易（劉永華、饒佳榮等譯，北京大學出版社二○一五年）就深入研究了這個位於汀州府長汀、清流、寧化、連城四縣交界地區的客家聚集區的書籍事業，繼承宋元時代建陽地區（如麻沙）刻書業，這裏再一次出現中國書籍出版史上佔據重要位置的福建書商群體。

可以順便提及的是，福建刻書業也傳至海外。福建莆田人俞良甫，元末到日本，由九州的博多上岸，寓居在京都附近的嵯峨，由他刻印的書籍被稱爲「博多版」。據説，俞氏一面協助京都五山之天龍寺雕印典籍，一面自己刻印各種圖書，由於所刊雕書籍在日本多爲精品，所以被日本學者稱爲「俞良甫版」。

從建陽到汀州，福建不僅刊刻了精英文化中的儒家九經三傳、諸子百家以及文選、文獻通考、賈誼新書、唐律疏議之類的典籍，也刊刻了很多大衆文化讀本，諸如西廂記、花鳥争奇和話本小説。特别在明清兩代書籍流行的趨勢和作爲商品的書籍市場的影響下，蒙學、文範、詩選等教育讀物，風水、星相、類書等實用讀物，小説、戲曲等文藝讀物，在福建大量刊刻。如果我們不是從版本學家的角度，而是從區域文化史的角度去看，這種「易成而速售」（石林燕語卷八，第一一六頁）的書籍生産方式，使得各種文獻從福建走向全國甚至海外，特别是這些既有精英的、經典的，也有普及的、實用的各種知識的傳播，是否正是使得華夏文明逐漸趨向各地同一，同時也日益滲透到上下日常生活世界的一個重要因素呢？

五

八閩文庫的編纂，當然是爲福建保存鄉邦文獻，前面我們説到，保存鄉邦文獻，就是爲了留住歷史記憶。

這次編纂的八閩文庫，擬分爲三個部分。第一部分是「文獻集成」，計劃選擇與收録唐宋以來直到晚清民初的閩人各種著述，以及有關福建的文獻，共一千餘種，這部分採取影印方式，以保存文獻原貌。這是八閩文庫的基礎部分，按傳統的經史子集四部分類，這是爲了便於呈現傳統時代福建書籍面貌，因而數量最多；第二部分是「要籍選刊」，精選一百三十餘種最具代表性的閩人著述及相關文獻，以深度整理的方式點校出版，不僅爲了呈現歷代福建文獻中的精華，也爲了便於一般讀者閱讀；第三部分則爲「專題彙編」，初步擬定若干類，除了文獻總目之外，還將包括書目提要、碑傳集、宗教碑銘、官員奏折、契約文書、科舉文獻、名人尺牘、古地圖等，我們認爲，這是以現代觀念重新彙集與整理歷史資料的一個新方式，它將無法納入傳統的四部分類，卻是對理解福建文化與歷史至關重要的文獻，進行整理彙集，必將爲研究與理解福建，提供更多更系統的資料。

經歷幾年討論與幾年籌備，八閩文庫即將從二〇二〇年起陸續出版，力争用十年時間，經過一番努力，打下一個比較完備的福建文獻的基礎。

當然，不能説八閩文庫編纂過後，對於福建文獻的發掘與整理就已完成。八閩文庫僅僅是我們這一兩代人的工作，還有更多或更深入的工作，在等待著未來的幾代人去努力。無論從舊材料中發現新問題，還是以新眼光發現新材料，都是建立在前人的基礎上，而又對前人的工作不斷修正完善的過程。還是朱熹寫給陸九齡的那句廣爲流傳的老話：「舊學商量加邃密，新知培養轉深沉。」用舊的傳統融會新的觀念，整理這些縱貫千年的歷史文獻，也就無論「人間有古今」了。

# 八閩文庫要籍選刊出版説明

福建自唐代以降，名家輩出，著述繁興，流傳千載，聲光燦然。遺存之文獻，多可彰顯福建歷史發展脈絡，展示前賢思想學術及文學藝術成就，爲研究福建區域文化之基本典籍。八閩文庫「要籍選刊」擇取重要之閩人著作及相關福建文獻百數十種，予以點校。其中具備條件者，將採用編年、箋注、校證等方式整理。諸書略依經史子集分部編次，陸續出版。

二〇二一年八月

# 全閩明詩傳整理前言

全閩明詩傳是清人郭柏蒼、楊浚所纂明代福建一省詩歌總集。

郭柏蒼（一八一五—一八九〇），字蒹秋，侯官人。道光庚子（一八四〇）舉人，由訓導晉内閣中書。熟悉鄉邦文獻，撰有閩産録異，纂輯郭氏叢刻等。楊浚（一八三〇—一八九〇），字雪滄，侯官人。咸豐二年（一八五二）舉人，援例爲内閣中書，後入左宗棠幕。先後主漳州、丹霞、紫陽、涪江書院講席。雅好金石文字，富藏書，勤著述，撰有冠悔堂詩文集等。

清乾隆間，侯官鄭杰曾纂全閩詩録，自唐至清，迄未定稿，生前僅刻成清前期部分初續二集；唐宋元部分在清末時由陳衍增補爲閩詩録五集四十一卷；全閩明詩傳即在鄭氏所輯明代部分未定稿本基礎上纂次補編而成。當鄭杰卒後，所纂唐、宋、元、明閩詩稿本數十巨册，首尾完具，子弟秘之，外間徒聞其書之賅備而不得見。後鄭氏藏書漸散，原稿至道光末年爲何則賢道甫所得。何氏屢謀刊刻而力不勝，舉以贈其從弟何道晉。道晉家道中落，謀刻無力，又不能保其書，後將鄭氏全稿交付楊浚，乃束之高閣十餘年。直至光緒十三年（一八八七），郭柏蒼「搎擋獨爲其難」，欲刻有明一代閩詩，楊浚遂出示鄭氏明詩稿本六十三帙，以資採輯，二人又互出所藏明人别集數百種進行增補。原稿中有父子失次、縣分舛誤、科目歧異、同名異籍者，乃參考諸書，爲之删定，損益數十家。自丁亥至庚寅，歷時四年，共得九百四十五人，釐爲五十五卷，易名全閩明詩傳。

是書編纂多由郭柏蒼掌其事，楊浚在序中言「操是選者，多老孝廉之力，間參末議，幸亦挂名簡端」。鄭氏明詩稿本卷帙浩繁，參差未定，郭氏補編此書，竟積勞吐血，可謂不遺餘力。郭氏自撰柳湄詩傳，散見於書中各家之下，議論極精，時作考辨，釋滯析疑，非詳於掌故、深究淵源者，不能原原本本，如數家珍，故初纂雖本諸鄭氏原稿，而成書已盡爲郭氏面目。

鄭氏選詩重在詩，且以多爲貴；郭氏則重在傳，兼收並蓄，改稱「詩傳」，實至名歸。郭氏選詩，於閩地山川名勝、人文古蹟等，多所留意，每於題下注釋，加以疏解，頗便省覽。另郭氏文獻意識敏鋭，於前人佚事、著述、版本等，娓娓道來，或記於詩傳中，或夾注於詩中；於前賢生卒考證，尤多致意。

郭氏之編纂是書，自具體例，其斧削補綴之情狀，兹略舉一二。如嘉靖朝德化萬衣詩，鄭氏選四十三首，郭氏選五首。崇禎朝侯官高兆之詩，鄭氏選二百餘首，郭氏選二十五首，另將珍藏秘笈高兆啓禎宮詞一百首附後。又鄭氏錄林寵秋山一律，謂「詩非所長」；郭氏則旁搜寵同陳軒伯觀連江玉泉一律更換之，又於詩傳中述寵之逸事，存人存詩兩兼。而郡邑掌故、心得之秘，散布書中，所在多是。

全閩明詩傳於光緒十六年（一八九〇）刻成，郭柏蒼、楊浚均於是年辭世。初印本卷首有謝章鋌、楊浚序二篇，卷端署「侯官郭柏蒼、楊浚錄」。後郭氏子孫重刷書版時，將楊浚名字剜去，撤去楊浚序，補以郭柏蒼序，並將卷端改署爲「侯官郭柏蒼錄刊、孫男曾芸、輔夷敬校」，内封刊記題「光緒己丑侯官郭氏閩山沁泉山館開鐫」。本次整理以初刻本爲底本，並補郭柏蒼序一篇，以存前賢搜討文獻、共襄其成之事實。全書由陳叔侗先生點校。

八閩文庫編輯部

二〇二三年十二月

# 目次

## 卷六　建文朝



## 卷七　永樂朝一

卷八　永樂朝二

## 卷九　洪熙朝　宣德明　正統朝　景泰朝　天順朝一

卷十一 成化朝二

## 卷十二 弘治朝一

卷十三　弘治朝二



卷十四　弘治朝三

卷十五　正德朝一

卷十八　正德朝四



卷十九　嘉靖朝一

## 卷二十　嘉靖朝二

## 卷二十一　嘉靖朝三

卷二十二　嘉靖朝四

## 卷二十三　嘉靖朝五



## 卷二十四　嘉靖朝六

## 卷二十五　嘉靖朝七

## 卷二十六　嘉靖朝八

卷二十七　嘉靖朝九

卷二十八　嘉靖朝十



卷二十九　隆慶朝

## 卷三十　萬曆朝一

卷三十一　萬曆朝二

卷三十二　萬曆朝三



卷三十三　萬曆朝四

卷三十四　萬曆朝五



卷三十五　萬曆朝六

卷三十六　萬曆朝七



卷三十七　萬曆朝八



卷三十八　萬曆朝九

卷三十九　萬曆朝十

卷四十三　萬曆朝十四



卷四十四　泰昌朝　天啓朝一

## 卷四十七　崇禎朝二

卷四十八　崇禎朝三



卷四十九　崇禎朝四



卷五十　崇禎朝五

卷五十一　崇禎朝六



卷五十二　崇禎朝七

卷五十三　崇禎朝八

## 卷五十四　崇禎朝九



## 卷五十五　崇禎朝十

附詩僧 百鍊見十二卷「許天錫」詩中 明秀見十三卷「鄭善夫」詩中 立賢、道霈俱見五十二卷「林之蕃」詩中 大圭見五十三卷「陳璉」詩中

# 序

昔章鋌先曾祖慈田府君輯東嵐謝氏明詩存，其時家集流傳尚夥，又與注韓居鄭氏有連，搜其架藏，頗資挹注。鄭氏聞府君之有茲舉也，亦踴躍而言選事。選成刊行，即今所謂全閩詩録者是，然皆國朝人也。其唐五代、元明，凡巨册數十，首尾完具，特未校讎。未幾，鄭氏棄賓客，藏書漸失。而此數十巨册者亦遂浮沉轉徙，若存若亡。直至道光末年，乃爲何道甫孝廉藍水書塾所得。時予年二十餘矣。孝廉與先叔父同歲，故予得見是書。喜其中小傳詳贍，借鈔未盡十數卷，以事中輟。孝廉屢謀剞劂，力不勝，乃舉而委之其同姓道晉副貢。副貢故以財雄一鄉，忽而錢業日破敗，恐不能保其書也。一日黎明冒雨，敂予西門老屋，將以其書遷焉。予曰：「噫，予方饑驅，讀書無日，藏書無地。」力謝不敢任。副貢見予意之決也，忿見於色。予亦惘然無以爲處。然予亦自是遠行數千里，羈棲燕薊、秦晉之交。聞副貢亦已歸道山，念此數十巨册終不遭鼠嚙蠹蝕否，蓋雖欲問訊而無從云。同治辛未，予歸自關中，謁正誼院長林勿邨中丞。談及，中丞謂「遺稿尚在，多寫副本爲要」。遂號召傭手，不數月而裒然成集。然其中或册奪其卷，卷奪其葉，顛倒漏落，不足爲善本。今年春，忽聞郭兼秋封翁理董之，先勒爲明詩傳以行。其稿則得之楊雪滄觀察，蓋即副貢所左提右挈擇人而託之本也。噫，延津之劍，離而必合，神物固在在有呵護哉。郭封翁，予同年丈人也。然自予弱冠，已識君於書肆，其後又屢見於亡友劉筠川家，精悍善斷，其辨别古書如重瞳子視白黑。予爲是書賀得君也。君囑予序，且爲言原稿多謬誤。予益嘆君專精之學，豈予所能窺萬一乎？予聞鄭氏之纂是書也，延萬虞臣中書爲職志。中書禮學專家，喜博綜。其選詩也亦以多爲貴。雖然，選家集與選國集不同。家集欲美而備，國集欲嚴而核，詎必求多乎哉？夫篇章寥寥、不能名家者無論矣，若既成集，則自數卷以逮數十卷，必有畢生聚精會神之處。選者當全攬其菁華，以見其詣力之不可誣。否則由私心積爲偏見，門户之陋，何與文章之公哉？且唐以前詩，以人成家；唐以後詩，以地名派。然合數家以成一派，亦分一派以成數家，二五一十，未見優劣。今之以派自鳴，與以派訾人者，大抵無所得於詩，而第假宗派以爲高者也。君之此選，其殆洗此障而空之矣。予先府君所選明詩存珍襲有年，文字之役稍閒，終當寫付梨棗。嗟乎，君今年七十有六，予亦七十有一，皤然兩老，猶日編摩於枯紙中，是亦可以告無罪於古人哉。

光緒十六年孟秋，長樂謝章鋌序於致用講院之維半室。

# 序

無師曠之聰，不能正五音。選詩者獨具手眼，牴牾他人，使與己合，是止於一音。審黄鍾者，不及太蔟，非師曠之耳矣。又往往有宗派之説，師尊門户，使衆由之，是歸於一派。淄澠之水合，易牙能辨之，若欲鹹吸海，好淡飲江，又非易牙之口矣。蓋詩可學而音不能至，漢魏學三百篇，終成爲漢魏；唐人學三百篇，並學漢魏，終成爲唐人，以音遞轉而低也。今之評詩者，且分全唐爲初、盛、中、晚，可知一代之作，後不如前。試觀一闋之奏至末了而絃繁響急，可知聲氣之降，運會爲之。閩中選家，後人是高廷禮而非袁景從，不知其限於運會也。嘉慶間侯官鄭茂才杰，積書甚富，遂有國朝閩詩初續集之錄。其手鈔閩中明詩凡六十三帙，道光丁酉蒼撰烏石山志，時從何孝廉則賢借鈔藝文。後二十年，其從弟道晉副車以鄭氏全稿託楊雪滄觀察，意在使廣其傳，因他氏輾轉借鈔，遺去數帙。自光緒丁亥至庚寅，歷四年，蒼檢專集補之，且人爲之傳，中有父子失次、縣分舛誤、科目歧異、同名異籍者，考諸書删定之，損益數十家，共得九百四十五人，分五十五卷，附詩僧五人於傳中，不錄閨秀，史書志乘輒見者從略。或以人而存其詩，或因詩而存其人，無手眼門户之見。惟李贄、林兆恩，朱檢討以爲閩之異端，其詩無取。今書成，雪滄與蒼不負何氏矣。不負何氏，即不負鄭氏也。是爲序。

光緒十六年，七十六叟侯官郭柏蒼撰。

# 序

甚矣，選詩之難也。手眼獨别，門户攸分，或强人就我，或厭古喜今，囿於偏見。海内遂有閩派之目，然閩何嘗自爲派耶？侯官鄭茂才杰，築室曰注韓居，藏書甚富，刻得有注韓居七種行世，復重幣延賓選鈔閩中歷代詩集。嘉慶庚申，國朝詩録甫脱稿，而先生病篤，其父廷溎卒刊成之。未刻閩詩，統歸何副車道晉。副車晚嗇於財，遣僕負囊以全稿遺浚。浚以卷帙裒然，庋於閣上者十數年。光緒丁亥上元，郭蒹秋老孝廉將搠擋獨爲其難，預刻明一代詩。浚乃以六十三帙託焉，兩家復出明人詩集數百種。老孝廉詳於掌故，分五十五卷，得九百四十五人，考其出處，繫以詩傳。以七十六齡之老叟，三年中不遺餘力，閏月間竟積勞傾盆吐血。浚因漳廈講席奔馳，罕家居日，操是選者多老孝廉之力，間參末議，幸亦挂名簡端。書成，吾知郭氏之門必有具古衣冠倍於元人之謝顧俠君，又豈徒不負於鄭於何已哉？老孝廉嘗刻藍山、藍澗二集，洪永十才子詩集，傅汝舟、高瀔合集，林之蕃詩文集。所著烏石山志九卷、閩中水利四種、海錯百一録五卷、閩産録異六卷、竹間十日話六卷、詩集八卷、文集雜著六卷。好義好學，今之所無。謹爲序。

光緒十六年閏花朝後六日，侯官楊浚序。

# 全閩明詩傳　卷一　洪武朝一

侯官　郭柏蒼
　　　楊　浚　錄

## 張以寧

字志道，古田人。元泰定四年進士。官翰林學士承旨。洪武二年徵至京師，奏對稱旨，拜翰林侍讀學士，知制誥，兼修國史。三使安南。卒年七十。有翠屏集。

閩書云：以寧使安南，御製詩送之。北還，道卒。詔有司返柩其家，所在致祭，給歲祿恤妻子。以寧亮敏，廉謹自將。臨終口占曰：「覆身惟有黔婁被，垂橐都無陸賈金。」

柳湄詩傳：以寧，元末居古田翠屏山下，與永福林泉生、莆田陳旅皆以文章知名於時。翠屏詩文二十卷，今其集存者，乃弘治間淮南石光霽編次，僅四卷矣。

### 峨眉亭

白酒雙銀瓶，獨酌峨眉亭。不見謫仙人，但見三山青。秋色淮上來，蒼然滿雲汀。欲將五十弦，彈與蛟龍聽。

## 送重峰阮子敬南還

君家重峰下，我家大溪頭。君家門前水，我家門前流。我行久別家，思憶故鄉水。何況故鄉人，相見六千里。十年在揚州，五年在京城。不見故鄉人，見君難爲情。見君情尚爾，別君奈何許。送君遽不堪，憶君良獨苦。君歸過溪上，爲問水中魚。別時魚尾赤，別後今何如。

## 鑑清軒

幽居鑑湖上，湖水直到門。愛彼湖水清，作此湖上軒。水清可以鑑，皎若玻璃盆。輕風蘋末來，萬波生微痕。散亂眉與鬢，感兹默忘言。端坐鑑此心，澄之在其源。微風既不動，止水何由渾。湛然鯇桓淵，照見天地根。群物芸芸動，中有不動存。寄謝軒中人，細與靜者論。

## 江南曲

中原萬里莽空闊，山過長江翠如潑。樓臺高下垂柳陰，絲管啁啾亂花發。北人却愛江南春，穹碑城外如魚鱗。青山江上何曾老，曾見南人是北人。

## 次韻同年李孟幽編修見貽

玉京仙家十二樓，真珠垂箔珊瑚鈎。錦袍仙人醉吟處，蟠桃開遍金鼇頭。笑予卜居問詹尹，江楓摇落霜鴻影。淮水東邊昔遇君，瓊花瀉露金盤冷。美人雲髻高堂堂，白日緩轡迴清光。五年相别復相見，桂樹蕭颯飛秋霜。君今青雲致身早，笑語從容陪閣老。垂鞭曉拂瓊林枝，抽毫夜視明光草。雪風吹酒生緑鱗，我起洗濯新豐塵。會當鳥爪擘麟脯，海上一笑三千春。

## 閩關水吟

閩關之水來隴頭，排山下與閩溪流。閩溪送客東南走，直到嵩溪始分手。客居溪上雲幾重，烏啼月出門前松。天風吹雲數千里，飄飄直渡長江水。清淮浩蕩連黄河，碧樹滿地黄雲多。夢中長記關山路，隴水潺湲似人語。覺來有書不得將，海潮不上嵩溪陽。平原春晚生芳草，杜鵑聲裏令人老。行人歸來動十年，潺湲隴水聲依然。安得湘弦寫嗚咽，彈作相思寄明月。

## 嚴州大浪灘

東來亂石如山高，長江斗瀉湍聲豪。蛟鼉奔走亡其曹，青天白雲揚洪濤。舟子撑殺白木篙，長牽百丈嗟爾勞。側身赤足如猨猱，舟中行子心忉忉。山木巃嵸杜鵑號。

## 直沽

野濼天低水，人家對兩三。雁聲連朔漠，魚味勝江南。雪擁蘆芽短，寒禁柳眼緘。持竿吾欲往，拙宦爾何堪。

## 送侯邦彦自南譙游建業

君向金陵去，雲帆百尺懸。杯摇江色裏，詩墮菊花前。涂水明秋月，鐘山起暮烟。鳳臺逢李白，一爲問青天。

## 題劉君齊青山白雲圖

野性夙所忻，青山無垢氛。落花一夜雨，幽樹滿川雲。鹿跡閑行見，松香獨坐聞。殷勤招白鶴，予亦離人群。

## 九江廟

遺臺上古城，劍氣夜崢嶸。天地英雄恨，春秋父老情。蜀嵩來楚盡，涂水近江平。往事何勞問，長陵草自生。

## 浙　江

山從天目下，潮到富陽迴。此地扁舟去，吾生幾度來。林紅晚日落，江白雨雲開。明旦須停棹，呼兒看釣臺。

## 泊河頭水長

客路春將晚，征帆日又曛。深山昨夜雨，流水滿溪雲。渡黑漁舟集，村空戍鼓聞。故園頻夢去，植杖已堪耘。

**舒嘯軒**

幽居蒼竹林，永嘯白雲岑。自吐虹蜺氣，人間鸞鳳音。野烟喬木晚，江雨落花深。亦有東皋興，何當一抱琴。

**嚴子陵釣臺**

故人已乘赤龍去，君獨羊裘釣月明。魯國高名懸宇宙，漢家小吏待公卿。天回御榻星辰動，人去空臺山水清。我欲長竿數千尺，坐來東海看潮生。

**横陽草堂次謝疊山韻**

迤運中州二水回，參差傑閣五雲開。銀鈎透壁詩人去，鐵笛裂巖仙客來。竹度蟬風凉白袷，松翻鶴露瀉清杯。何時夜半梅花月，溪上吟篷帶雪推。

## 長蘆渡江往金陵

春日三竿上翠屏，曉風五兩下蘆汀。水兼天去無邊白，山過江來不斷青。沙觜潮迴平雁跡，海門雨至帶龍腥。昇平不復後庭曲，睡起漁歌爛熳聽。

## 次李宗烈韻

倒着烏紗醉幾回，白鷗門外莫相猜。浮生萬古有萬古，濁酒一杯復一杯。椶葉響交風色異，荳花飛滿雨聲來。青燈獨似兒時好，一卷遺書手自開。坐來落葉兩三聲，野菊開時雨滿城。作客愁多仍歲晚，還家夢遠易天明。古時豪傑有遺恨，秋日溪山無俗情。君可歸歟吾未得，百年懷抱向誰傾。

## 有感

馬首桓州又懿州，朔風秋冷黑貂裘。可憐吹得頭如雪，更上安南萬里舟。

## 杭州歌

西陵渡口潮水平，十十五五放舟行。樓中燕子慣見客，不怕渡頭津鼓聲。

# 林　弼

字元凱，初名唐臣，龍溪人。元末領江浙鄉薦，授建寧考亭書院山長，擢漳州路知事。戊申內附，以儒士登春官，修禮樂書，除禮部主事，遷豐城令，歷知登州府，卒於官。有梅雪齋集。

隆慶己巳錫山俞憲跋林登州集：林登州初名唐臣，後更名弼，自號梅雪道人，生於閩之龍溪。元至正中進士，仕爲郡幕。國初聘起，預修元史，擢考功司主事，使安南，却其饋贐，朝廷嘉之。尋命知豐城，有善政，轉判饒州，既而謫戍。未幾，復留禮部，知登州府，卒。此集乃大司徒馬鍾陽公森所遺。鍾陽意重閩之文獻，故采而刻之。

王褘臨漳雜詩咏林元凱云：科名唐進士，道學宋先儒。風流今孰繼，林子亦其徒。

## 題錢氏鐵券卷洪武二年徵至謹身殿觀之。

剛風吹地九土裂，仙李根拔孫枝折。白馬不飲濁河血，羅平妖鳥啼未歇。朱自省有賦。斗牛萬丈騰紫光，炯炯餘彩輝太陽。錦湖泚筆寫露布，石室剖券分天章。金爲臣心鐵臣節，臣身吴越心魏闕。共悲群盗竊神器，猶喜諸孫存故物。黄金樓閣高倚天，寳氣白日浮雲烟。電光忽開天爲笑，摩挲銅狄千百年。君看錢塘鐵作箭，潮頭東去江如練。箭鐵未消券未磨，帶礪河山當復見。

### 秦皇廟

蠶食雄風逐逝波，荒祠寂寞寄巖阿。三神山下仙舟遠，萬里城邊戰骨多。東魯尚存周禮樂，西秦空壯漢山河。早知二世無多祚，巖石書功不用磨。

### 聽雨軒圖爲王彦舉題

山牕酒醒夢魂清，竹外松邊點點鳴。蒲磵寺前千尺瀑，都隨黄葉作秋聲。

### 用王編修韻呈梧州劉太守

萬里南風送驛舟，蒼梧江上景逾幽。一雙白鳥常隨棹，無數青山總入樓。鳴鳳不來芳樹暝，嘉魚初上碧波秋。故人解送桂香酒，洗盞臨流破客愁。

## 方時舉

原名槐生，又名樸，以字行，莆田人。洪武初官興化府學訓導。

八閩通志：元季莆田諸先輩相與結社，以文字爲樂，號曰壺山文會。初會者九人，曰宋貴誠、方時舉、時舉諸人詩見莆風清籟集及竹間十日話。朱德善、邱伯文、莆風清籟集作「伯安」。蔡景誠、陳本初、楊元吉、名嘉，號原素，以醫名。劉晟、字性存。陳廷俊。按，陳觀字廷賓。續會者十三人，曰陳維鼎、李叔英、篤實好古，博學多文，當元季隱居不仕。其父早卒，事母盡孝，母卒哀毁盡禮，獨居三年，紈綺不至於身，酒肉不入於口，吴源嘗作述孝以美之。郭維貞、名完，號滄洲，詩另見。陳必大、吴元善、建安人，工畫，元末棄官居於莆。按元善，明建寧府志、國朝建安縣志均失載。方用晦、鄭德孚、以醫薦爲興化縣醫學訓科。黄性初、黄孟仁、名安。陳熙、字虚中，號雪巢。方坦、字履道。葉原中，其一人曰清源方外士也。合之凡二十有二人。約月必一會，坐以齒，飲以禮，酒無定算，食無常品。過豐者罰，會而不至者罰。會之日，或詩或文，或琴或奕，或書或畫，清談雅歌，惟以陶冶性靈，消滌世慮，志不玩乎物也。次會者，或命題請賦，後會則衆出所述共商確焉。一時風流文雅有足尚者，而復過相規，善相資，貧相周，難相卹，足以激近世澆薄之俗也。故録之。

柳湄詩傳：時舉，字北溪，其籍無可攷，或曰莆陽人。明初官興化府訓導，文行兼優，爲郡丞李景所敬禮。竟以李遭誣連及，沉井死。

## 雲林一間

大道本無爲，至人樂幽閒。所以出世人，適性雲林間。微飆度好雨，白雲在林端。我牧茁已長，日長但高眠。澹然已忘我，安知道爲玄。茫茫大塊間，汩汩蟻磨旋。蠢蠢各有役，營營良足憐。乃知物外貴，如如真始全。白雲諒匪遠，矯首長悁悁。

## 和陳廷中避地南泉

思君時復上寒巖，十月林巒尚翠嵐。溪竹裁成綠玉杖，石橋拄過白雲庵。客懷最與山僧似，時事難從野叟談。却憶當年杜陵老，卜居正近浣花潭。

## 郭完

字維貞，一字滄洲，莆田人。元末布衣。有滄洲集。

柳湄詩傳：完，隱壺山，無子，自爲壙誌。評其詩者謂「置之晚唐許渾、薛能集中，未易辨也」。邑人陳廷中挽滄洲詩云：「有妻正斜被，無子紹殘編。東野詩名在，樊川佚稿傳。」陳布衣耕之哭郭滄洲云：「能詩東野名偏著，愛酒陶潛貧不憂。今日牛眠三尺土，寒潮依舊落滄洲。」方布衣炯哭郭滄洲詩云：「破屋滄洲上，清貧獨可憐。書存無子讀，詩好有僧傳。葬卜中元夜，墳鄰北際邊。窮交空白首，莫贈買山錢。」此四十字可作滄洲墓誌。

**過游洋宿吴原輝后定山居**

妙畫延陵子，冥心今幾年。溪雲移榻坐，山雨下簾眠。李愿今盤谷，王維舊輞川。滄洲吾亦愛，那有此林泉。

**次韻答方用晦兼柬王伯明**

庭空山宛宛，客去雨纖纖。乳犬眠深户，慈鴉戲短簷。故交貧亦減，新曆歲還添。試就神巫卜，家人報吉占。

**山中即事**

數日别江渚，抱琴過竹溪。山深黄耳遠，日落畫眉嗁。識字今何補，懷家計亦迷。明年與妻子，春雨學扶犁。

## 綬溪漁隱爲黄原清賦

漁郎家住深溪曲，買斷徐潭作釣鄉。按，唐徐正字所居呼徐潭。自製蓑衣眠别渚，故移茶竈上輕航。荔支林塢水煙暖，鸂鶒桃花野岸長。日暮醉歸魚滿笞，樵青敲火倚疏篁。

## 林谷顯

長樂人。洪武四年鄉舉第一。官沔陽知州。

### 西湖

極目睇西岑，楓林杳何許。暝色入高樓，湖山正烟雨。遥望春水生，鳧雁滿芳渚。相期風日佳，扁舟共容與。

## 馬英

字德華，福清人。洪武四年舉人。官泉州同知。

### 蜀山高

翠壁蒼巖峭入天，雨餘芳草帶春烟。錦江東去龍門險，劍閣西來鳥道懸。丞相舊圖沙磧裏，文翁遺廟夕陽前。回看匹馬經行處，應有猿聲到枕邊。

## 劉駟

字宗道，一字良御，自號悔怍子，龍溪人。洪武中倉攢。以秀才徵試第一，拜左都御史，後坐事徙滇。有愛禮先生集。

靜志居詩話：宗道講學，遠師北溪。其闢釋老甚嚴，目佛爲泥厮。集中有同安嘆云：「噫嘻吁，紫陽之化衰，家家阿彌。儒也墨衣，墨也墨衣。滿城游遨誰我知。不如歸也不如歸。」又游天蓋寺詩云：「若無僧寺塔，直是一唐虞。」斯亦能言距楊墨者已。按，劉駟集弘治六年刻，林雍爲之序。

### 感興

浮屠日以興，平地生棘刺。大道爲之荒，聖門爲之蔽。嗟哉末俗流，每每謂之是。觀古賢聖人，顰蹙多因爾。蹇予魯且蒙，識見異於世。誠心辨儒釋，質弱安能至。聖道雖云遠，戮力應可致。蒼按，閩中錄稱駟事親至孝，動以禮法自持。家貧，授徒爲養。以俊秀被徵，力辭歸養，學於三山趙彦進先生，造詣益深。既而應召，試策第一，擢御。論事蹇諤，出人意表。竟爲權奸所擠，謫居遠方，賫志以没，終身無怨言。有文集十卷。

## 林廷綱

名紀，以字行，賜名恒忠，莆田人。洪武初入國子監，擢吏科給事中，陞中書舍人，兼太子贊善。有林舍人集。

### 侍游江間殿

閩小紀：林廷綱侍游江間殿。太祖首唱二句，綱承旨足成之。

江間小殿與雲齊，梁上新添燕子泥。明太祖。雉扇曉開紅日近，龍衣春濕彩雲低。旌旗影裏貔貅息，斧鉞門前騏驥嘶。簪筆詩成同拜舞，太平天子賜新題。

### 應制題殿壁春江漁父圖

浩蕩乾坤一釣徒，絲綸終日倚菰蒲。桃花浪暖魚堪膾，桑柘春深酒可酤。歲月不知蓬鬢改，江湖真與世情疏。熊羆已入君王夢，四海於今誦帝謨。

## 吴海

字朝宗，閩縣人，洪武間布衣，累薦不仕。有聞過齋集。柳湄詩傳：海，集見正誼叢書，墓在福州東北鷄心巒。

### 夏日燕東皋亭

展席俯清池，倚檻盼層巘。苗緑滿平疇，草秀被長坂。風度荷氣清，日移樹陰轉。長笑天爲高，汎觀道自遠。良時會豈易，莫待歲華晚。

# 全閩明詩傳　卷二　洪武朝二

侯官　郭柏蒼
楊　浚　錄

## 藍　仁

字靜之，智兄，見下。崇安人。洪武初内附，隨例徙濠，放歸。以老壽終。有藍山集。

欽定四庫全書提要：按藍山集六卷，明藍仁撰。仁字靜之，崇安人。明史文苑傳附載陶宗儀傳末，稱「元末，杜本隱居武夷山，仁與弟智往師之。授以四明任松鄉詩法。遂謝科舉，一意爲詩。後辟武夷書院山長，遷邵武尉，不赴」。又稱其「明初内附，隨例徙臨濠」。則必嘗嘗仕張士誠。又集中有甲寅仲冬攝官詩，甲寅爲洪武七年，則放歸又嘗仕宦，特其始末不可考耳。仁詩規摹唐調，而時時流入中晚。蔣易作是集序，稱其「和平雅澹，詞意融怡，語不雕鎪，氣無脂粉，出乎性情之正，而有太平之風，惜其不列承明著作，浮湛里閭，傲睨林泉，有達士之襟懷，無騷人之哀怨。即屢更患難，而心恒裕如。要其所作，皆治世之音也」。雖推之稍過，實亦近之。閩中詩派，明一代皆祖十子，而不知仁兄弟爲之開先，遂没其創始之功，非公論也。明史藝文志載仁集六卷，朱彝尊作明詩綜時猶及見之。今外間絶少傳本，杭世駿言吴焯家有之。然吴氏藏書今進入書局者未見此本，其存佚不可知，恐遂湮没。謹從永樂大典中采掇裒輯，得詩五百餘篇，乃釐爲六卷，以符原目，著之於録焉。

柳湄詩傳：光緒戊寅，蒼得鈔本二藍集，其卷數與四庫全書提要正合。惟卷首無蔣易、張榘二序，其非吴焯原本明矣。聞崇安近有刻本，惜未之見，乃就鈔本校刊傳之。按静志居詩話謂藍山、藍澗詩，選家互有參錯。今玩二集，信有然者，不敢强爲釐定。張榘序云：「静之詩，平居時優遊衡澹，處患難則憤激而憂思。交朋友則眷戀而情深，箴規而意篤，不怒駡，不諛諂，不蹈襲以掠美，不險怪以求奇。麗則而不易，雋永而有餘，深得詩史之遺意。」蒼游武夷，知静之爲崇安藍源人，後居章屯，隱武夷。戊午自壽詩有「卦滿周天蓍再揲」，至丙寅尚有送崇邑判簿詩，則壽已至七十二。又用韻自述詩「生年七十又周餘」，是則七十七矣。性好僧道，集中所贈僧道，語涉虚無。重題其弟虚白道院一首，以學仙爲不妄。又挽玄無相四作，及贈薛鍊師等篇，皆後人以其佞佛，遂僞爲之，辭意淺率，不可不辨。或云：「藍澗仕，而藍山隱。」仁集中述懷、攝官、餞張判簿諸作，或皆游粵時作也。四庫考證，以「閩中詩派，明一代皆祖十子，而不知仁兄弟爲之開先，遂没其創始之功，非公論也」。按藍氏二集，温柔敦厚，遠勝洪永十子。二藍雖爲任松鄉弟子，蓋青出於藍矣。

## 靈鳳篇

鳴鳳在丹穴，五采耀晴旭。朝飲瑶池流，暮棲崑山木。和聲六律備，靈德百禽伏。重華去已久，淳風何由復。不聞夔樂諧，但復楚歌促。梧枝霜不蓄，竹實冬未熟。愧彼梁間燕，雙雙託華屋。

## 正月十四日西山感興

久曠山水游，今晨願無違。松林收殘雨，郊園澹朝暉。憩澗弄清池，緣岡陟翠微。池魚暖始游，巖花寒尚稀。高人坐空堂，深竹對巖扉。山中聞犬吠，谷口見樵歸。心賞適有契，仙遊詎能希。賴此一樽酒，暫然息塵機。古來朝市間，榮華多是非。所以首陽士，白首當采薇。

## 暮秋懷鄭居貞居貞見本卷。

季秋霜露降，草木日已衰。暮登城門邱，遥望滄海涯。鳥鳴求其群，況在遠別離。美人顔如玉，夢寐恒見之。飄蕭紫鳳毛，照耀珊瑚枝。海水不可越，丹砂詎能期。灎灎杯中酒，泠泠桐上絲。豈無一日歡，念子來何時。少壯難合并，流光倏如馳。悠悠逝川歎，渺渺停雲思。

## 西山暮歸

涼葉墮微風，秋山正蕭爽。天寒獨鳥歸，日夕百蟲響。偶從桂樹招，遂有桃源想。石磴闃無人，山猿自來往。

## 宿橋山田家懷蔣先生

按，建陽蔣易稱橋山真逸。此詩重見藍澗集中。

蒼峰落日微，白鶴秋風遠。客路入疏鐘，田家背山坂。孤煙桑柘寒，歸鳥茅茨晚。欲覓紫芝翁，山深白雲滿。

## 爲方焕賦雲峰秋霽圖

茅屋溪頭紅葉一作「樹」。村，石梁秋水清無痕。枌榆過雨鳥鳴澗，秔稻如雲山對門。老翁日高睡未起，稚子讀書牕户裏。干戈如此賦斂煩，鷄犬晏然鄉曲喜。山中酒熟黄花開，仙人候我芙蓉臺。雲林今夜好明月，擬跨幔亭黄鶴來。

## 放歌效蘇仲簡

萬方一日綱紀新，四夷重譯來稱臣。白頭山癯驚且喜，託身兩代耕桑民。桑田海水千年改，霜木晨星幾人在。老馬空嘶皁櫪間，驚鴻已出虞羅外。旁求都邑及山林，兵選三丁儒一丁。裂荷焚芰別山谷，帶牛佩犢趨邊庭。萬人坑平百草綠，風雨年年寡妻哭。縱有生還老退身，疾疢傷殘形不足。我生不預功名期，先朝未壯今衰羸。夕陽漸挂首邱樹，當歌一放誰能悲。

## 野　鷹

野鷹棲老江邊樹，整刷毛衣矜爪距。深林未見攫妖狐，近市且知爭腐鼠。天生羽族誰爾雄，爾德不肖形軀同。雲霄真骨死炎瘴，來者如斯往者空。

## 白雪歌

南州大雪從來少，數日山莊三尺厚。一點遊塵著處無，四簷明月連宵有。瓊樹應迷谷口樵，玉簑不脱海邊叟。清池片石疊寒氈，遠岫疏松排禿帚。鳶肩獨聳費吟哦，鶴髮相輝惜衰朽。梅清竹瘦轉憑陵，鳥仆猿僵罷飛走。孤煙冷舍自無聊，橫竇當途誰得取。宜消瘴癘拯群黎，忽報豐登隨衆口。高士軒中愛煮茶，將軍帳下催斟酒。種石辛勤璧在田，照書熳爛珠盈斗。陰巖北向雲影開，旭日東來澗聲吼。眼前光景漸消磨，石門天柱長回首。

## 贈武夷魏士達

武夷山水天下無，層巒疊嶂皆畫圖。神奇一本作「山川」。直疑混沌鑿，秦漢而下靈仙都。中天積翠開宮殿，石壁虹光夜如電。鸞鳳常驂神姥游，猿猱共醉曾孫宴。洞中別有昇真天，瓊林遺蜕如枯蟬。露盤仙掌千年藥，春水桃花九曲泉。萬松岡頭羽衣客，更入三山採真訣。神遊不計海天遥，夢覺長懷山月白。歸來高隱萬年宫，天香時降雙青童。道參元始鴻濛外，身寄虚空象緯中。嗟予久慕烟霞侣，天遣空山作詩苦。清歌曾繞幔亭雲，凍筆空題草堂雨。金丹擬就玉蟾分，木葉西風鐵笛聞。野老只知堯舜世，樵夫或遇武夷君。一本無下八句。黄塵白髮悲年暮，回首蓬萊更何處。病容豈是學仙才，儒術元非濟世具。余侯留滯海南居，鴻雁來時一寄書。期君天柱之南隱屏之北，共斸黄精煮山雪。按，天柱、隱屏，武夷二峰名。

## 題清江碧嶂集追懷清碧杜先生按，清江碧嶂，杜本集名。

山中之人號雲壑，落日題詩寄谿閣。示我清江碧嶂詩，開卷清風滿寥廓。憶昨先生林下居，黄花翠竹臨階除。平生不受天子祿，老向名山空著書。十年死别如朝暮，一望孤墳淚如雨。往事悠悠歎逝川，遺編零落俱塵土。江湖耆舊晚更稀，此卷乃出幽人爲。細書深刻不易得，短咏長歌勞我思。虞楊范揭名當代，猶敬先生師法在。秖今餘子徒紛紛，敢以涓流敵滄海。清廟之瑟朱絲弦，九臯鶴唳聲清圓。波濤萬頃注三峽，魑魅九鼎傳千年。吁嗟古人多泯没，一字流傳風漸歇。高情古調人莫知，夜久長松轉霜月。

## 丙寅正月三日作

間歲仍愁雨，交春已聽雷。衰容萬感集，生意幾時回。强飯扶斑杖，巡簷看落梅。敝衣風更冷，吹送雪花來。

書罷迎春帖，家家應節多。老年難再拜，佳客莫相過。閉户唯僵卧，臨觴忽放歌。太平宜有待，暮色欲如何。

## 春日

草木消冰雪，林園换歲時。病傳方士劑，閑咏古人詩。兄弟飄零恨，兒孫懶鈍姿。一杯春日酒，無奈醒愁悲。

## 齒落

池草夢難成，風蟬斷又鳴。衰年惟有睡，浮世自多驚。映日攜書近，分泉滴硯清。如何牙齒落，更欲較時名。

## 雨中

燕仆多空壘，鶯僵在遠林。春霜晴不久，社雨冷難禁。妄動前多失，深藏異此身。故山棲老鶴，永夜自長吟。

## 挽趙子將

北闕諸公薦，江西一命榮。窮途淹疾病，造物忌才名。牢落逢兵甲，睽離異死生。天長鴻雁去，揮淚望江城。

## 自傷

天地爲羅網，梟鸞一死生。英雄莫自悔，骨相或當黥。照影渾疑鬼，殘形已作兵。詩書翻誤世，戈甲可收名。

## 過雲洞嶺

路出千林迴，山連五嶺遥。石巖懸度棧，野樹臥通橋。澗飲猶防蠱，畬耕盡屬猺。夕陽驅瘦馬，鬢影漫蕭蕭。

## 藍澗雜詩

蘚徑沿溪滑，柴門倚樹欹。看雲行自遠，臥雪起常遲。白日蹉跎過，玄經寂寞爲。不才甘在野，非是傲明時。

### 寄雲松昆仲按，張棨號雲松樵叟。

邱園無雅況，經訓有餘閑。偶過柴門外，相期藥肆間。談詩不知倦，看畫欲忘還。二仲稱儀表，衰容詎可攀。

### 題伯穎雲林茅屋圖

避人深卜隱，食力自爲園。賣藥從過市，催租不到門。厨煙蒸术起，社酒漉醅渾。風雨相期夜，詩成更細論。

### 題觀音巖

石色依廬阜，潮音接普陀。江雲晴自遠，水月夜還多。鳥爲銜花至，龍因問法過。瓣香瞻彷彿，帆影拂嵯峨。

### 非昔

覽鏡驚毛髮，殊非宿昔翁。狂來詩有興，愁極酒無功。久病成真跛，流言息近聾。明知過相問，起坐夕陽中。

## 别雲壑按，張渠弟也。

枉策來相訪，衡門宜暫留。故情憐獨老，清論慰窮愁。芋火寒初撥，藜羹暖未收。歸心何偪側，又宿水東頭。

## 秋夕懷武夷舊業

客路西風晚，懷山獨夜愁。露寒仙掌月，天遠幔亭秋。落葉他鄉夢，啼烏何處樓。歸心似江水，千里向東流。

## 時事

昨日天恩及，生民解倒懸。俘囚空在獄，羸老並歸田。和氣當成歲，驕陽莫作愆。叨逢雷雨解，喜動白頭年。

## 寄雲松先生隱居

濟世須豪傑，斯人老澗阿。別離知己少，辛苦著書多。村晚收秔稻，天寒制芰荷。南山今夜月，誰聽飯牛歌。

## 山中漫題

乾坤千古事，風雨百年心。野興供高臥，窮愁費苦吟。荷衣秋色老，茅屋夜寒深。蓬鬢看霜葉，蕭蕭不自禁。

讀書期有用，閉户恥無能。落葉空山雨，疏鐘獨夜燈。人稱樗里子，住近石門僧。靜坐觀詩妙，須參最上乘。

偶依松石坐，閑咏草堂詩。宿鶴林中靜，歸雲川上遲。千峰秋似水，多難鬢成絲。自識盈虛理，浮生更不疑。

## 山居

無人知隱處，古木伴荒邱。茅屋三年築，沙田七月收。林疏休剪竹，溪滿可行舟。偶與鄰翁飯，斜陽起更留。

## 石村除夕

衰病身爲累，窮愁歲又除。枕戈鄰境靜，卜宅遠村居。海舶追編户，山田責簿書。應門兒不暇，休問過庭疏。

## 寄雲松

雲松隱者巢居處，上有屏山下藉溪。花逕夕陽眠鹿豕，釣磯春雨集凫鷖。十年種樹春林遠，萬卷藏書草屋低。久欲相從扣羲畫，負琴常往碧巖西。

## 代簡雲松

世事紛紛未息肩，鷄群鶴處尚翛然。故山可隱人將老，佳夕相思月再圓。稚子久嗔陶令出，諸生休嘆孝先眠。他時定有公車召，正及先生矍鑠年。

## 春日憶章屯故居

衰年長愧北山靈，春日題詩憶翠屏。茅屋也從人借住，柴門不爲客來扃。林陰嵐濕藏書架，爐冷苔侵煮茗瓶。惆悵閑牕巾帨在，孤墳宿草已青青。

## 懷張兼善

社酒醒來曾送客，秋山望斷未還家。雨聲門巷蕭蕭葉，霜信園林采采花。念我草堂初伐木，候君松徑自煎茶。角巾藜杖隨詩興，十里青山日未斜。

## 贈汪亦雪

三年無處問平安，一日相過異地還。自説暫離人鮓甕，也知生出鬼門關。園林但有中宵夢，塵土都非壯士顔。祇恐龍泉埋古獄，夜深紫氣斗牛間。

## 題海好問西湖霜月軒

華軒南廠對湖船，有客弦歌夜不眠。楓落吴江霜正肅，潮生滄海月初圓。自吟肺腑寒光入，欲赴襟期爽氣連。門外梅花凡幾樹，杖藜踏影訪逋仙。

## 途中有感

泥途汩汩雨霏霏，白黑誰能别是非。何物功名真拾芥，逼人富貴是危機。刑章正密飛騰少，禮樂方新揖讓稀。槁木死灰忘世者，杖藜回首立斜暉。

## 立春偶書

八八衰年只緼袍，閉門春日自歌騷。一尊風雨心空壯，數畝田園興不高。黄卷但知賢聖對，白丁誰問子孫勞。不堪兩鬢蕭蕭雪，猶向人前作桔槔。

## 謝雲松寄惠青藤

新詩妙藥兩難酬，令我平生宿疾瘳。弱足便堪扶杖起，閒情先想出門游。邑中佳句爭傳誦，海上仙方費遠求。强欲追隨成二老，莫將天驥笑氂牛。

## 次韻雲松西山春游

道院閑眠客思清，泥途數里倦趨程。春寒未退花全少，暖靄微銷鶺又鳴。城邑交流污濁跡，邱園總待發生情。詩囊擬共連牀話，猶愧衰年宿疾攖。

## 送張啓宗分韻得雲巖朝爽

仙巖上有白雲浮，爽氣朝來豁遠眸。群壑漸分初上日，兩峰高並欲凌秋。英靈未用譏塵俗，故老相期事釣游。幕下簡書何日靜，同歌瑶草望滄洲。

## 送鄭居貞

十年三上乞閒居，又説鳴騶向草廬。堯代巢由終有託，漢廷嚴馬欲何如。蒼生久待東山起，素業能忘谷口鋤。復有長林新構在，一堂風月五車書。

## 送李孟和

天書海内起英髦，肯許山林索價高。一日聲名推宦達，十年蹤跡類逋逃。女憐擇對方諧卜，兒擬應門未代勞。寵禄少酬勤苦志，不知何處試牛刀。

### 寄雲松昆仲

秋山摇落正堪悲，蒼狗浮雲事不知。閲世祇應貧可免，閉門直與病相宜。坐依東壁看書倦，行過南園散藥遲。筆硯重尋塵滿几，故人已訝久無詩。

### 寄彭穆之

鄉閭誰信合并難，數月曾無一日歡。釀酒祇應謀自醉，題詩未肯借人看。林間麋鹿全天性，澗底松筠保歲寒。青眼白頭相望在，閉門高興愧袁安。

### 寄雲松

早歲相知晚更親，别來并覺白頭新。浮雲世事凡千變，空谷生涯只一貧。古道相看松竹冷，巔巖共畏雪霜頻。題詩報與加餐飯，臘盡風光漸轉春。

### 寄陳景章

閑雲野水平生趣，大帽寬衫未老身。五畝受廛依舊俗，十年開徑候何人。詩名漸退非長計，酒興全疏且耐貧。欲扣柴門連疾阻，好風良月憶相親。

### 寄葉希武

八十猶傳不入城，南州耆舊傳應成。自歌白石時長短，誰信滄溟又淺清。縱目已隨春樹遠，離愁更與暮雲平。凡材蒲柳多先悴，長向山中説姓名。

### 經杜清碧先生墓

皓首山林草太玄，鶴書徵起又歸田。一窩自得堯天樂，三策誰知賈誼賢。空有墓碑臨道路，更無書屋貯風煙。後生仰止前修遠，慨想昇平七十年。

### 餞張判簿此詩非僞作，即藍澗集誤入。故此。

王事賢勞白髮新，承恩此日許爲民。久操判筆初停手，還著儒衣却稱身。惜别敬持杯酒餞，投閑暫卜草堂鄰。故園松菊催歸興，目送飛鴻北向秦。

## 次游德方韻

兵戈已覺素心違，潦倒山林兩布衣。茅屋春深桑柘薄，石田歲晚稻粱微。緑尊但用平生足，白髮方知往日非。九曲月明春水碧，夜深同坐釣魚磯。

## 謝彦昭作小像

開口臨風牙齒疏，搔頭向日鬢毛枯。自知老醜成何物，誰唤良工寫此圖。藜杖偶從蓮社客，角巾遥訝草堂癯。一邱一壑從吾好，試問仙人著得無。

## 題六朝遺秀圖

石頭城下繫孤蓬，滿眼興亡六代宫。吴晉山川非舊國，宋齊陵墓但秋風。犧牲不入諸天界，花月高歌永夜中。欲問漁翁渾不識，年年江上蓼花紅。

### 哭兒骨殖還故山

竄死遐荒萬里餘，藤纏草束土侵膚。黄金竟爲讒言鑠，白骨翻成待價沽。形影自隨嗟獨老，肝腸分裂念諸孤。天高視聽無消息，强欲招魂託楚巫。

### 梅村與雲壑會宿

清泉白石輒難忘，又待春前會草堂。對酒先拚今夕醉，題詩還倚少年狂。山林寂寞形容老，冰雪間關道路長。共愛雞鳴聽山雨，後期何處更連牀。

### 雪中偶成

背郭茅堂早閉門，天寒獨戀緼袍温。琴書散漫無賓客，稼穡艱難有子孫。竹杖稍能扶病力，梅花更欲惱吟魂。蹇驢踏雪如堪借，行盡江南數里村。

### 至梅村別業

世情只益老年悲，秋氣先從病骨知。高臥且尋愚谷僻，暗懷惟入醉鄉宜。田園著處征徭急，風雨孤村穫斂遲。擬約道人雲壑外，茶鐺煮瀑共談詩。

### 挽蔣鶴田 按，即蔣易。

乾坤慘淡士林空，又折南山百丈松。只有騎驢嗔李白，更無覆瓿笑揚雄。清文金石傳來世，高節田園託老農。他日漢廷興禮樂，安居不復到閩中。

### 小樓對雪有懷西山道人

西山白雪一丈深，北風吹倒長松林。千巖無人虎豹死，中夜有客烏鳶吟。高樓此時最相憶，弱水隔海知難尋。凡身毛骨更蕭爽，願借黃鶴棲雲岑。

### 題平川雲樹圖

窈窕川谷靜，蒼茫雲樹深。十年歧路者，一片故園心。

### 題方方壺畫垂綸意

漁父空頭白，生涯一舸微。欲浮滄海去，又逐暮潮歸。

## 山行雨中

疏林野水白鷗閑，細雨濃雲杳靄間。若得扁舟載春酒，畫圖都是米家山。

## 病起後園看花

露下碧叢珠滴滴，月明素萼雪團團。不知晚節全清白，更向東籬仔細看。

## 傷　春

落花飛絮滿晴川，杜宇聲聲最可憐。不用傷心愁欲死，亦知春去有明年。

## 病　中

朽骨不禁風露冷，衰容更畏雪霜繁。呼兒欲問春深淺，柳絮梨花已滿園。
山城雨過草萋萋，無數殘紅逐馬蹄。燕子不知春景異，傍人華屋又銜泥。

## 贈雲壑

望山尋水不憚遥，白雲紅樹喜相招。夢回茅屋瀟瀟雨，又得留君住一宵。

## 紙帳

數幅秋藤拂地齊，匡牀閑對竹爐低。山中一枕梅花月，不識鷄聲送馬蹄。

## 柬雲松會宿翁源

路入仙巖更向西，松林茅屋擬同棲。一尊風月謀今夕，邀得閒雲晚度溪。

## 藍　智

字明之，永樂大典作性之。仁弟，見前。崇安人。洪武初應薦，授廣西按察僉事，卒於官。有藍澗集。

欽定四庫全書提要：案藍澗集六卷，明藍智撰。其字諸書皆作「明之」，而永樂大典獨題「性之」。當時去明初未遠，必有所據，疑作「明之」者誤也。明史文苑傳附載陶宗儀傳，末稱「洪武十年以薦授廣西按察司僉事，著廉聲」。志乘均失載其事跡，考集中有書懷詩十首，乃在粵時所作，以寄其子雲松樵者，張榘爲之跋，稱其「持身廉正，處事平允，三載始終無失」，則史言「著廉聲」者，當必有據。劉彦昺集有挽藍氏昆季詩云：「桂林持節還，高風振林谷。」則晚年又嘗謝事歸里矣。智詩清新婉約，足以肩隨其兄，五言結體高雅，翛然塵外，雖雄決不足，而雋逸有餘；七言頓挫瀏亮，亦無失唐人矩矱，與藍山一集卓然可稱二難。靜志居詩話謂藍山藍澗集中詩，選家互有參錯，殆亦因其格調相近，不能猝辨歟？智集原目已不可考，觀焦竑經籍志所載，惟有藍靜之集，而藍澗集獨未之及，是明之中葉已有散佚，近亦未見傳本。故杭世駿榕城詩話曰：「二藍集，閩人無知者。何氏閩書：『藍仁有藍山集，藍智有藍澗集。』竹垞嘗輯入詩綜中，以爲『十子之先詩派，實其昆友倡之』。集本合刻。吳明經焯嘗於吳門買得藍山集，是洪武時刊，有蔣易、張榘二序，與竹垞言脗合，而藍澗集究不可購。徐惟和輯晉安風雅時，二藍闕焉，則此集之亡久矣。」云云。惟永樂大典各韻中所收尚夥。蒐輯裒綴，共得古今體三百餘首。雖篇什不及藍山集之富，而大略已見。謹以類編次，釐爲六卷，俾其兄弟著作均不致泯没於後世云。

柳湄詩傳：光緒戊寅，蒼刻藍山集，以鈔本藍澗集字多舛訛，是以作輟逾數歲。至甲申春始就梓。藍氏兄弟詩皆純粹，不求新異而自然和雅，元末明初閩中諸作者不及也。嘉靖建寧府志以性之列入「儒林」而附靜之於末。若靜之之因其弟而重者，殊覺未當。明之師任士林、杜本、蔣易，而友劉彦昺、張雲松雲壑兄弟、方方壺、歐陽雪舟，所往來者道人程芳遠、余復嬰，釋本淳。其於仙佛亦多贊歎。

四庫考證以「徐惟和輯晉安風雅時二藍闕焉，則此集之亡久矣」。按晉安風雅止選福州一郡，故不及二藍、雲松、樵叟。張渠藍澗詩集後序云：「予初入閩，識藍靜之氏，知其有詩名。其弟明之，資稟秀異，記誦明敏。心固期其遠大矣。未幾，予授館邑中，而明之時來磋切問辨，以進其所不及。後以市廛紛冗，乃往西山庵端坐讀誦者終歲。猶以爲未得名師友，遂下三山習舉子業。業成而歸。時清碧杜先生隱居平川，崇尚古學，明之從兄俱往師焉。先生授以任叔植詩法，始悟舊學之非。先生已矣。師文蔣先生居鶴田，復往執弟子禮。自爾明之之學日益進，詩日益工。予故羡其超然不可追逐，而時輩亦罕有能及之者。嘗試於有司不利，復值艱難，遂棄去科第學，刻意於詩。凡景物之動興，時事之興懷，靡不於詩發之。騷人才士入閩者，咸與之吟咏，輒加敬服。然隱處山林，率多平淡之音、窮苦之辭，未足以展其英邁也。有司求賢，首膺薦剡，馳驛赴京，授以西廣憲僉。於是溯大江，汎湖湘，望九疑，度桂嶺，歷諸管。凡山川之奇崛，城郭之壯麗，今昔之興廢，聖賢之遺跡，時事之變遷，可喜可嘆，可驚可愕，悲憂慷慨，發爲長篇大章，清詞麗句，始大快其生平之願，盡吐其胸中之藴，而詩道之踴躍，不可以尋尺計矣。夫遠游周覽以昌其詩者，幸也；客殁他鄉不永天年者，不幸也。幸與不幸皆天也，非人所能爲也，又何置欣戚於其間哉？其友人上清程芳遠與明之交最厚，嘗裒集其詩，分類成篇，付其子姪刻而傳之。因識其後如此。」據張渠後序所云「客殁他鄉，不永天年」，則明之不壽，卒於官矣。

## 奉酬一上人病中見寄

一師禪林秀，老病荒山巔。如何清淨身，亦受諸患纏。憶昔江湖間，杖錫凌飛仙。龜峰得寶地，龍象朝諸天。秋風動江漢，殺氣吹戈鋋。避地復南來，筋力不及前。弟子四五人，散亂如浮煙。寓居山房幽，日晏猶高眠。松林晚色靜，澗水秋花妍。稍遠車馬喧，聊以怡高年。山深霧露集，地暖瘴癘偏。伏枕動經旬，閉門日蕭然。我本山澤人，賣藥當市廛。緬想方外游，未了區中緣。往者一相見，晤語俱忘筌。儒釋雖異流，交情難棄捐。愧無肘後方，令爾沉疴痊。昨朝枉芳札，示我白雲篇。高論神農經，吐詞如湧泉。吾聞西來意，不以文字傳。是身本虛假，金石非貞堅。風雨有晦冥，太虛澹以玄。鶴鳴秋夜永，白月當牕懸。

## 客建上將歸山中留別鎦典籤按，即劉彥昺。

在山願遠游，出山願早歸。羈旅苦無蹤，芳序倏已非。瀰瀰江海流，紛紛花絮飛。清霜變玄鬢，遊塵化緇衣。艱危跡易乖，少壯心轉違。雲鴻每獨往，梁燕當疇依。野樹滯殘雨，荒臺淡斜暉。浩歌淥水曲，空拂黃金徽。

## 晚　步

伏熱草木焦，微凉竹林晚。天清一鶴高，波静群鷗遠。散策不知疲，臨流亦忘返。月出林影昏，疏鐘閉山館。

## 題雲谷讀書圖

群峰俯清川，空谷多白雲。結屋松桂間，放歌麋鹿群。朝霏散東崦，夕爽浮西軒。圖書列几案，歲暮欲何言。

## 舟泊滄浪峽期南山貢士不至

春湍壯風濤，舟楫疾如鳥。中流望落日，空闊衆山小。餘霞澹明滅，遠樹晴縹渺。茅屋溪上多，行人晚來少。紅浮斷岸花，碧侵懸巖篠。游鱗喜深潛，困翮思遐矯。夜宿倚前津，當歌待清醥。迴瞻南山色，河漢在林杪。月暗洲渚空，美人烟露杳。

### 秋夕懷雲松先生

夜永倦孤眠，竹凉宜小立。荒林獨鶴棲，破屋疏螢入。萬壑共秋聲，四山惟月色。清賞恨不同，晤言念兹夕。

### 早發黄州驛贈江上老父

解纜發清曉，乘流越前津。鳥鳴新樹綠，雨映空江春。遥趨清潯山，回瞻蒼梧雲。沉憂鬱中懷，浩思集芳辰。仰視茫茫天，俯念悠悠身。坐感時序邁，愁看卉物新。遺老村巷古，遐荒風俗淳。日出原野喧，四鄰耒耜陳。但願歲事豐，焉知帝力勤。黄塵染素髮，愧爾山中人。

### 平樂道中

桂林何茫茫，桂水亦浩浩。哀猿落日村，瘦馬荒山道。怪石危欲墮，蠻烟淨如掃。民風在諮詢，行役無草草。

## 河池縣

連峰入河池，路險猺人村。喬木盡參天，白日爲之昏。上有高石巖，下有清水源。蕭蕭篁竹叢，落日聞哀猿。職當觀民風，載驅隰與原。俯念遠人苦，來宣天子恩。撫此風景異，懷哉惟故園。

## 爲陳叔原題漁樵圖

武夷老人年七十，晝業漁樵妻夜織。有兒長大不讀書，採山釣瀨供衣食。此翁自是神仙徒，牀頭酒香不用沽。生逢太平少征斂，雖有生産無官租。昨朝自擕書一束，過我衡門有秋菊。新圖蒼莽烟水寒，復有疏篁間枯木。一客負薪山路長，一客傍船漁在梁。荒林無人日未落，偶坐有意俱相忘。知君老去猶愛此，能以安閒遺孫子。愧我十年塵土間，按圖欲借溪南山。

## 題方方壺垂綸圖

霜落江空楓樹林，鱸魚正肥江水深。扁舟坐釣者誰子，白髮不知憂世心。濠梁魚我相忘久，日暖絲綸輕在手。隔篷呼婦炊香秔，艤棹呼兒買春酒。蘆花兩岸秋茫茫，食魚豈必河之魴。青天無雲月在水，扣舷靜坐歌滄浪。崎嶇道路恐豺虎，烟波不受人間苦。久無渭水獵非熊，那有客星動明主。嗟予塵土具二毛，方壺員嶠秋月高。持竿明日拂雲海，一舉會須連六鼇。

## 落花怨

春風開花花滿枝，春雨落花花作泥。飄紅墮白不解惜，裁青剪翠空如迷。莫嫌花飛春去早，第恐春歸人易老。狂蝶無心戀故枝，遊蜂有意穿芳草。江上行人去不歸，閨中少婦淚沾衣。春愁縈人無遠近，燕子不來花落盡。

## 西山夢二親時壬辰歲作。

二親已没逾兩月，中夜西牕夢顔色。夢中相見不須臾，覺來血淚空沾臆。秋宵一何長，我夢一何短。黄泉茫茫親不返，白日飄飄歲去晚。我哭親不來，親來我不見。難招死後魂，尚想生前面。攬衣起坐寂無語，牕外瀟瀟落寒雨。

## 題羅浮日觀圖

上清方方壺爲廬陵牛牧子畫，筆力雄偉，與山海稱，牧子授其徒存一，以爲壯觀南金。予來武夷，存一請詩，爲歌長句。存一，吴氏，金華人。時至正丁未四月也。

青牛老人眼如漆，曾上羅浮觀海日。三更波浪湧金輪，五色雲霞曜丹室。是時海宇無纖埃，罡風不動天門開。赤烏刷羽影騰翥，六龍攬轡光徘徊。下視人寰皆夢境，西樓未轉銀河影。因看草木曙光遲，始信蓬萊春晝永。歸來花國望堯天，武陵廬阜清輝連。人生萬事駒過隙，回首羅浮心惘然。乾坤澒洞風塵起，振衣思入空青裏。漱精亦足致神仙，曝背猶堪獻天子。春山茫茫多白雲，大藥功成弟子分。石巖夜繞龍虎氣，玉珮晨朝鸞鶴群。嗟我十年茅屋下，葵藿微忱空在野。臨風却憶魯陽戈，日斜更對方壺畫。

## 程氏之祖世居鵝湖，嘗題其讀書之室曰「湖山清隱」，芳遠既居武夷，乃以所得況肩吾山水請予賦詩，爲歌長句

況侯昔居白雲中，愛寫紈扇生秋風。千巖萬壑不盈尺，山橋草閣連青楓。清溪漠漠春流急，苦竹叢深晚煙濕。更言雞狗傍茅茨，似有豺狼在原隰。度橋一老若忘機，欲行未行

風滿衣。杖藜恐是避世者，日暮似聞歌采薇。山人望山歸未得，畫閣想像湖邊宅。干戈澒洞十年餘，風雨松楸萬山隔。鵝湖山高湖水長，昔翁讀書清隱堂。秋林伐木鶴鳴谷，春雨傍船魚在梁。人生萬事浮雲變，旅食他鄉歲時倦。尚想前賢抱隱淪，始知處世甘貧賤。茅齋西南武夷岑，雲霧蒼莽龍蛇深。致君堯舜苦無術，萬里江湖勞寸心。君不見商山之翁頭似雪，一朝羽翼扶漢業。丈夫出處自有時，耕巖釣瀨誰能知。

**贈危進**

憶昔誦君玉華作，秋月華星動寥廓。已知志士甘漁樵，獨憶神仙閟巖壑。賈生少年負經濟，阮籍窮途苦漂泊。空谷天寒隱白駒，滄江日暮饑黄鶴。千里猶看殺氣昏，十年不見旄頭落。布衣各擁將帥權，草莽空談王霸略。窮冬命駕武夷溪，茅屋山中風雨惡。黄菊花殘楓葉疏，與君沽酒花前酌。况聞有書獻天子，安得排雲叫閶闔。酒酣起舞肝膽雄，寶劍光芒照六合。英豪遇合終有時，丈夫志在麒麟閣。

**雪景寄偰原魯應奉**

凍雨蕭蕭雪復作，老樹荒雲冰滿壑。窮冬日日南極昏，殺氣時時北風惡。此時高樓望八荒，一色山川共城郭。豈無漁艇在江湖，稍有人烟辨墟落。村中人少虎狼多，野外草深禾黍薄。春雷何處起潛蛟，寒霰空庭噪饑雀。玉堂供奉高昌公，走馬居庸度沙漠。歸來芳屋卧青氈，修竹清風動寥廓。時危安得屢促席，坐對高寒宜晚酌。長林慘慘烟水空，時有飛來雙白鶴。

## 磨巖碑

浯溪溪上磨巖碑，尚書之筆刺史辭。蛟龍澒洞雷雨垂，虎豹慘澹風雲馳。詞嚴義正意則微，銀鈎鐵畫世莫窺。是時妖孽侵唐基，帝星白日西南移。靈武倉卒事亦危，一二老臣共扶持。秋風萬里天王旗，乾坤汛掃重恬熙。九重宫闕回春姿，二聖觀樂孝且慈。豐功偉烈何巍巍，周宣漢武宜同時。臣結再拜陳誦詩，勒銘不用鼎與彝。磨高鑴堅巖石隳，大書更藉魯公爲。凛然抗賊志未衰，快劍長戟紛離披。碧石漠漠青苔滋，字縱磨滅猶可推。乃知古人用意奇，直與天地同等期。山空江晚舟楫遲，蕭蕭落葉寒蟬悲。

## 七星巖

何年七星降人間，罡風吹作山頭頑。九疑雲晴兩峰尖，五老天清雙劍攢。桂林茫茫石如簇，散漫崩騰走平陸。雁行斜落大江濱，屏嶂横開疊蒼玉。初疑女媧補天餘，又如禹鑿龍門孤。神光旁射軫翼上，斗柄正指西南隅。下有洞穴不可測，虎龍晝伏龜蛇蟄。雲根近接勾漏深，海氣常帶蓬萊濕。我欲舉手招群仙，驂鸞直上虚皇前。斟酌元氣作雷雨，一灑五嶺歌豐年。

時事

兵革頻爲患，朝廷屢出師。未通秦郡邑，空望漢旌旗。使者徵求急，將軍戰伐遲。似聞哀痛詔，不獨問瘡痍。

近傳蘄水寇，遠陷豫章城。相國非無策，司徒况有兵。旌旂當落日，鼓角動秋營。克復煩公等，千門草已生。

秋夕懷張山人

鼓角邊聲壯，林塘夜色幽。凉風動疎竹，明月在高樓。久客形容老，孤城戰伐愁。不眠懷魏闕，長嘯拂吴鈎。

## 贈隱者

風雲虵陣將，山水鹿門居。報國曾留劍，歸田始讀書。雁秋湖水落，蟬露柳條疏。别夢關山隔，松牕夜月虚。

## 寄鉛山詹九夫

聞君尚衰絰，一榻卧雲蘿。客路音書少，秋山涕淚多。湖波涵白鳥，峰影倒青荷。落日門生散，空齋咏蓼莪。

## 聞藍山兄寓滁州

番水初傳信，滁山想定居。秋吟兼蟋蟀，晚飯特鱸魚。落月滄江濶，凉風白髮疏。兵戈關塞隔，不敢問何如。

## 宿嚴灘作

水宿傍嚴灘，風燈語夜闌。鼉鳴潮信早，龍過雨聲寒。病喜江山好，貧嗟道路難。故園三四口，書札報平安。

曉行望山上人家

荒林居更僻，闇谷路纔分。燈影依青嶂，鷄聲入白雲。衡門和月掩，流水隔溪聞。傍舍人相語，乘凉已出耘。

望江上人家

夕照明江閣，春流淨客衣。樹幽啼鳥近，風細落花稀。酒熟山瓢送，魚肥野艇歸。桃源應可問，穉子候荆扉。

浮江望淮上

萬古長江險，秋風短櫂經。天連一水白，山入兩淮青。把酒須明月，乘槎豈使星。雲霄望不極，鴻鵠正冥冥。

## 順昌道中

蓐食鳴鷄曉，空山啼鳥春。遠鐘何處寺，殘月獨行人。書劍嗟黄髮，江湖起戰塵。南游未得意，北望正凝神。

## 象州江上

山川空歷歷，舟楫更遲遲。落月江如練，清秋鬢欲絲。孤雲晴自遠，獨鳥晚多疑。未敢辭王事，蒼茫問路歧。

## 曉發江上

官船催曉發，浦鳥暗驚飛。殘月低清渚，疏鐘隔翠微。晨光初辨樹，秋色已生衣。萬里慚張翰，鱸魚未得歸。

## 平南江上

春江移櫂穩，洲渚共縈迴。花送微風過，鷗銜細雨來。遠山詩思入，高枕客懷開。欲把魚竿去，長年坐石苔。

## 下融江

回風吹畫舸，落日下蠻溪。野迥千峰出，天空一鳥低。客愁難自遣，秋興不堪題。今夕山中月，清尊誰與攜。

## 柳城道中作

霜氣晚凄凄，荒岡恐路迷。孤雲桂嶺北，落日柳城西。地暖蛇蟲出，林昏鳥雀棲。蠻邦經戰伐，問俗愧遺黎。

## 挽盧使君

落落千年志，飄飄萬里身。清風臺閣盛，直道子孫貧。別夢江湖晚，歸魂嶺海春。故交多特達，銘德屬何人。

## 江上别故人

天涯芳草色，對酒惜餘春。此日滄江別，東風白髮新。落花晴傍馬，野鳥冷窺人。共勉持風紀，驅馳莫厭頻。

## 恭城縣在南山間，環邑皆猺洞，平樂屬邑。時十一月十四日也。

薄俗山川異，窮邊井邑空。桂林冬少雪，茅屋夜多風。不寐愁聞柝，無家信轉蓬。長懷戢姦宄，隨處問疲癃。

## 柳城縣

青山入縣庭，小邑但荒城。竹覆茅茨冷，江涵石壁清。草蟲當户墮，水鳥上階行。問俗知無事，松風一舸輕。

## 寄題余復嬰茅屋

嘉遁依巖穴，清齋飯蕨薇。花源隨水入，茅屋共雲歸。夜鼎芙蓉火，秋山薜荔衣。沙頭雙白鳥，知爾久忘機。

### 宿蘇橋驛

桂嶺愁人地，梅花歲暮天。孤雲寒雨外，獨鳥暝鐘前。牢落空雙鬢，驅馳又一年。觀風愧無補，爲客記山川。

### 曉起

村白鷄鳴早，山空月落遲。殘星窺户牖，積雪冷茅茨。案牘疲王事，關河阻夢思。愁容對塵鏡，短髪漸成絲。

### 宿陽朔山寺

晚景孤村僻，松門試一登。秋山黄葉雨，古寺白頭僧。壞壁穿新竹，空牀覆舊藤。官情與禪意，寂寞共寒燈。

## 曉發來賓縣

宦游同逆旅，侵曉逐征途。候館殘燈小，長江落月孤。鄰鷄催去馬，城柝起棲烏。物色兼人事，悤悤歲欲徂。

## 雨中同孟原僉憲登嘉魚

高閣流鶯外，荒城駐馬前。江寒三月雨，春老百蠻天。折柳愁横笛，飛花落釣船。乾坤總羈旅，把酒意茫然。

## 答黄彦美總帥

壯氣横飛隘九州，高才一出便封侯。身攖白刃猶堅壁，家散黄金爲報仇。禹穴秋風探史記，幔亭凉月共仙舟。管寧老去非忘世，皂帽飄飄賦遠游。

## 乙巳春日寄吕海月宣慰董天麒貳帥

五夜春回北斗邊，東風江上雨連天。干戈未息龍蛇歲，日月空催犬馬年。藥石豈能裨世用，山林何待起遺賢。諸公戮力扶王室，獨向茅簷理斷編。

**贈鎦彦昺典籤從軍南劍**

二月山城逢故人，野亭杯酒共情親。江湖戎馬艱難日，風雨啼鶯寂寞春。照夜藜光浮蠹簡，衝星劍氣動龍津。坐陪元帥清南海，應有新詩寄隱淪。

**三月晦日追餞鎦典籤，舟發不及見，賦詩代簡**

杖藜柳外竢鳴珂，如此青春奈别何。野水孤舟行客遠，澹烟疏雨落花多。驊騮已戀將軍幕，烏鵲空瞻織女河。最憶城南官酒緑，畫堂紅燭夜聞歌。

**雨中懷李孟和**

熱病數日不能起，凉天一蟬徒自悲。無衣但恐霜雪盛，有酒不憂筋力衰。緑苔晚雨荒書屋，黄葉秋風動鬢絲。頗訝故人音問絶，經旬不見李陵詩。

## 舟泊延平懷劉仲祥

秋日泊船鐔津口，城頭高閣風泠泠。潛蛟在澗水常黑，疏雨隔溪山正青。何人望氣求雙劍，處士閉門談六經。文公精舍倚南郭，一薦芳洲蘋藻馨。

## 雨中喜劉浚民孔克遜相過

茅簷高臥養微痾，遠辱將軍並轡過。山色更兼微雨好，鶯聲偏傍落花多。慚無鷄黍頻供給，喜有漁梁共嘯歌。孔氏諸孫尤好學，古書蝌蚪近如何。

## 經郭先生平川舊屋

皓首明時衹布衣，孤墳宿草又斜暉。塵埃几杖遺書盡，風雨園林舊業非。九曲月明猿自弔，三山秋晚鶴空歸。多情惟有門前水，春色年年上釣磯。

## 春日試筆

隔水黃鸝時一鳴，近人蝴蝶亦多情。孤城暮雨絲絲細，高閣春雲片片輕。杜甫自知詩作崇，陶潛深仗酒爲名。未傳江漢休兵甲，厭聽東風鼓角聲。

**題秋山訪隱圖**

草堂忽有故人尋，野店山橋轉石林。渺渺白雲行徑遠，蕭蕭黄葉閉門深。脱巾自漉牀頭酒，賣藥新修壁上琴。世事匆匆良會少，一宵論盡十年心。

**秋宿南山别墅**

南山雨過未成泥，自起攜鋤種藥畦。屏跡免教時論及，虚心真覺物情齊。魚知澗藻蘋一作「須」。深入，鳥畏風枝不受棲。明月滿牕誰共宿，白雲紅樹老猿啼。

**春日山居**

少日題詩自笑狂，老懷對酒便相忘。梨花落盡春將晚，燕子飛時日正長。西谷誅茅應更僻，南園種藥未全荒。客來莫怪陶然醉，懶看浮雲上下忙。

## 過巢雲故亭

門前豫章大十圍，野橋流水相因依。天晴茅竹數峰出，春暖桃花雙燕飛。風高隱几聞伐木，日暮杖藜歌采薇。杜陵舊業無處問，溪上草堂今是非。

## 同程芳遠游東林寺

東岡石上松林青，偶與白雲來此行。老僧下榻雨花散，古寺閉門秋草生。八月風高萬籟急，雙溪日落千山明。歸去橋西一迴首，重林杳渺隔鐘聲。

## 題舜廟

虞帝傳聞葬九疑，蒼梧遠在桂江湄。空山黼黻瞻龍御，落日蕭韶想鳳儀。草一作「墓」。木曾經巡狩地，風雲誰見陟方時。空遺二女瀟湘曲，明月滄波萬里思。

## 夜泊武昌城下

蒼山斜枕漢江流，自古東南重上遊。巫峽秋聲連戍角，洞庭月色在漁舟。白雲黃鶴悠悠思，落木啼烏渺渺愁。獨夜悲歌形勝地，燈前呼酒看吴鈎。

**寄衡山李仲卿**

謫仙歸去臥松巢，江上飛花送錦袍。細寫山川成史記，更吟蘭杜入離騷。洞庭萬里秋風落，衡岳千峰夜月高。欲托瑶琴寄相憶，海天清露鶴鳴皋。

**九月八日巴河阻風答孟原僉憲**

江湖萬里喜同游，漫向巴河滯客舟。茅屋誰家還白酒，菊花明日又黄州。故園風雨生秋草，上國雲山入夢愁。賴有故人相慰藉，燈前談笑亦風流。

**答蕭子仁**

每憶詩篇共討論，更煩書札寄慇懃。西風一葉瀟瀟雨，落日三山渺渺雲。碧海魚龍秋正蟄，定江鴻雁夜多聞。茅簷寂寞黄花晚，欲采寒香遠寄君。

## 聞張志道學士旅櫬自安南回按，張以寧字志道。

兩朝翰苑擅揮毫，白髮蕭蕭撰述勞。使出海南金印重，文成天上玉樓高。孤舟恨別三春草，落月歸魂萬里濤。欲託瀧江將絮酒，幽蘭叢杜賦離騷。

## 寄贈毛包二山人

五代范越鳳遷五夫翁墩山地，留記云：「下馬看，一千貫；不出一千貫，不用下馬看。」歷八姓，幾五百載，竟弗克葬。予家得之，遷二親安厝於彼，樹木長茂。皆南鄰毛、包二山人力也。賦詩寄謝。

仙蹤久閉白雲深，試考圖經下馬尋。開穴不知凡幾代，買山猶自説千金。秋風築隴增新土，春雨栽松接遠林。慚愧比鄰煩二老，長年培護綠成陰。

## 過雲洞嶺宿莫村田家

馬度危峰雪未乾，鴉鳴荒館日初殘。少陵自愛羌村好，太白空歌蜀道難。萬里敢辭王事苦，一杯聊放客懷寬。梅花相伴天涯遠，月色江聲對倚欄。

出南寧留别子啓僉憲楊經歷

沙頭遠下擁鳴珂，雪盡滄江生綠波。碧桃細雨春寒重，黄葉東風别恨多。萬里驅馳心自赤，十年憂患鬢先皤。請看天際銜蘆雁，猶解冥冥避網羅。

風雨驢上

山雲故作今朝雨，湖水新添昨夜痕。細草幽花俱有意，青山相對已忘言。

姑蘇河上作

楊柳青青河上渾，野橋茅店水邊村。官船三日姑蘇道，處處青山似故園。

旅邸偶成

今日雨晴雙燕歸，野橋茅店又斜暉。便須買酒酬春色，莫放桃花樹樹飛。

## 暮春懷李孟和

春雨霏霏映茅屋，空庭無人芳草緑。相思何故不成眠，一夜南風笋成竹。

## 元日賀州公館

雪消公館日遲遲，緑樹微風動鬢絲。山鳥下庭人吏散，獨看幽草立多時。

# 鄭　恒

即居貞，懷安人。洪武中舉明經。授鞏昌通判，遷禮部郎中，歷官河南左參政。有閩南、關隴、歸來、檜庭諸稿。

柳湄詩傳：居貞，初名九成，改士恒，以字行。千頃堂書目作「鄭恒，字居貞」。按居貞，先新安人，節義文章作徽州人。居貞籍懷安，入文苑傳，涵春豈未之見？父潛官閩，遂家瓜山。藍仁有暮秋懷鄭居貞詩，又有寄鄭居貞詩，俱見卷二。按居貞從尚書貢泰甫游，洪武中舉明經，授鞏昌通判，陞禮部郎中，二十三年任河南左參政。永樂初，坐與方孝孺友善論死。孝孺之爲漢中教授也，居貞作鳳雛行贈之。時坐黨死者七人：劉瑞、王高、鄭公智、鄭居貞、林嘉猷、黄希范、廖鏞夫。居貞孫垍，亦能詩，集皆不傳。

## 鳳雛行

翩翩紫鳳雛，羽翮備五采。徘徊千仞翔，餘音散江海。於焉覽德輝，濟濟鏘環佩。天門何嵳峩，群山久相待。晨沐晞朝陽，夜息飲沆瀣。如何復西飛，去去秦關外。岐山諒匪遥，啄食良自愛。終當巢阿閣，庶以鳴昭代。

# 全閩明詩傳　卷三　洪武朝三

侯官　郭柏蒼　楊浚　錄

## 陳亮

字景明，長樂人。洪武間累詔不出。有儲玉樓集。卒年八十餘。洪永十子之一。

竹窻雜錄：陳亮，字景明，沙堤人，好文士，樂義輕財。家居作儲玉樓爲藏書之所，建滄州草堂，日與名士高棅、王恭、周玄、林鴻、鄭定輩賡唱迭和，又締三山諸耆彦爲「九老會」。號滄洲，又號拙修翁。有滄洲集，多軼不傳，傳者十之一耳。如「微風度荷香，霽月散林影」，「風生蘆葦鳴，水落洲渚廣」，「沙明日在野，林暝風起嶺」，皆警句也。景明生於元泰定間，至永樂中年已八十矣。閩十才子，景明年最長。

柳湄詩傳：亮，元儒生。洪永時，累詔郡邑徵遺逸，或推轂亮，亮曰：「唐堯在上有箕潁。吾投跡明時，遊戲泉石間，吾志慊矣，吾豈願仕哉？」遂掉頭不出，作讀陳摶傳以見其志，所云「世運豈終窮，大明已照臨」，蓋隱語也。山中爲小樓，號曰儲玉，購四方名書藏之，又作草堂滄洲中，與名士王恭、高棟以文酒日過從。暇則泛閩江，歷名山，投上方蘭若，尋僧問偈，意豁如也。時往三山爲九老社。年八十餘卒。所著有滄洲集。

## 游昇山寺簡初上人按，在福州北郊，以任昉飛昇得名。

出自北郭門，村村好林藪。我行訪精庵，百折渡溪口。藍輿經濟勝，拄杖還入手。幽深足探討，十步停八九。飛甍近可覯，尚覺登頓久。迺知地位高，上可挹星斗。靈巖不窺瞰，衆壑皆培塿。千村繞城郭，百水互奔走。茫茫浩刧中，大廈幾頽朽。名山自終古，半爲空門有。吾兄智力大，叱咤龍象吼。昔憂爭奪繁，今已脱塵垢。歡迎道契闊，爲我開户牖。未論清淨理，且勸盈尊酒。豈無物外想，業網苦纏糾。明晨下煙閣，悵望空回首。

## 秋日登御風臺

雁峰有高臺，西望近林嶺。乘閒一展眺，舉步凌絶頂。秋高灝氣肅，風物漸凄冷。寒蛩始發聲，過雁有遺影。惟時收穫竟，遠目足馳騁。北海澄不波，西山碧逾淨。蕭晨感摇落，賞玩愛清景。未結塵外游，即此足幽屏。

## 游瑞巖按，在福清海口。

古磴入幽洞，危亭俯層巔。昔聞魑魅居，幻作兜率天。生平愛奇觀，雙屐勞攀緣。安知窮海陬，有此佳山川。凉秋天宇晶，四野無浮煙。憑高送遠目，海色清無邊。開筵薦芳樽，拂石看名鐫。登臨愜素賞，感慨傷華顛。一邱志未酧，百慮紛相牽。日夕還吾策，高懷徒悵然。

## 冬日過石首簡天石老禪

世累日多門，驅馳厭塵雜。駕言尋招提，雙屐蚤已蠟。霜餘葉盡脱，回首見孤塔。入門謁金仙，鐘鼓響鏜鞳。吾師投跡久，終歲一舊衲。曾從大方游，已悟世外法。深居行無取，問語終不答。竹影覆經房，茶煙繞禪榻。天寒苦日短，千嶂夕陰合。笑别虎溪頭，松風起蕭颯。

## 高彦恢適安堂按，高棅字彦恢。

即地可棲遯，何必遠結廬。作堂依故宅，聊以適起居。青青映户庭，嘉木羅且敷。圖史積左右，日與文士俱。有時風日佳，吟行步前除。蕭散咏樂情，暢然形神舒。用世豈無心，出門畏嶔嶇。優遊保貞素，庶得遺毀譽。

### 夜泊古崎

寒山夜蒼蒼，清猿數聲響。風生蘆葦鳴，水落洲渚廣。月出知潮來，時聞人蕩槳。

### 夏夜對月有懷王甥至之

白日苦炎歊，良游寄夜永。微風度荷香，霽月散林影。境幽神已澄，坐久慮絶屏。不見心所親，寥寥此清景。

### 澹虚亭爲何明府作

結宇臨清曠，賓客日過從。有時抱幽獨，深覺心賞通。霽月澄清景，微雲含水容。群動喧已寂，衆色望俱空。了與世氛遠，豁然心境同。冥懷信足樂，王事徒勞衷。何日拂衣去，高攀陶令風。

## 夏日閒居感懷寄浮邱皆山二知已按，即鄭浮邱、王安中。

炎夏日方永，幽齋如道居。牀頭有遺帙，展玩一起予。嘉樹蔭衡門，鳥雀鳴堦除。時物得所適，我懷胡不舒。仲子貢成均，經年無尺書。仍聞抱疢疾，遠道今何如。處世本無機，探囊久空虚。餘年免憂患，庶以狎樵漁。君子吾知音，邇來會面疏。書堂諒多暇，所望惠瓊琚。

## 讀陳摶傳

寰宇方板蕩，有道在山林。矯首雲臺館，悠悠白雲深。五姓若傳舍，戈鋋日相尋。雖懷蹙頞憂，終作大睡淫。世運豈終窮，大明已照臨。乘驢聞好語，一笑歸華陰。區區諫大夫，富貴非我心。

## 賦得滄海月别南鄉諸子

我家住在滄海涯，海上長看月出時。海風吹月到天上，清光夜夜長相隨。紫薇峰前秋月白，此時却照禪宫客。南中佳士一時來，幾夜同看明月色。月光自古有盈虧，人生最是多别離。明朝復向滄海去，只應見月長相思。

### 雪山歌送人宰蜀邑

西山巀嶭連雲起，東望錦城如井底。四時積雪不曾消，春來盡作巴江水。郎官未識蜀山川，馬首西行如上天。歸到琴堂長對雪，益思美政答豐年。文翁舊化今如夢，期月應知藹弦誦。蜀人解道杜陵詩，盡説公來雪山重。

### 行路難

我欲叩天閽，天高無窮手難捫。我欲浮大海，八月仙槎不相待。出門回顧空徬徨，歸來覽卷坐高堂。感彼古來人，逢世能激昂。安得如，魯仲連，飛書約矢以遺燕。解紛排難不受賞，拂衣長嘯歸園田。安得如，田子泰，仗劍西行氣慷慨。掉頭不顧都亭侯，回心肯賣盧龍塞。高風逸節不可攀，世無斯人空長歎。浮雲蔽日塵滿眼，擊劍空歌行路難。行路難，多歧路。何處深山有薇蕨，我欲攜家入山去。

## 簡劉宗魯

君隱雲松門，我藏綠綺琴。憶昔聽君彈，泠泠陽春白雪吟。我琴豈無絃，素塵日相侵。期君一來調雅音，佳期迢迢曠難尋。春風桃李月夕臨，江頭草色青春深。君不來，愁人心。

## 江南橋夜坐

潮落灘聲急，秋高夜氣清。商船依岸泊，野燒隔江明。租稅方多事，山林負此生。頻年皆旅食，此地幾經行。

## 答林兄宗正同寓邑之溪上

自有當年舊，宜開此日襟。相逢秋葉盡，共語夜燈深。疏拙緣多難，遲迴負寸心。懷君吟嘯地，圖史滿東林。

## 春日與仲仁、伯弘、與善諸子同游西峰寺

西峰鬱林壑，有客始登臨。入寺山偏秀，聞鐘路更深。古松高疊蓋，流水細鳴琴。笑問同游者，誰爲淨宇心。

## 曉春閒思

門巷客來稀，閒居靜掩扉。微風花自落，細雨燕雙飛。向曉披遺帙，迎暄换袷衣。年年此時節，惆悵送春歸。

## 哭照禪師

首石鍾神秀，雙林仰德輝。維摩長養病，弘忍早傳衣。鐘鼓清規在，林泉賞客稀。談空余未解，有淚不勝揮。按，首石，長樂山名。

## 寓董氏書館留别吴彦器

把手向江干，新知未盡歡。百年文物少，異縣别離難。白日尊前度，青山海上看。他時

解相憶，琴里寄幽蘭。

### 穀日游鄰霄臺

飛磴薄雲霄，崇臺遠市囂。山川掌底見，世界望中超。清磬隨風度，名香隔竹飄。芳期亦難屢，永日且逍遥。

### 滄浪清隱

我愛滄浪水，千尋見底清。月明三島近，風定一波平。清隱將遺世，垂竿不釣名。何時歌鼓枻，相就濯塵纓。

### 元夕與周微之、唐士亨、趙景哲同登神光塔

寶塔層層現，天燈面面紅。玉毫光不夜，火樹逈當空。七級高標壯，千門屬望同。朱欄晴映月，金鐸遠鳴風。弛禁逢元夕，重修溢梵宫。游觀多士庶，登陟有文雄。共喜超群品，應知仰六通。迷津如可照，於此息微躬。

### 冶城懷古

東西屹立兩浮屠，十里臺江似帶紆。八郡河山閩故國，雙門樓閣宋行都。自從風俗歸文化，幾見封疆入版圖。惟有粵王城上月，年年流影照西湖。

### 擬咸陽懷古

群山迢遞走咸陽，王業當年此地昌。天府首開秦社稷，金城已作漢封疆。滬池北入河流去，軹道西連草樹荒。故苑離宫何處是，空令詞客吊興亡。

### 滄浪漫興贈友人

潮波澹澹漾清暉，閑倚苔磯坐不歸。日暖風恬魚自躍，渚深沙靜鷺忘飛。青山滿目堪忘慮，白髮盈簪未息機。笑問磯頭楊柳樹，何年始掛薜蘿衣。

### 暮春望日陪彦貞諸友游西巖留宿而歸

歷澗穿林不覺遥，石門咫尺到丹霄。春晴野色相輝映，日落煙光欲動摇。巖壑暫紆高士駕，杯盤還愧故人招。多情昨夜臺前月，不比尋常照寂寥。

奉寄高廷禮，時求賢甚急，高且講學編詩不暇所云「編詩」乃指唐詩品彙。

壯遊心事已蹉跎，寂寞扃扉似養痾。秋盡却看來雁少，暮愁空對遠山多。頻傷白露摧蘭蕙，獨羨清風滿薜蘿。見説新編又超絶，近來衡鑑復如何。

## 林鴻

字子羽，福清人。洪武初以薦授將樂訓導，拜禮部員外郎。有鳴盛集。與陳亮、王偁、唐泰、王褒、鄭定、高棅、王恭、周玄、黄玄稱洪永十才子。

柳湄詩傳：洪武永樂十子詩，光緒戊子經蒼校刊。今此集，各家祇存大略，不詳録也。鳴盛集，成化三年閩縣邵銅出守東甌，捐俸召梓，道光間福州重刻。鴻詩疊經評定，互有是非，王元美呵爲小乘，自非公論。龍性堂詩話云：「吾郡林子羽、鄭繼之咸工七律。子羽刻意三唐，已造堂奥。繼之髣髴工部，幾奪神骨，同時高、袁、李、何亦爲却步。所不能與爭名者，以樂府古體也。今人議吾鄉詩，多本子羽，聲調平穩，目爲閩派，大抵緣晉安風雅一刻故耳。晉安風雅由當時王、李之派盛行，選者不能另出手眼，特取聲調整齊者以悦里耳，非作者之咎也。」蒼按，十子詩，明末國初指爲「閩派」，此語始於浦舍人源入閩時，二玄誦其詩曰：「吾家詩也。」門户之别，乃起於此。鴻好與僧道往來，烏石山有「林子羽與藍仲晦、釋圓極等翫月」石刻。鴻侍兒張紅橋詩，以不選閨秀未錄。

**羅浮觀日圖**

昔有學道者，擔簦海上行。宴坐羅浮峰，内視觀無形。晞景正東豁，滉漾扶桑明。雲濤既洶湧，龍獸亦悲鳴。吾聞混沌分，坤軸東南傾。百川走空虛，日乃生窮溟。未覩大明運，安知至陽精。願從列仙徒，散髮倚雲屏。三花漱雲液，五内含晶瑩。回觀羅浮圖，陋哉山海經。

**飲　酒**

儒生好奇古，出口談唐虞。儻生羲皇前，所談乃何如。古人既已死，古道存遺書。一語不能踐，萬卷徒空虛。我願但飲酒，不復知其餘。君看醉鄉人，乃在天地初。

**送湖南歸粤**

志士本激烈，况當離別情。直氣不得發，逢秋吐商聲。浮雲蔽長空，驅馬去孤城。廣川無輿梁，一葦詎能横。將尋故山隱，自芟荒草耕。蠹書束高閣，龍劍日夜鳴。行路由正途，能使山岳平。端居息機心，臥聞螻蟻爭。知君重交結，臨分吐平生。

## 曉登金鷄山呈王六博士

劍客無所歡，登高眺清曙。於時值摇落，况乃朋游阻。關河一千里，飛雁杳難度。積水明秋空，蒼山落寒楚。荒凉誰問俗，慷慨即懷古。長嘯歸去來，餘意在蘭杜。

## 岷峨秋晚

岷峨一千仞，秀色横清秋。雲蟠隴蜀盡，水入巴江流。旭日海上來，蒼蒼樹色浮。陽巖氣已變，石林陰未收。疏鑿有古跡，登臨仍壯游。落日下層巔，懷哉神禹憂。

## 游玉華洞

真仙搆靈宅，洞府何嵌空。入洞可十里，流水咽其中。陰島溼花露，石門度松風。怪石變萬狀，尋源竟無窮。有時起雲霧，微徑又不通。觸目極杳靄，遊心但鴻濛。路盡忽有天，容光澹空青。蜕出風露外，了然心目醒。幽興殊未已，又還宿雲扃。飛夢即蓬島，冥心祈道經。終悲向朝市，塵鬢秋星星。

## 同鄭二宣江上泛舟

載酒入江色，酒多江復長。酣來散予纓，濯向春流香。東壁過疏雨，西崦殘夕陽。猿禽相嘯叫，雲水共清蒼。夕景更汎覽，客程殊未央。魚風葦上起，蚌月波中光。嘗以事泮渙，永期名跡忘。乘槎予豈必，聊復咏滄浪。

## 題張少府夢澤高秋圖

夢遊秋水碧，醉眺晚山閑。短棹發吟思，酣歌放狂瀾。浮雲天際來，藹然芳樹間。青蒼太古意，天地同瀰漫。荆門正西上，樹古生早寒。漢水日東逝，冶遊多苦顔。雁思落芳渚，漁情寄清灣。願期同心人，結屋江上山。

## 懷李郁

李君本是清狂者，十載畋漁向原野。梅生豈厭官位卑，閔子由來宦情寡。自言濩落可終身，誰知尺組能縻人。朋游失路各分散，妻孥寄食家仍貧。荒凉廨宇炎江表，椎髻山氓語如鳥。地隔三苗洞穴多，天連五嶺人煙少。三年無書增我憂，憶我翻令懷舊遊。開元寺裏猿鳥暮，洞天巖前木葉秋。襟期相遇每如此，魂夢悠悠共千里。白髮關山自月明，青山茅屋空流水。八月江南鴻雁飛，天邊誰寄早秋詩。不如飲酒且安命，振翼雲霄尚未遲。

## 經綺岫故居

行人曉飯青山裏，驅馬蒼茫經洛水。昔聞綺岫盛繁華，不謂荒涼今若此。憶昔行宮初構時，梯巖駕壑相逶迤。美人桂殿夜看月，公子柘弓朝射麋。翠華一去金門鎖，露殿飛螢山葉墮。往事吹殘牧笛風，危基半入樵人火。今古消沉能幾回，春風依舊野花開。君王巡狩不復見，禾黍空山鳥雀哀。

## 林七欽山莊

此君家住浯水西，喬林夾道緣青溪。人淳上古大庭世，客到武陵花處迷。深盃盡日見山色，高枕四時聞鳥啼。籬根稚筍看成竹，階下飛花踏作泥。梓柳折來環藥圃，野泉引得灌蔬畦。人間鐘鼎口不道，雨裏田園手自犂。已沾鷄黍遂然諾，豫愁冠蓋將離暌。明日却從城市去，林間相送草萋萋。

### 同徐總戎登汴梁相國寺樓

傑閣千尋起，平原四望開。旅魂秋易斷，鄉思醉難裁。魏國空流水，梁園半野苔。登高能作賦，不獨子雲才。

### 題周可仁滄洲趣

隱居鮫室近，日夕見滄洲。吟處月生海，坐來風滿樓。忘機能狎鳥，適興或垂鈎。予亦乘流者，因之發棹謳。

### 游芙蓉峰

密竹不知路，渡溪微有蹤。懸知石上約，定向松間逢。物候變黄鳥，菖蒲花蒙茸。相望不可即，杲杲霜天鐘。

### 夜宿芙蓉峰

香刹瞰林邱，逢僧信宿留。風簾乘月卷，露簟犯凉收。宿鳥微喧曙，明河澹瀉秋。一經空寂境，人世漫沉憂。

塞上逢故人

五陵攜手罷，匹馬各天涯。出塞難爲客，逢君似到家。後期如夢寐，前路正風沙。只好長安陌，垂鞭醉落花。

憶鄭二宣時往交州

旅棹若乘空，春游近日東。遥憐滄海客，共是白頭翁。雨霽魚吹浪，天遥鶻借風。清泠臺下路，樽酒幾時同。

送黄令之永寧

作牧成周地，分攜建業舟。孤燈聞雁夕，落葉渡江秋。雲路看高翥，京塵厭舊游。離情如洛水，日夜向東流。

### 游雲隱寺

雲隱知名刹，龍宫最上方。越山當户翠，海樹到樓香。説法觀身妄，懸燈共夜長。浮生一何幸，乘此禮醫王。

### 宿雲門寺

按，即雲門山，俗呼猴嶼。

龍宫臨水國，鳥道入煙蘿。海曠知天盡，山空見月多。鶴歸僧漸老，松偃客重過。便欲依禪寂，塵纓可奈何。

### 游方廣巖

玄巖太古色，恍若入鴻濛。一徑攀躋盡，諸天杳靄中。雲歸山殿冷，月出水簾空。境靜離言説，泠泠松桂風。

### 送殷秀才之武功

送君遠行役，覲省入西秦。五月臺江水，孤舟去國人。蒼山低戍壘，野日暗行塵。無限同游意，分攜淚滿巾。

### 春日登平遠臺按，在福州郡治九仙山。

蘭若最高處，客來開夕牕。詩懷秋思集，定力壯心降。遠樹青殘雨，歸潮白晚江。暝來期宿此，斂屨對寒釭。

### 登白鶴嶺

青山踰鶴嶺，碧海望鯨川。樹拂扶桑日，巖棲若木煙。土風驚異域，星紀逼殘年。草白寒威冽，梅開暖律旋。雪消泉動脈，風急燒侵田。病涉溪頻轉，乘空棧若懸。壯游渾漫爾，夙志豈徒然。戀闕紅雲裏，歸休白髮前。長途今若折，直道古如弦。放逐應無慍，懷哉柳下賢。

### 采石磯

斷磯縹緲駕危亭，欄檻孤高見杳冥。牛渚波濤通海白，溧陽煙樹入淮青。騎鯨夜憶遊仙月，泛鷁春浮奉使星。萬古憑高一回首，玉壺清酒莫教醒。

### 送人入蜀

把酒長歌蜀道行，高堂千里見君情。微霜半落青楓樹，曙月長臨白帝城。絓席不離江雁影，沾衣多向峽猿聲。錦城莫道無知己，何限居人識馬卿。

### 寄高逸人按，即廷禮。

獨倚城南百尺闌，粵鄉秋思浩漫漫。平臺樹色催殘照，近郭砧聲報早寒。雲物正當揺落後，關河終念别離難。龍門别墅今宵月，誰與相同把酒看。

### 浮亭風雨夜集憶鄭二宣

天涯此别意何窮，一片愁心萬里同。明鏡曉霜驚白髮，浮亭秋雨夢青楓。書回絶島孤帆遠，門掩寒塘舊業空。説著登臨多感慨，一緘封淚寄南鴻。

### 過東林雙磵有懷舊游

曾於此地盍朋簪，歲晏重來百感深。門掩薄寒初暝雪，樹含輕靄欲棲禽。滄波涉海驚魂夢，白髪青山倦嘯吟。聞説遠公能館我，便投章甫臥東林。

## 冬夜與高五秀才館林八員外宅

遠別悠悠歎二難，多君留飲故情歡。生涯祇合尊前醉，功業無勞鏡裏看。落葉走階風動晚，古梅臨水月侵寒。何因得似龍門叟，野艇終身一釣竿。

## 寄周一秀才玄，兼呈陳八處士炫

薛老峰前夜詠詩，若爲離别思凄其。忝於詞客推前輩，久約林僧恐後期。澤國未霜楓落早，山城上月鳥歸遲。自慚淺薄非徐穉，賴有陳蕃是故知。

## 憶龍門高逸人

浮亭露飲玉樽空，千里心期此夕同。海路想經春草緑，越吟愁對夜燈紅。他山花發啼鶯後，别墅春歸積雨中。聖代祇今無隱逸，不應多病臥孤蓬。

### 宋中送魏萬之安西

梁苑微霜梨葉紅，行人此日發關東。酒邊怨別看長劍，馬上驚心見斷蓬。雲散岳蓮開泰華，月寒郊樹隱新豐。窮秋亦有臨邊使，待爾題詩寄塞鴻。

### 將之三華留別冶城知己按，三華，將樂三洞名也。

躑躅花開黃鳥吟，春城送別柳陰陰。故人共灑臨歧淚，逐客空懸魏闕心。白髮流年嗟落魄，青山歸夢憶登臨。金溪此去多乘興，不似看花醉故林。

### 留別高八逸人

野客行歌賦式微，江亭垂柳鷓鴣飛。久從別墅花前醉，倦逐征鴻雨外歸。極浦波光摇去棹，晴川柳色滿行衣。冶城亦有同游侣，高調於今似子稀。

### 秋夜浦舍人見宿園亭按，即浦源。

南宫飲散動經年，此會羈魂各黯然。霄漢故人誰更在，江潭逐客自堪憐。疏燈細雨開秋宴，落葉驚風攪夜眠。歸去晉陵成遠別，好憑陽雁望南天。

## 夕 陽

抹樹銜山影欲收，光浮鴉背去悠悠。高城半落催鳴角，遠浦初沉促繫舟。幾處閨中關繡户，何人江上倚朱樓。凄凉獨有咸陽陌，芳草相連萬古愁。

## 懷浦舍人

祖筵相送槿花時，江上逢春感別離。詞客登臨芳草變，鄉山吟望尺書遲。鶯聲吴苑行人度，海色官船暝柳垂。最憶玉門聽曙漏，思君閑夜益凄其。

## 懷南宫趙大叔度

悲歌對酒强成歡，三十窮經尚考槃。楚水逐臣空作賦，淮陰年少獨登壇。青山官舍疏鐘晚，黄鳥蕪城暮雨寒。料得西鏞多勝事，凌霄明月憶同看。按，將樂稱鏞州。

送林一歸山中

楝花雨裏醉逢迎，南國看山又送行。求侶暗驚春草色，還家愁逐暮江聲。殘陽向野聞邊笛，遠樹登樓見海城。誰念長沙遷謫久，懶從季子問君平。

送余司馬歸晉中

驄馬朝來欲渡河，官城把袂惜蹉跎。滄洲舊業驚蓬斷，白馬流年倚劍過。梨葉煙村行客少，鷓鴣陵苑夕陽多。天涯相憶知何處，空有愁心對酒歌。

晚日杉關

荒苔古道斂微曛，馬上笳聲不可聞。地自亂離民舍少，山當閩楚客程分。長林積雨寒爲雪，深樹孤峰溼作雲。愧我舊游見關吏，也將書劍學終軍。

擬送馬秀才下第歸江南

嗟君失意賦歸休，家在滄洲憶舊遊。灞上柳條牽客恨，江南草色向人愁。山城落日寒吹角，水國連天夜泊舟。莫歎青春悞年少，古來白首未封侯。

## 咏　草

閑門春雨後，芳草上階生。詎知嚴霜月，聊復一時榮。

## 放歸言志

君門乞得此身閑，野樹煙江一櫂還。收拾舊時詩酒伴，遠尋僧舍入秋山。

## 曉　行

前山樹暗月朧朧，馬色鷄聲共曉風。不爲逢秋多感慨，只緣身在別離中。

## 將之鐔城留别冶城諸彦

冬青花外雨霏霏，半溼征鞍半溼衣。此去孤舟無伴侶，空江惟有白鷗飛。

知己相攜欲别難，白波春草路漫漫。劍潭誰道無明月，不似清泠把酒看。按，詩中多用「清泠」，指烏石山清泠臺也。

### 書寄鄭二先輩

粵國佳人歌竹枝，吳航歸客不勝悲。送君别後秦樓月，猶見清光似昔時。

### 竹枝詞

吳王宫前春水平，灞陵橋上柳色青。江水不流離恨去，楊花長送遠人行。

## 陳仲進

以字行，又名伯康，仲完族兄，登、航父。俱見下。

洪武十年，以通文識史、練達古今授縣丞，陞江山縣。有南雅集。

閩縣林誌書南雅集：先生之學，簸弄翰墨分切。予閲其集，爲之有感也。窺其大，則有以外形骸、忘物我、齊得喪而不遺；其小則又欲於言語、文章之間微發其機焉。

詩系小傳云：公少清癯，過目成誦。其所交遊，如林鴻、陳亮，皆當世名宿。明初，邑令鄧旭舉長邑教，以母老辭不就。丁巳，舉福衛教授。赴部試，名動一時，授河南宜陽丞，遷陝西韓陽丞。復以周孟原舉，陞浙江江山縣。乙丑入覲，以勘災傷忤旨，被黜。卒於京，年五十七。歸櫬江山故治，江山人遮道而泣，留衣冠葬縣後，歲時致祭。按，仲進，長樂江田人，子孫遂居江山縣。所著詩文三十卷，前集賢學士劉亮夫選定，曰南雅存稿。子長名登，中書；次名航，徵君。

柳湄詩傳：仲進月夜江上聞笛詩「歌斷吴門人罷市，珮空秦館客憑欄」二句，雖近咏物，而丰神淡宕。惜全集卷帙繁富，反致佳句不傳。

## 大溪寺

紺宇輪生滅，青山自古今。深溪蓄雲氣，古木香春林。寂寂罕人跡，幽幽動嚶吟。高閣歲月久，荒池煙水沉。游鱗依密藻，飛雲抗高岑。尊酒散餘暇，浩歌舒素襟。墟里兵火散，遺風邈難尋。夢寐廬山社，徘徊虎溪音。孰是遠公者，可以慰吾心。

## 汴河隄

汴河隄，隄何長。隄中水枯隄草黄。錦纜牙檣不復返，車輪馬跡東西忙。忙處多人自辛苦，過眼繁華草頭露。文梁猶是揚州門，揚州不見瓊花樹。汴河隄，長亭路。千古光陰自朝暮。

## 姑蘇懷古

姑蘇臺空城郭非，垂楊漠漠鴉亂飛。美人已隨塵土化，響屧廊在魂不歸。紅顔自古傾人國，嘗膽臥薪亦蕭索。吴坡不動越山青，一片月明五湖白。

**秋江送別圖**

江河望在眼，關山渺難越。客子遲歸期，孤櫂已先發。天秋木葉丹，露夕芳草歇。美人勞我思，迢迢煙水闊。

**贈洛陽鄧知縣馘之京**

聞説洛陽令，三年政已成。循良今漢吏，風俗古周城。驛馬雲山逈，官船雪水清。朝回去紫闕，父老定相迎。

**羅師尚辟四川掾**

捷音指日定成都，坐見降王屬傳車。子去驚聞三語掾，人來喜得萬金書。馬嘶古棧秋風晚，舟次瞿塘夜雪初。若到昇仙駐吟轡，不教題柱愧相如。

### 游湧泉寺訪僧不值

萬石岡頭紫翠園，白雲流水護柴扉。石爐火冷僧初定，野徑苔荒客到稀。繞砌山泉浮瀲灩，隔江雲樹入霏微。我來豈是參禪者，笑倚長松看鶴飛。

### 過富春

好山猶記富春名，碧嶂清波滿縣城。越樹遥連漁浦暝，浙江低入海門平。客星寂寞千年事，仙櫂夷猶此日情。試向吴儂學吴語，湧金門外好聽鶯。

# 全閩明詩傳 卷四 洪武朝四

侯官 郭柏蒼 楊浚 錄

## 丁顯

字彦偉，建陽人。洪武十八年以第一人及第，擢翰林修撰。以言事謫廣西馴象衛，積十五年，死戍所。

建陽縣志：顯，博通經史，洪武十八年會試第三人。第一黄子澄，第二練子寧。及廷試，顯居首，子寧次之，子澄又次之。先是，帝夢三絲墜地，臚唱時，以子澄年少，議論過激，抑置第三，而以二甲花綸易之，適符三絲之夢。

### 題蘭窻

公子善居室，倚蘭蔚東窻。素縈浥輕露，冷風振幽芳。流玩永日夕，怳若臨沅湘。豈不豔桃李，懿此王者香。况逢同心友，結佩相翱翔。嘉名既云錫，咏言列篇章。持謝二三子，德馨尚勿忘。

## 陳仲完

又名伯宣，又名完，仲進族弟，見上。長樂人。洪武十七年舉人。翰林院編修，右春坊贊善。卒年六十四。有簡齋迂稿。

柳湄詩傳：郡志「選舉」、「人物」皆稱「仲完，洪武乙丑進士」。據楊太師榮撰仲完墓誌，鄉舉後丁外艱，未第進士。洪武乙丑進士題名録無仲完名。徐氏晉安風雅亦誤爲進士。他書且誤爲侯官人。其所歷編修各官，皆由薦舉。按，仲完，長樂十九都大溪山人，永樂十八年應天鄉試副總裁，與高棅、王恭、唐泰、王褒、王偁先後授京職，故與諸子時有贈答。雖文字往來，尚無明初標榜之習。

### 題畫

久憶故人情，茲焉發幽興。抱琴渡危橋，望入藤蘿逕。溪雨倏已晴，雲收千嶂淨。喬木生晚涼，松濤滿清聽。之子不我逢，隔籬鷄犬靜。

題山水寄子縈侍講

危峰倚白雲，秀氣橫清秋。俯見岷蜀晚，仰觀河漢流。朝日海上出，蒼然藹林邱。陽巖散金碧，陰壑晴光浮。中有餐霞客，毋乃仙侶儔。我欲一見之，道遠從無由。安得同心人，攜手窮冥搜。

賦得空江秋笛贈鄭浮邱助教

大江白露下，秋氣橫中流。翛然一笛響，遠自江上舟。洲前向晚霽凉雨，三弄分明作人語。思逐飛鴻海際來，聲隨白雁雲邊去。須臾引羽轉清商，蘆葉槭槭蒹葭黃。驚迴少婦孤篷夢，攪斷覊人萬里腸。駐宮又復變流徵，銀河澹澹天如洗。猿鶴秋吟絶島雲，蛟龍夜吼寒潭水。祗今誰識桓伊心，悠悠人世無知音。曲終徙倚重回首，落月蒼茫煙靄深。

題凝清軒

凝清新揭扁，軒舍倚雲開。爽氣西山入，凉飈北牖來。晝閑泉在沼，琴靜月當梅。允矣邱中賞，傳茲物外杯。

## 題金漆湖春雨卷

羡爾幽棲好，蓬蒿隔市喧。遠山青過雨，湖水緑迎門。夜月槐林笛，秋風黄菊尊。別來人事改，飛夢在鄉園。

## 錢塘懷古

邊塵捲地北風遥，信馬南來駐六橋。汴水故宫空有月，海門沙澈寂無潮。銅駝夜泣霜華冷，銀雁秋飛王氣消。五國城頭魂不返，傷心誰賦楚詞招。

# 鄭　賜

字彦嘉，甌寧人。洪武十八年進士。除監察御史，湖廣布政司參議，歷工、刑二部尚書。予葬祭，洪熙元年贈太子少保，謚「文安」。有聞一齋集。

柳湄詩傳：賜，歷官嚴飭漕務，撫安苗獠。王達適興集序：「彦嘉一爲御史，兩任臬司，而其詩優遊雅正，各臻其體。較彼處貧賤而慕富貴、好於侈泰而不斂者，不滿一哂。」

### 采石維舟

采石江頭望金闕，蘆花撲舟點晴雪。漁笛一聲何處來，兩兩鷺鷗起蒲葉。江南久客不忍聽，自倒玉壺慰愁絶。酒行却憶錦袍仙，爛醉江心弄明月。

### 游七星巖

清晨驅馬來江東，城鴉催旭升遥空。奇峰突然豁我眼，攬轡欲上心沖沖。七星何代化爲石，芙蓉倒俯灕江碧。爭高鬬麗三四巖，積翠攢青幾千尺。峰巒日照生紫煙，下有窈窕之洞天。懸瀑溜乳凝瑪瑙，穿洞石骨蟠蜿蜒。奇形詭狀不可紀，丹竈藥罏有遺址。離離瑶草遶澗開，落日長松拂雲起。我來游觀值秋暮，煙霞縹緲迷仙路。日華月華如可招，結茆擬向山中住。

### 偶成

地遠鄉音異，堂虛過客稀。日長啼鳥緩，風細篆煙微。懷友將詩寄，思親有夢歸。何時返故土，重着老萊衣。

## 春書

鶯花二月天，遲日弄春妍。幽館傍修竹，小池通暗泉。閩中書未到，嶺外旆將旋。寄語雲中雁，相隨渡北天。

## 夜泊

舟泊孤城外，春江幾日程。村春入夜急，野燒隔汀明。河耿月未上，風來潮欲生。不眠懷故舊，隱几獨含情。

## 題吳右轄辪州精舍卷

延陵名裔藏修處，正在湘漓水外鄉。榕葉雨來琴已潤，藕花風起簟先凉。法書夜滴銀蟾水，講易時焚寶鴨香。自赴鶴書超上國，幾迴清夢到茆堂。

## 陳登

字思孝，又字石田，仲進長子，見上。航兄，洵族兄，俱見下。長樂人。洪武三十年以明經舉。官中書舍人。卒年六十七。所居爲石田山房。有石田集。

詩系小傳：公號石田，以明經舉。永樂甲申，詔簡天下精六書者，待詔金馬門，公以薦送入翰林。時吴中滕用亨先在翰林，以年高，忽視天下後進。一日，六卿大臣集文淵閣，公偶舉許慎十數事相辨證，皆用亨所未解，始默然自爽。王尹實亦以篆書名海内，其考核亦不及公精詳。公初爲湖廣羅田丞，改浙江蘭溪丞，又改浮梁丞。後擢中書科，朝廷制作，多出其手。

## 黄氏小圃

高人樂棲遲，幽居鏡湖曲。喬樹帶遠村，疏籬隱茅屋。煙光在户庭，日色滿松竹。芳園數畝餘，讀罷課僮僕。既種東陵瓜，亦藝彭澤菊。閒出隴頭望，生意無不足。朋來話正酣，牀頭酒亦熟。自謂有生來，此樂永弗告。

## 送林上舍歸連川展墓

東膠才子三山客，少年聲華何籍籍。一從鼓篋上櫓門，時向瑶京接顔色。昨宵夢裏感春露，闕下陳情乞歸去。旅思遥瞻閩海雲，鄉心已掛連江樹。獨攜琴劍出帝州，我亦因之感别愁。疏林遠火孤帆夕，落木寒蟬客路秋。男兒致身貴及早，暫向先塋展拜掃。宣室側席思才賢，春風遲爾都門道。

## 端午閱武東苑，賜觀擊球射柳

瑞氣呈端午，揚威振武功。鑾輿自天降，虎旅擁城東。金甲鳴朝日，霓旌拂曉風。穿楊分偶進，百戲疊雙同。歡沸迴旋處，神依決勝中。微臣榮侍從，叨沐聖恩隆。

## 題浙津歸櫂卷

鄉園何契闊，客路重綢繆。暑雨三橋月，涼風孤館秋。離筵燕市酒，歸櫂浙津舟。明到離陽郡，題詩慰别愁。

## 送陶仲鈞還長樂

文園多病嘆相如，栗里何人問索居。長樂稻田餘舊業，毗陵瓜地復新鋤。看花况是春風後，歸棹偏逢夜月初。何事都門又成别，臨岐無語獨躊躇。

送林邦楚秀才以書成還吳航，予將北上

鳳臺臘盡曉霜微，芳草新年染客衣。我逐離聲隨北上，若將行色賦東歸。吳門斗酒聞鶯醉，嚴瀨孤帆背雁飛。若到閩中誇盛事，相逢休道故人稀。

送楊僉憲復職山東

龍河芳草正萋萋，尊酒東門惜解攜。玉珮始看馳北闕，繡衣旋見復青齊。郵亭淡月嘶征馬，候館疏星聽早鷄。若到霜臺勤問俗，要將清白繼關西。

客店

星霜兩鬢皤，迢遞關河阻。孤館動歸思，芭蕉滴秋雨。

寄前山陳孔階

每憶相邀共嘯吟，白雲生處老松陰。寧知別後相思意，漢水東流日夜深。

## 送池景大之淳安訓導

酒盡都門惜解攜，客中送客意淒淒。明朝匹馬嚴陵道，無那青山杜宇啼。

## 陳　洵

字思允，改名洵仁，長樂人，登族弟。見上。洪武十八年進士。授中書舍人，擢刑科給事中。有黄門集。

### 題金希晚香亭

養晦樂閒棲，孚名故紛逐。常慕柴桑翁，東籬種寒菊。一醉不願餘，都忘榮與辱。金君金閨彦，高志蹈芳躅。構亭羅秋色，寒香伴幽獨。門掩千峰秀，人行半溪緑。悠然坐繩牀，静觀無不足。

### 送林士仁之天官

林子卓犖真丈夫，胸藏萬卷嗤俗儒。蔚爲九苞之鳳采，瑩如合浦之明珠。士之特達馬千里，碧啼夭矯登天衢。治安策上萬言書，滔滔峽水瀉銀壺。今年計偕上玉闕，拜命行見主恩殊。渚蒲蕭蕭堤柳黄，東門祖帳百壺香。眼看英顔騰驤去，老夫獨立神内傷。

## 咏挹翠軒

軒居無一事，水木澹春暉。山翠鈎簾入，鷗閑帶艇歸。地偏應接少，心遠嘯歌微。羨爾林中士，悠然自適機。

## 夜坐

高閣花氣遠，半牕雲影明。邇來罕人事，適我幽居情。春老夢方醒，官休身更輕。曾聞玄冥子，端坐得無生。

## 村歸

滄江新雨後，棲鳥故飛飛。月白青林上，人閑古道歸。疎籬帶流水，寒犬吠殘暉。江海忘機客，三年卧草衣。

## 送鄭典史復職温州

最奏金門雪正花，旋看啣命出京華。山寒匹馬經吴苑，春送孤帆入永嘉。蓮幕政閑稀報事，莎庭吏散早休衙。漫言卑秩嗟留滞，且領皇華到海涯。

## 題畫

翠壁紅泉隔市塵，依稀風景武陵春。漁郎去後迷歸路，誰向溪頭再問津。

# 陳 週

字仲昌，閩縣人。洪武初布衣。有筠軒集。

邑人林誌筠軒記：三山陳仲昌氏，世居榮繡里，里有文筆、石鼓、岱頂諸峰，秀出傑峙，而瀨江之水環焉。仲昌既居占其勝，耕讀自樂，不求聞知於人。四子皆玉立夙成，而長叔剛尤穎異。

柳湄詩傳：竹窓雜記：「陳週家居義渡，即大義。業農，好書，隱居不仕，惟以養鴨爲生。有堪輿者相一吉穴，願獻於其鄉吕姓者。吕暴發登科，貴倨驕佚，閽者不爲通，伺於門牆累日。值春雨淋漓，地師乃投仲昌宿焉。雨兼旬，仲昌無以餽客，初以鴨卵餉之，卵盡，乃烹鴨。吕氏竟不得入。地師感其意，遂以獻吕之地獻陳，爲其遷葬考妣。永樂辛丑，長子叔剛第進士，封仲昌監察御史。次子叔紹，正統乙丑進士。叔剛子煒，天順庚辰進士。四世第進士者十人。」志載：「週父鈺，好施。週構萬玉潭草亭，種竹萬竿，少師楊士奇爲之記。」按，週父鈺，祖宅大頂、文峰當其前後，奇峰湧出，如拱如揖，秀特干霄，不可名狀。堪輿家所謂帳下貴人，適丁其運，則科名連亘，不獨考妣得吉地也。蒼按，「五季時有陳檄者，由光州從王氏入閩，官太尉。長子令鎔，卜居大義，遂成巨族。週四子：長叔剛，名棖；次叔紹，名棖，皆進士；三叔復，名栖。叔剛長子煒，進士；燿，有孝行。煒子壐，不樂仕進。壐子全之，進士。燿子墀，進士。墀子朝鋈，恩貢生。叔紹子焯舉人，志有傳。叔紹孫堪，隱義山，能詩。堪子嚴之，進士。通志俱有傳。叔復長子烓，進士。烓子達，與燿子墀同登進士；烓次子進，太學生，河南都司經歷；三子暹，進士。以上十二人通志有傳。達子朝錠，舉人，志有傳；朝鉅，庠生。朝錠子邦注，布衣；朝鉅子价夫，庠生；薦夫，舉人。以上五人皆能詩。价夫、薦夫見郡志，叔服次子焻，諸生；三子焞，貢生。週第四子未攷。

### 寄林枝

梅風吹雨亂山陰，却望山頭見客心。繼業當傳麟史學，思親應廢蓼莪吟。閑雲引水通蔬圃，卜地誅茅傍石林。誰謂李生盤谷遠，籃車早晚一登臨。

## 唐　震

字士亨，閩縣人。洪武二十一年廷試第二，以榜眼授翰林編修。

## 鼓山喝水巖贈僧

靈境欽幽寂，玄巖閟林莽。秋風何處來，泠泠百泉響。雲花散天宇，空翠入蒼漭。卓錫振梵音，寒流自西往。道人此投跡，風磴時獨上。竹徑清露繁，松關碧苔長。蓮社如有期，攀緣恣佳賞。

## 王偁

字孟揚，又字密齋，翰子，振父，見下。永福人。洪武二十三年舉人。永樂初薦授國史院檢討，命參英國公張輔軍事，坐黨下獄死。有虛舟集。洪永十子之一。

竹窻雜錄：永樂初，王孟揚詩學李白，有虛舟集行世。歌行、律絶如幽澗流泉，清而有韻。近年吾鄉彙刻十子集，孟揚詩刪去十之三。如咏紅葉云：「一片飛來堦下風，滿林驚覺夜霜紅。緑圭不剪封周弟，錦字頻題出漢宮。亂撲征衣山徑裏，染成秋色夕陽中。幾回記得停車處，錯把春華認晚楓。」又如寄張真人云：「海闊傳書曾令鶴，夜深飛佩欲騎鯨。」又如挽林處士云：「雨荒修竹棋聲靜，塵滿閑牀鳥跡稀。」又如送人之揚州云：「往事玉簫明月夜，江南春雨緑蕪天。」皆集中佳句也。當時削之，似失斟酌，每覽舊刻，輒爲三嘆。

柳湄詩傳：偁父翰，字時齋，元季爲潮州路總管。先爲閩行省郎中，已而以潮州總管棄官。遂走閩爲黄冠，棲永泰即今永福。山中者十年。高皇帝聞翰賢，詔有司强起之，翰刎死。後偁築仰高堂祀之。門人林誌爲記。偁方九歲，師事聞過先生吴海，以經義舉於鄉，試禮部不第，例就祭酒授業。居數年，遂疏乞歸終養。文皇帝即位，有司薦起，授翰林檢討，進講經筵，勅修永樂大典，偁爲總裁官。大典成，英國公張輔奉命征交趾，表偁爲護行。交趾平，輒復叛。偁以故移官交趾參議。解縉，偁舊游也，坐言事下獄卒，同被讒以死。著虚舟集五卷。其詩恬雅安和，次於林鴻、王恭。蒼既刻十子集，今祇存大略。偁事蹟詳其自述誄中。按列朝詩集：永樂初，詞林稱四王：錢塘王希範，閩人王偁、王恭、王褒也。詞林人物考：孟揚平生氣節高勁，議論英發，文章偉博，書法遒妙。學士解縉嘗稱其人品在蘇長公之列，文亦相類。至於詩陵轢漢唐，使眉山見之未必不避竄而煬也。所著有虚舟集，至今海内重之。

### 車遥遥

車輪何遥遥，西上長安道。不見車上人，空悲道旁草。君行日已遠，恩愛難自保。憂來當何如，一夕夢顛倒。豈無中山酒，一浣我懷抱。但恐三春華，顔色不再好。車聲何粼粼，風吹馬蹄塵。願隨馬蹄塵，飛逐君車輪。

### 咏史

丈夫一言合，不論故與新。傾蓋即相許，白首如路人。夕爲牛下士，旦作齊上賓。吐論即見收，揚芳及後塵。豈無私嬖讒，不能間其親。虞卿起相趙，五羖西入秦。一旦魚水歡，舉屬疏賤臣。志士慕知己，臨風一馳神。

## 游小雄澗壑有賦按，在永福縣。

陰島變殘雪，新流吐溶溶。偶尋一逕微，獨與採樵同。兩巖溼花霧，衆竅吟天風。雲根濯苔髮，亂篠相冥濛。盤巖折磴道，似覺冥搜窮。石門忽中斷，曠望開煙叢。蘿雨澤毛髮，松栝清心胸。了然青洲霞，照影寒潭空。始知人境外，别有仙源通。振舄揮片雲，投情依遠鴻。玄棲極要眇，神遊小崆峒。真仙金鵝蕊，一室丹火紅。敕授紫囊訣，永期鸞鶴蹤。却憶望城市，白日氛埃中。

## 尋小雄仙巖二龍潭，值風雨，歸草堂作

昔人洗玉髓，幽洞驅龍耕。丹成輟瑶耒，成此秋水泓。飛巖夾兩鏡，洞見雲霞生。百鬼不敢啼，雌雄常夜鳴。有時湍瀨寒，幾曲流璚瑛。清秋墮蟾影，白日聞雷聲。偶茲訪靈奇，掃石窺清泠。洗心盟鷗鷺，濯髮解冠纓。長風動懸蘿，颯爽毛骨輕。飛雨灑然至，萬壑秋冥冥。歸途樫桂影，了了心目醒。到家興未已，石室披丹經。

## 入西山訪張隱士

兩巖噴飛瀑，結屋煙蘿里。山人不冠屨，客至同隱几。獨鶴海上歸，孤雲澗中起。淨掃白石牀，風來墮松子。

## 歷峰蘭若宿偉上人禪房

煙林晚蒼蒼，白石開禪扉。閒中叩幽寂，恍似東林時。大千息群動，水月破陰霏。出世逢真僧，允矣旃檀枝。空香出深竹，梵唄諸天隨。真源寂無取，化有潛一機。嗟我食色身，未能釋群疑。嘗希妙高聚，洞豁杳莫窺。因心了衆幻，稽首成皈依。

## 秋夜齋居懷唐泰

高梧月未出，暝色疏煙裏。鼪鼪鳴雁來，聲在秋塘水。孤燈捲簾坐，寒影對窻几。青空吹微霜，瑟瑟動輕葦。援琴不成音，感别在千里。誰值晨風翰，淮波盼游鯉。

## 晚宿雙峰驛樓與故人陳哲言别

山暝煙已斂，林凉月初生。扁舟泊江汜，屬吏欣相迎。登樓引孤興，開筵坐空明。杯分劍溪緑，簾捲雙峰青。几席湛碧流，蘭氣浮冠纓。泠泠露叢鵲，中夜四五驚。偶因念物性，終焉感吾情。十年懷一枝，三匝棲未寧。茲晨胡爲哉，又逐孤雲征。良宵一邂逅，明發增屏營。蕭蕭衆籟寒，萬壑同時鳴。緘辭别知己，解纜摇行旌。

## 賦得幔亭峰送張員外還閩中

秀色照海甸，百里青嶙峋。衆山如游龍，一峰高出雲。昔傳武夷君，於茲宴曾孫。鸞飈載河車，來往何繽紛。羽蓋云已久，玄賞今尚存。夜深天籟寒，猶疑鶴笙聞。而我昔遊覽，望之隔塵氛。天影瀉潭鏡，翠壁明微曛。别來區中緣，汩没摧心魂。茲山不可見，夢寐懷清芬。張侯有仙骨，幾年在鷄群。中林赤松期，久負瑶池尊。斯行問初服，訪古清溪濆。幻宇結空翠，層巖閉氤氳。櫂歌九曲來，餘聲振衣巾。玉如或可訊，爲予謝仙真。

## 宿釣臺

高臺薄層霄，仰視煙霞深。羊裘昔何爲，遺身在雲林。漢宮久荒凉，霸業成古今。飄飄釣臺絲，尚爾清煩襟。幾年倦羈旅，扃舟宿溪濱。折芳欲有酹，灑酒絃素琴。臨流恍中夜，霄漢星光沈。

## 登金山寺

江近海勢闊，中流孤島分。化城若浮出，鐘梵空中聞。真僧何方來，於茲巢白雲。魚龍護法界，日月棲山門。而我泛梗蹤，偶因滌囂紛。真源杳莫測，積氣長氤氳。一灑甘露言，便覺蘇焦焚。棲身恍圓鏡，永絶諸漏音。

## 發龍江和同官王洪之作，時使節之長沙

朝發龍河津，駕言適南楚。顧兹念王程，臨流不遑處。是時長風來，遥空霽疏雨。群山坐滅没，千里但延竚。豈不懷友生，幸此息辛苦。歸命諒有期，毋爲惜乖阻。

## 南海登粤王臺

載酒豁清眺，嘯歌粤臺巔。粤臺久寂寞，海色空蒼然。荒城南斗外，碧草春風前。雲木隱暝色，落日哀啼鵑。緬懷全盛日，萬里恢疆躔。疏封赤社大，列雉南溟專。兹臺一何高，俯視如控弦。運化神物改，代往陵谷遷。千金買辨土，古瓦空寒煙。惟有山僧來，此地開梵筵。諷唄發深夜，鐘鼓羅諸天。觀物理則如，倏往猶千年。誰將峴山淚，爲灑南雲邊。

## 交阯贈節鎮黄司空

補衮美周甫，分岳咨堯牧。晤言懷古人，于兹緬芳躅。圭璋信偉器，麟鳳豈凡族。天南一星明，萬里忻共矚。揭來炎海濱，奠拓古輿服。懷柔心爲勤，撫馭令尤肅。政淳回澆漓，仁遠起頽伏。鯨濤安中流，鳥語變華俗。頓令天地春，浩蕩被陰谷。伊予慕光華，幸此近膏沃。衆中覩節鉞，丰采朗如玉。天狼晝已墮，神珠夜當復。願言歌德音，吉頌愧清穆。

## 行路難

倚劍且勿嘆，聽我行路難。世途反覆多波瀾，焦原九折未爲艱。君不見，漢謡斗粟歌未闌，長門一夕秋草殘。骨肉之恩尚如此，何况他人方寸間。又不見，絳侯身榮應繫獄，賈生終對長沙鵩。功成更覺小吏尊，才高寧避明時逐。所以赤松子，遠赴中林期。誰能吴江上，見笑鴟夷皮。驪龍有珠在滄海，勸君逆鱗勿嬰之。子推介山下，屈原湘水湄。當時枘鑿自不量，至今憔悴令人悲。行路難，難爲言。滄浪一棹且歸去，長安大道横青天。

## 短歌行

東風吹花墮錦筵，緑楊半嚲青樓煙。主人自爲鴝鵒舞，小妓更奏鴛鴦絃。當杯入手君不醉，落日已在西山巔。短歌一拍心茫然。請看明鏡高臺上，何須白髮悲芳年。

## 長相思

長相思，乃在瀛洲之上，碧海之涯。閬風蓬壺相蔽虧，琅玕碧草何離離。安期偓佺空有期，五龍起舞鸞鷟隨。祥風化日同熙怡，碧桃笑花春滿枝。鸞驂鶴馭同遨嬉，我獨何爲困羈離。弱水三萬不可飛，長相思，心爲悲。

## 宿桃溪方翁家贈別

清溪一帶緣桃花，春來水上流胡麻。東風尋源泛瑶棹，雲中遠見山人家。於兹水木相含景，梟梟松杉亂天影。少焉林壑衆籟鳴，巾舄飛來片雲冷。二三老翁住東陂，薜衣霜雪垂兩眉。自言入山歲已久，不知人世今何時。傳聞有客驚還喜，共薦清泉飯松子。烟林霧篠不逢人，碧草苔花應滿地。問予何事在塵間，那似山中日月閑。澗户聊同魚鳥醉，石牀常伴雲霞眠。乍逢靈境真堪悦，區緣未謝還成别。别後重來定幾時，夢繞溪邊緑蘿月。

## 凌歊臺懷古

朝發石頭渚，暮宿黄山道。攜酒眺古臺，離離但煙草。憶昔前臺何壯哉，宋主離宫臺上開。臺前寶樹入層漢，臺下炎歊隘九垓。楚山望盡蜀山出，雄跨全吴勢凌突。欲吞銅雀俯中原，不數黄金貴奇骨。三千歌舞宿雲端，公子王孫往復還。秦闗捷書不再返，鼎湖飛龍誰復攀。繁華一旦乃如此，寂寂荒臺秋色裏。往事徒悲禾黍埸，殘碑半墮滄江水。

滄江水流去不迴，空陵刼火變寒灰。欲將霸業問行客，黄山落日清猿哀。

巫山高

巫山不可望，望極使人悲。樹暗啼猿峽，雲空神女祠。秋聲留別恨，夜月悵佳期。欲問高唐事，惟應宋玉知。

晚歸湖上

一逕愜幽尋，悠然世外心。不緣流水泛，那識落花深。潭影澄天鏡，松聲韻素琴。前林煙磬發，歸晚月沉沉。

送人之毘陵

興盡一杯酒，相看欲别時。孤帆乘吹發，一雁度江遲。千古蘭陵令，秋風季子祠。勝游多感慨，爲爾寄遐思。

## 賦得花影

欲拂更紛紛，空香寂不聞。亂迷芳蝶夢，輕護錦苔紋。襯月籠書幌，因風颺舞裙。莫移庭下步，蹴碎一階雲。

## 嚴州江上

短棹蕩江春，春風物候新。岸花飛送酒，沙鳥近窺人。碧樹籠青嶂，芳洲點綠蘋。因悲城市裹，日日醉紅塵。

嚴子投竿處，春來載酒過。潮聲通越近，山色入吴多。沙際舟如月，雲邊鳥似歌。客程隨去住，那許歎風波。

## 送孫處士歸四明

聞説四明路，迢迢隔剡溪。天連滄海闊，樹擁白雲低。山憶謝公詠，人宜賀監棲。送君從此去，欲使宦情迷。

武昌晨望

不飲武昌水，焉知吳楚風。山川霸氣盡，今古壯心雄。帆去三湘遠，天連七澤空。登臨何所恨，江漢正流東。

邕州

五管推名郡，雙江接上游。人家蠻洞曉，山雨瘴煙浮。遠客誰青眼，殊方易白頭。夜來南極上，分野望牽牛。

舟中懷彭詡

遠漢落星稀，疏林驛火微。已知去國遠，況與故人違。旅夢驚殘葉，涼聲到客衣。何時聯畫舫，同望楚雲歸。

晚至鶴林寺

問訊山人指白雲，數聲煙磬隔溪聞。竹房燈靜知僧梵，松院苔幽見鶴群。聽法夜深山寂寂，懶吟衣上月紛紛。曉鐘又逐塵緣散，此地心期孰與論。

## 山中送陳生歸海上

洞口花飛春欲闌，玉缸攜酒送君還。三年厭見天涯月，千里歸尋海上山。壯志功名看髮變，浮雲世事與心閑。要知別後相思意，萬壑松濤懶間關。

## 登古囊山辟支巖和瓢所居士之作，因寄黄八粲按，林敏，稱瓢所居士。

何處秋吟覓遠公，蒼苔古道石林東。月生雙樹聞虛籟，香繞諸天見化宫。萬法已超言説外，此身多在别離中。明朝更寫三生偈，去約忘機海上翁。

## 中秋與劉大會温陵，因寄舍弟

相逢斗酒粤江濱，客裏襟期有故人。天上幾迴今夜月，此生空笑百年身。且須縱醉清尊倒，謾説憂時白髮新。却憶雁行同賞處，故山回首一霑巾。

**春日對酒酬鄭公啓** 按,公啓,闕字。

與君相見即相歡,況值芳春感二難。按,鄭闕字公啓,鄭閣字公望。尊酒且邀花底醉,流年不用鏡中看。江頭草色侵衣袂,雨後鶯聲滿石欄。世事悠悠祇如此,出門何處可彈冠。

**登九仙山懷林頫因寄**

雪後空江一棹過,新年草色送離歌。心知別後登臨少,福地重來感慨多。谷口飛花看薄暝,洞門啼鳥掩垂蘿。知君亦有東山屐,歸去雲林近若何。

**與夏少府迴話別,登薛老峰** 按,在福州郡治烏石山。

新秋客裏喜相逢,絕頂登臨興不窮。遠嶼綠波孤鳥外,亂山黃葉白雲中。明朝霄漢應誰共,別墅琴尊此會同。去後重來相憶處,短筇吟倚候歸鴻。

**同自牧、瓢所宿張氏南樓** 按,馬守約字自牧。

鳥下平蕪夕靄收,偶攜江客宿層樓。月明清夜聞鴻雁,牕近天河絓斗牛。幾杵鐘聲雲外杳，千家樹色暝中浮。醉來枕藉秋衾薄，疑借仙槎覓遠游。

## 挽石泉藍公前元閩省知事按，即元行省藍光。

曾將孤憤負當時，老判南荒衆豈知。王氣已隨陵谷改，劍歌空對海天悲。秋風白髮驚殘夢，落日窮泉有所思。欲弔玄沙孤鶴遠，不堪惆悵淚如絲。按，仲晦墓在侯官北郊玄沙山。

## 早朝同周員外玄賦，時有祀事

花擁千官刻漏傳，蓬萊遥在五雲邊。星移北斗當宸極，樂動南薰捧帝筵。遲日漸晞仙掌露，輕風猶裊御爐煙。明朝海上祠金馬，紫鳳丹書下九天。

## 送林叔亮教授四明

秦淮斷雁不堪聞，惆悵官亭一送君。尊酒暫留吴市月，扁舟遥指越溪雲。秋來幾處寒聲早，海上千峰秀色分。帳下諸生相待久，未應寂寞嘆離群。

### 過皖城謁余忠宣祠

寂寞孤城野水濆，亂餘猶見幾家存。女牆落日埋秋草，官樹啼烏集暮雲。百戰徒聞存國步，孤忠誰復弔英魂。夜來遺廟空庭月，長簫悲笳不忍聞。

### 飲牛潭

洗耳在潭下，飲牛在潭上。白鷺飛復來，煙中立相向。

### 望君山

風來洞庭白，雨歇君山青。巴陵明月夜，瑶瑟怨湘靈。

### 閨思

冷落殘箏十指疏，良人遠戍近何如。樓頭數盡南飛雁，不見遼陽一字書。

## 雨中過洞庭

昨夜南風起洞庭，曉來湖上雨溟溟。忽看天際驚濤白，失却君山一點青。

## 重登岳陽樓望君山

南湖煙水接天流，天際青螺掌上浮。欲弔湘君何處是，不堪重倚岳陽樓。

## 黄陵廟

芳洲煙草碧萋萋，古廟雲深落日低。剗盡殘碑無可問，春山惟有鷓鴣啼。

## 林　賜

字伯予，正統解元，僑父，長樂人。或誤莆田。洪武二十六年鄉試第一。溧陽教諭。

## 題翁石山房

玉澗隨處深，蘿衣謝時早。幽棲同鹿門，勝地即蓬島。緬懷京國游，却戀雲山好。何日賦歸來，相將拾瑶草。

## 鄧定

字子静，閩縣人，洪武間布衣。有耕隱集。卒年八十餘。入通志隱逸傳。東越文苑：高皇帝以遺佚徵定，不起，遂削跡於竹溪之上，築耕隱堂隱焉。蒼按，竹溪即閩縣東之竹嶼。諺云：「未有福州城，先有竹嶼鄧。」林茂之耕隱集序云：「吾郡鄧子静先生，生於元季。其詩已三百年，幾不傳。至八代從孫鄧汝高觀察，方刻行於世。」

### 會龍山

青山何鬱盤，勢若群龍會。高人結茅屋，端居養時晦。門臨野水邊，路出飛靄外。素志樂琴書，浮榮薄軒蓋。望望不可即，企想心所愛。長歌賦招隱，清風激林籟。

### 善溪徐無用山房

幽居多野況，麋鹿自爲群。水向雙溪出，山從絶頂分。松窻朝聽雨，石碓夜舂雲。我亦逃名者，相期避世氛。

## 春日

坐覺青春晚，行看白日長。桃溪魚浪煖，花逕燕泥香。步屧閒相過，開樽醉不妨。少年歌舞地，回首幾斜陽。

## 和王丞南澗寺之作同子真賦按，寺在福州郡治烏石山。

諸天臺閣倚層空，下視扶桑積水東。山色潤含烏石雨，鐘聲低度海門風。萬家井竈炊煙白，幾處江城返照紅。聞道講師曾說法，曇花飛繞梵王宫。

## 登鳳邱按，在閩縣東門。

一壑煙霞遠市塵，半空樓閣俯城闉。白雲滿地不成雨，好鳥數聲啼破春。老衲有時分席坐，野人無事過門頻。東山猿鶴遲歸隱，何日攜書共卜鄰。

### 曹泰

字文舉，一字吉亨，初姓陳，光澤人。永樂二十一年舉人。安慶府訓導，正統初薦擢監察御史，巡按貴州、山東，擢四川按察使，陞大理少卿，撫蘇松，左遷廣東按察副使，復四川按察使，陞右副都御史，總督漕運。

柳湄詩傳：閩書以泰爲邵武人，明史、縣志作光澤人，今從之。

## 題班姬秋扇圖

摇落楸梧十二闌，掌中心事扇中看。君恩不似齊紈薄，無奈瑶臺風露寒。

## 胡　時

字子俊，上杭人。洪武間薦舉本學訓導，卒於官。

## 村　居

豆種南山秫種田，醒時獨酌醉時眠。溪頭水漲夜來雨，門外山含曉起煙。邨鼓數聲春社日，牧童一曲夕陽天。東鄰老叟時相問，桑柘陰中話有年。

## 伍清源

字石泉，連城人。洪武間以明經舉寶鈔提舉副使。

## 游東田石

匡興札札出郊原，露冕真慚鶴在軒。落日孤城迴野色，石根流水退秋痕。劈空宛爾仙人掌，拄杖依然玉女盆。靈鷲只疑天竺近，青冥端礙日車翻。茶餘月照蓮花頂，磬罷僧歸柏葉園。自喜病軀生羽翮，暫依梵宇息心魂。風雲天地浮生在，文物衣冠有夢存。歲晚讀書巖室上，心閑隨地有桃源。

## 張顯宗

字名遠，寧化人。洪武二十四年進士，廷試第二。以榜眼授編修，遷太常寺丞，國子監祭酒。歷官工部右侍郎。通志誤作「廷試第一」。

柳湄詩傳：顯宗，建文末年陞工部侍郎，奉詔往江西招募丁壯以禦靖難。成祖即位，謫戍興州衛。永樂五年起爲交趾左布政，卒於官。交趾人祠祀之。

## 交趾夜坐偶成

天外蟾光透短櫺，寒氈獨坐旅懷清。園林花木時開落，寰宇英豪幾萎榮。莽操懿温猶有跡，蕭曹房杜祇存名。歷觀往事渾如許，何用紛紛智力爭。

何喬遠云：「無論服官、從役，皆涉於訕，豈蒙召仰藥，本詩禍歟？」按，公爲交趾布政，在永樂五年。公之卒，在永樂六年十二月。是年七月簡定復叛，公適死於斯時。發疽、仰藥，傳聞異辭。翁正春爲公祠記云：「公抑鬱遄死，意類夷齊。」而陳統言其平日詞氣温雅，不露圭角，獨微見意於夜坐之詩，事蹟茫昧莫定。是詩所由作，後人疑以存疑可也。

## 吴言信

邵武人，洪武二十四年廷試第三人，以探花授翰林編修。

志載：洪武二十四年，帝召諸王入宫受勅，訓將，練兵，口占勅命，命修撰練子寧、許觀、吴言信書「皇孫允炆」，親目之曰：「使姦邪不得口舌惑聽。」及靖難兵起，言信不知所終。或謂舉家死難也。

### 杭川大乾中坊淘灘

冬淘石上灘，莫畏江水寒。爾輩僅龜手，篙師心力殫。危途爭性命，胡乃終日攢。山僧袖手言，名利多波瀾。前年傷巨賈，今歲溺高官。禹功遍天下，思之忽長嘆。

# 全閩明詩傳　卷五　洪武朝五

侯官　郭柏蒼
　　　楊　浚　録

## 趙　迪

字景哲，懷安人，洪武中布衣，自號白湖小隱。有鳴秋前後集。竹窓雜録以迪爲洪永十才子之一。

竹窓雜録：趙迪，字景哲，閩縣人。國初，十才子能詩，景哲其一也。詩多散逸少傳，尤長於詞。送友還山踏莎行云：「徑轉清溪，花飛紅雨。武陵風景知何處。當年厭聽水聲寒，豈知忘却來時路。水繞人家，煙迷津樹。晚峰江上青無數。幽人此别更多情，移家歸向山中住。」景哲號鳴秋山人。

靜志居詩話：景哲五古學唐人而得其丰韻，二玄遠遜之。不知當日何以不列十子之目。

柳湄詩傳：迪本宋室。晉安風雅、十二代詩選皆誤迪爲「閩縣人」。徐庸湖海耆英集載迪元夕應制詩。徐泰皇明風雅以爲「宜陽人，官吏部侍郎」。按，迪有元夕應制擬作及擬勑借岐王九成宫避暑奉和聖制、從蓬萊向興慶閣道中春望之作，此三詩乃擬作，非應制也。俞憲百家詩以迪爲「山人」，是矣。迪能詩善畫，閩畫記：「景哲工水墨山水，學米南宫父子。」按，迪居閩縣南門外之白湖，洪永諸子多與迪贈答。次子壯，宣德乙卯舉人，南海知縣，景泰五年始集迪舊稿，存者僅十之一二，分鳴秋前、後集授梓，置於家塾。

## 晚眺

白雲深處野人家，倚杖閑吟日未斜。江上數峰看欲盡，晚鐘殘月入蘆花。

## 山水圖

蘇耽昔隱處，落日惟孤雲。青山丹竈前，橘井香氤氳。湖光林際斷，嵐氣霞外分。仙源不可即，清思徒紛紛。

## 鱗次臺集宴送馬自牧歸館

盍簪陟崇臺，憑高豁千里。清樽屬離人，年光若流水。浩浩江海心，悠悠雲山意。天空鳥影寒，日落秋聲起。對此渺予懷，懸情自茲始。

## 客中除夕

牢落天涯夜，人窮歲亦窮。空山雙鬢白，孤館一燈紅。臘盡屠蘇外，春來爆竹中。此身如斷梗，何事苦匆匆。

## 冬夜感懷

窮冬天地閉，積雪暗河關。身世隨孤雁，家林隔萬山。江聲回宿夢，燈影對愁顔。遥夜心千里，蕭蕭兩鬢斑。

## 送王孟揚之京

年來知己歎飄零，誰唱離歌復忍聽。有恨空江芳草緑，多情落日故山青。雲間征騎頻催發，花外流觴祇暫停。却恐分攜愁不極，臨風長醉莫教醒。

## 送林漢孟之温陵按，長樂林敏，字漢孟。

年來知己各離群，况是春深又別君。柳色青青芳草緑，停盃凄絶一江雲。

## 題浦舍人梧竹圖

吾懷出塵想，飛思凌滄洲。湘江夜來雨，寒色川上浮。凉飄金井夕，露滴銀塘秋。故人隔千里，對此空離憂。

## 秦淮夜泊

凉月夜沉沉，扁舟泊淮甸。微雲逗殘星，澄江凝素練。鐘聲林下來，雁影空中見。回眺泊秦淮，春雨花如霰。

## 白雲精舍和十詠之一

幽齋白雲裏，苔徑隱林樾。空庭葉落多，深竹書聲歇。賢令久不過，前修跡蕪没。凉飈響疏林，猶疑絃誦發。

## 滿月洞天之二

洞天絶人境，清輝夜常滿。松際天影寒，洞口林光散。昔人煉鼎處，石竈雲猶暖。風篁如星鸞，時見綵雲斷。

### 天柱獅巖之四

岧嶢天柱峰，幽巖如白澤。形若神獸蹲，影類海鼇立。日出陽嶠紅，雲歸陰林濕。詎非鑿混茫，猶如神禹跡。

### 獎皐叢林之七

沉沉青蓮宇，隱隱聞疏鐘。桂殿芳蘚碧，蘭階落葉紅。經聲出深竹，石瀨鳴寒松。東方有佳興，解綬來相從。

### 洞宫丹室

仙人有丹室，遥隔翠微裏。石鼎雲影紅，星壇霞氣紫。珠林散暮聲，璧月落秋水。靈跡今尚存，神光夜中起。

## 禪巖夕照之九

空巖夕照來，寒入野僧定。歸鳥帶殘光，連雲度蘿徑。禪房掩暮山，楓林起烟磬。幽人獨去來，凭軒足清隱。

## 幽人獨憩圖

幽人遺世氛，心與浮雲薄。薜蘿寒可衣，山泉時自濯。白雲林下來，黄葉衣上落。高風不可攀，逍遥在林壑。

## 北邙行

北邙山下悲風急，魂車轔轔男女泣。浮生富貴能幾何，請君聽此薤露歌。居貧艱難葬獨苦，在富光輝人送多。句孱，所以不敵十子。山前翁仲笑相語，貴賤應須土中去。語亦淺近。新墳峨峨土獨濕，日暮狐狸作人立。白楊蕭蕭人已歸，佇看人前生荆棘。魂孤魄瞑重泉杳，新鬼大兮舊鬼小。不知新鬼復舊鬼，北邙道上應多少。

## 塞下曲

朔北寒風起，春來雪作花。黄雲愁隴水，白骨怨胡沙。柳暗邊城暮，營空塞月斜。故園芳草緑，歸夢幾還家。

## 登餘干城

荒原落日過重城，萬里蒼茫感客情。鄉思雨中和雁斷，秋風江上見人行。楓林西入吴江遠，驛路東分楚水平。遥望天涯流落久，此所以不及十子。暮雲啼鳥自縱横。

## 殘　雨

黄陵日已昏，蕭颯凉飈起。殘雨過空江，冥濛若千里。

## 王　中

字懋建，晉江人。洪武二十七年進士。長興知縣。

明詩綜：洪武辛亥進士有沁水王中，甲戌有同安王中。蒼按，明進士題名録：「王中，晉江人。」

通志洪武二十六年選舉：「王中，晉江人。二十七年進士。」王中誤同安。

## 中秋述懷

淹倒羈棲客，傷心兩鬢華。途窮惟有淚，世亂更無家。暗雨聞塞雁，悲風急暮笳。艱難今一概，何處問生涯。

## 黄家洲客舍留别

數載俱流落，相逢鬢已秋。生涯同寂寞，書劍祇淹留。沙闊隨天盡，江平帶日流。别離殊不愜，回首思悠悠。

## 泊鏡口

日暮風濤穩，扁舟泊此隅。雲山歸夢杳，鄰舫語音殊。片月寒江永，平沙旅雁孤。無才合漂泊，不敢恨窮塗。

## 唐泰

字亨仲，侯官人。洪武二十七年進士。授行人，出爲浙江按察僉事，陞陝西按察副使。有善鳴集。洪永十子之一。

柳湄詩傳：明進士題名録：泰，侯官人，其集署曰「三山」。袁表選十子詩及晉安風雅皆誤「閩縣」。泰少善聲詩，與同郡黄審理濟爲詩友。其所著多軼不傳。竹垞明詩綜：閩中洪永十子，如唐泰、陳亮、鄭定、王褒、周玄、黄玄各選十首，實不足以知全鼎之味。蒼既刻十子集，今祇存大略如此。

### 古意

洞房掩秋碧，落葉銀井闌。美人芙蓉服，繡作三青鸞。鏡眉怨深黛，粧淚悽餘斑。惟將明月影，雙繫南金鐶。

### 送友人之金陵

醉别解長劍，時人無此心。看君青雲去，驛騎何駸駸。祖餞不及言，徒爲進南金。得意必殊倫，離憂當自任。於焉向江漢，千里多寒陰。片帆吹霜氛，落葉兼鳴砧。淮水西北流，相望一何深。獻納拜雲闕，光輝並華簪。毋作兒女懷，將分淚盈襟。

## 次陳山人隱處

獻春始休沐，輕策尋幽風。煙篠不知路，柴扉隱其中。雜花覆小磵，下映流泉紅。冥心聽喧鳥，解帶投芳叢。誰識此嘉遯，心期黄綺同。南軒有餘興，月出鳴絲桐。

## 送舒從事歸瓊海

年少不得意，勸君須盡觴。南天七月火雲熱，古道蟬鳴槐葉長。翩翩疋馬辭鄉縣，豈爲臨歧淚如霰。征旆飄飄君莫悲，戎衣慷慨人皆羡。城陰相送白日斜，驛道南登瘴癘賒。夢着還尋北堂草，醉來忘却東園花。行色匆匆爾何苦，世上悠悠焉足數。歲月休將鏡底過，功名好向刀頭取。知君此去壯心横，島夷卉服海塵清。粤王臺上垂楊色，黎母山前斷雁聲。君不聞，絳灌却因屠酤輩，祇今青史傳其名。

## 寄林七欽

千里一爲别，思君遠更親。雲霄心獨倦，江海業長貧。古道迷黄葉，寒汀覆白蘋。秋風如有待，歸計欲垂綸。

過黄玄之山居

半生流落意，相見但依依。臥病看春盡，愁心對客稀。砌花飄磵户，畦藥映園扉。莫怪頻來此，滄洲興不違。

晚次雪峰寺

微霜落葉度關河，古寺清秋映薜蘿。輕策獨隨飛鳥去，好山偏向夕陽過。三花衹苑逢僧少，獨樹空臺積雨多。暫盍朋簪耽勝果，下方塵土易蹉跎。

江上書懷寄周玄、林敏

昔年曾共醉蘭舟，明月閑情憶舊遊。獨客荒村空向暮，異鄉多病厭逢秋。殘烟古戍聞寒笛，落日楓林見驛樓。爲報別來憔悴甚，漫因樽酒一銷憂。

山中舊業枉陳山人見訪，兼呈林處士

少年書劍愧蹉跎，舊業空山掩薜蘿。看竹渾忘塵外跡，懷人偏向雪中過。乞歸故國青霄遠，臥病閉門白髮多。別去爲言林處士，何如相望一高歌。

過賈誼宅

聞君放逐此淹留，獻納空懸漢室憂。舊宅獨臨湘水遠，遺文曾弔屈原愁。青楓極浦烟光晚，白鳥空江樹影秋。西望不堪懷古意，欲因歸去臥滄洲。

送王秀才偁之春官

同游冠蓋正紛紛，南國才華獨數君。名列上庠深問道，年猶弱冠解攻文。秋齋燈影花深見，晝幔書聲竹外聞。共喜窮經過伏勝，誰能壯志忝終軍。扶摇已縱圖南翮，騕褭仍空冀北群。路向吴關飛朔雪，朝趨魏闕靄春雲。華裾想接金門侍，野服將令社客分。何處高吟可相送，冬青葉落邑江濆。

# 王褒

字中美，侯官人。洪武二十六年舉人。官終王府紀善。有養靜齋集。入郡志儒林傳。洪永十子之一。

按列朝詩集：王褒，字中美，閩縣人。嘗爲長沙學官，知永豐縣。召入預修大典，擢王某府紀善。永樂丙申卒於官。見高棅輓詩序。閩中十子稱「翰林修撰」，殊不詳也。中美與孟揚、安中齊名，有養靜齋集。其詩殊乏才情，不堪鼎足。或其佳者不傳耳。

柳湄詩傳：褒由侯官中式。以專集署「三山」，故誤閩縣。袁表選十才子詩，遂沿其誤。按，褒博極群書，少有詩名，以明經貢入成均，擢舉應天郡。歷瑞州、長沙兩郡博士。遷永豐尹，課農桑，興儒學，縣無逋事。永樂初，朝京師，考上最。已而以文學表修高廟實錄。及修永樂大典，勅充總裁官。褒性剛直，居家以孝友聞。與人交，敬久不衰。人有善，則汲汲然獎進之。卒年五十四，墓在福州東北浮倉山。蒼既刻十子詩，今祇存大略如此。

## 題新安汪子容壽藏卷

人生草上露，回頭日已晞。顧非金石姿，焉用千載期。昨夜高堂歡，薄暮南山陲。絃歌聲未歇，涕淚沾裳衣。達人貴知命，常用此道推。樂邱事已卜，哀挽情亦悲。我生諒如寄，九原行當歸。開尊面息所，不醉復何爲。

題秋林泉石圖

高林頗深邃，遠洲亦縈紆。風景一何異，中有隱者廬。陽巖落日明，陰磵浮雲虚。耕野見秋火，扣舷聞夜漁。揭來塵網中，機務日相拘。念兹膏肓疾，愧彼泉石圖。抱拙謝簪紱，養素宜琴書。俯仰天宇寬，所樂恒有餘。

題靜閣

渺渺天際雲，澹澹川上水。物性適自然，我心亦如此。衆美但眩目，群喧徒聒耳。如何牧羊者，多爲歧累爾。舒情對簡編，兀坐閑中履。俯仰天壤間，熙熙有深理。端坐結芝蘭，成蹊謝桃李。試問適意深，虚堂靜中是。

古洞閑雲歌爲莆田笑庭訢上人賦

古洞深幾許，閑雲日來往。惟應空門居，相知愜幽賞。笑庭上人不出山，身比浮雲閑更閑。松間石榻日應掃，花底巖扉時自關。紛紛郁郁古洞口，白衣倏忽成蒼狗。細觀色相了無蹤，真空境界那能有。雲來碧峰夕，雲去滄江陰。上人笑傲自無心，知向白雲深處尋。

洪武乙亥十二月，余教長沙時有武昌之行，風雨鷄鳴，擁衾不寐，藹鄉閭之思，遂因故人高漫士所寄山水小畫書以寄念云

我家別墅三山陽，浮亭小閣連草堂。騷翁墨客共來往，角巾野服同徜徉。桃李依稀閑可數，槐柳次第森成行。載酒或尋曲水酌，興來年少多疏狂。荔林荷沼望遠近，盛夏六月生微凉。政當群策載堯舜，且復一枕游羲皇。有時散步芳村下，書聲燈影迷昏黃。南畝秋成場圃具，東鄰夜作機杼忙。田家歲事喜僅足，邀迎日日傾壺觴。蹉跎歲月不知至，頓令身世俱相忘。朅來一官滯江海，倏忽五載更星霜。林逋飛夢孤山道，陶潛馳心五柳莊。蚤逢聖代無遺物，徒費廩禄談辭章。自憐微材駑駘並，敢與騏驥爭翱翔。公門簿書動有法，下上挫折殊未遑。鶯花夙去一作「云」。錦城樂，人生何如歸故鄉。

送湘鄉令王子材

玉堂寒月白，吟思在長沙。作令時爭譽，新詩衆共誇。漁家連島嶼，川路入桑麻。煩寄

江南信，疏梅已着花。

送林德入成均

羡君年最少，夙有子雲才。駐馬看吴苑，聽鶯憶粤臺。寒聲林外落，暝色雁邊來。惆悵離亭思，惟多白玉杯。

寄唐進士震

我憶京華侣，經年意若何。别深鄉思減，客久宦情多。淡月回銀燭，疏鐘帶玉珂。青雲如可及，傾蓋一相過。

元夕觀燈應制

魚鑰新開虎豹關，五雲星斗近天顔。絳河月照金盤露，火樹香分玉筍班。鳷鵲漏傳花外觀，蓬萊仗列海中山。萬方樂事同元夕，恩賜千官十日閑。

## 送别

北堂幾許問歸音，暫向都門寄越吟。酖酒自能成野癖，逢人不用説朝簪。日邊歸旆飛鴻遠，天際孤舟落木深。莫訝年來鄉思遠，也知寸草惜春心。

## 采石江上元夕簡武昌周博士、臨湘李驛宰

朝回無處不淹留，元夕江頭駐去舟。九奏簫韶天上聽，千家燈火月中遊。燃犀壯志空流水，倚馬長才見故邱。佳節漫勞傷往事，百壺共醉驌驦裘。

## 送教諭陳廷傑歸湖口

臘月江頭送季方，北山飛雪撲離觴。匡廬樹影吟邊近，彭蠡江聲夢裏長。晚歲重瞻堯日月，清時獨擅漢文章。春來多少南歸翼，毋惜題緘寄玉堂。

## 過九江二絶似同舟諸遊好

屠峰斷岸見涵城，風景依稀灞上營。最恨春來長是客，新鶯細柳不勝情。選一

### 雨中齋居寄倪炯

空齋疏雨又黄昏，那復孤燈坐掩門。縱道異鄉常不雨，舉頭見月也銷魂。

## 林真

字伯誠，閩縣人。洪武二十六年舉人。官監察御史。又永樂間閩縣林真，見卷七。

萬曆府志：林真，字子純，閩縣人。洪武癸酉舉人。任濮州知州。靖難兵入境，大罵不絶，縛置桅上，叢射之死。「伯誠」、「子純」當是一人。祠在閩縣橫山鋪金鼎峰，扁書「濮州知州」者是也。

### 送郭汝亨歸田按，亨，福州南門白湖人。

一尊相送思無涯，烟樹蒼蒼入望賒。白首十年嗟去國，青山萬里喜還家。鐔津月冷猿聲斷，螺浦風高雁影斜。君到澤湖應暇日，春風多種故侯瓜。

## 高嵩

字子高，閩縣人。洪武中教官。

## 立春日題壁

漂泊江淮老廣文，昨宵黌舍又逢春。月支二石五斗米，錄著諸生四十人。鄉遠已拚歸夢數，身閑不厭在官貧。笑看朝日盤中味，可有青青泮水芹。

### 馮　回

字景淵，福寧州人。洪武中布衣。

## 武夷大王峰

亭亭大王峰，壁立何嶤屼。首聞武夷君，於兹蜕真骨。鳳駕杳不還，虹橋忽焉没。惟餘巖際松，年年掛秋月。

### 葉　俊

福寧州人，洪武中諸生。

### 武夷[一]

武夷山下萬年宫，九曲溪頭一棹通。流水落花尋古道，平林過雨見群峰。幔亭人去雲連壑，華表仙歸月滿松。正好相期問丹訣，天風午夜客船東。

## 蘇伯厚

名埻，以字行，建安人。洪武十八年以薦授建寧府學訓導，遷晉府伴讀。永樂初，擢翰林侍書，遷檢討，預修大典，兩校春闈。有履素齋集。

### 畦樂謡

青山繞我屋，垂柳蔭我門。來往絶塵坱，世事邈不聞。惟有衣褐徒，鄰曲相與言。孰云生計拙，亦有數畝園。清晨荷鋤去，除彼蔓草根。但使無饑饉，豈惜筋力煩。濯足清澗濱，矯首觀飛雲。牀頭有濁酒，欣然自開尊。

## 陳鈞

字衡臣，羅源人。洪武中以人才薦，官建德縣丞。有退軒集。成化中閩縣陳鈞，見卷十。

### 題金山壁間畫

空翠忽入户，飛來何處峰。人家多傍樹，僧寺不聞鐘。流水衝橋急，閑雲出岫慵。何當撫琴坐，願學臥游蹤。

## 朱成

字克誠，洪武中福州中衛人。詳下羅泰傳。

### 咏水

浩浩無津際杳冥，烟波何處望蓬瀛。馮夷銀屋千層迴，漢使星槎一葉輕。盈縮應隨天地化，奔流不盡古今情。萬方共喜風濤息，四海絃歌讚聖明。

# 羅泰

字宗讓，又字讓齋，澤兄，紋、繹父，閩縣人。洪武中布衣。有覺非先生集。

柳湄詩傳：東越文苑稱泰性至孝。母喪不能葬，語及未嘗不泣下也。既葬，而後飲酒食肉。泰學閎博，善爲文章。洪永間以明經取士，泰即兼治易、春秋。閩之言易、春秋者皆宗泰，泰獨不肯與諸生試。隱居教授弟子，皆登進士、舉鄉貢。宣德壬子，南京兆尹聞泰名，聘爲考試官，泰辭不往，曰：「吾志善一鄉足矣。彼都人士也，安敢與知。」泰所著有寶林集行世。覺非先生集即寶林集之選。建安楊太師榮志其墓曰：「好古力行君子也。」墓在福州城東康山東。又按，泰有麗澤軒，林誌爲之記，稱泰「礅心於學，不爲俗攖。處一室，左右圖籍，時則有若同志相與講肄鏃礪焉」。誌寄泰詩曰「青雲高興思前日，黄卷孤心愧後生」。泰曾與中衛朱克誠，閩縣谷宏、林坦、李溥、郭廛、秦善、朱珙、鄧善、余旭，著轅門十詠，體皆詠物。臺江楊靈閣，據「全閩第一江山」之勝。其上有前人十詠：曰水、曰塵、曰霞綺、曰霜花、曰白雁、曰飛燕、曰睡蝶、曰梅魂、曰無弦琴、曰遊絲，相傳至今，膾炙人口。昭信校尉朱户侯克誠，武而文者，嘗倡而繼之。三山交遊之彥，自谷宏而下十人相與和之。朱侯既裒爲集，羅宗讓爲之序。崇禎時，有追和轅門十咏者，徐興公爲首倡，曹能始、柯述古、陳叔度、陳鴻節、葉機仲、陳磐生、林興祚、鄭惟嘉、林賓王、陳昌箕、徐存永、安蓋卿，其詩尤勝前作，以詠物皆不錄。又按，吴昌衍覺非集序云：「覺非先生，三山人也。稟清淑之氣，富宏博之學，究極經籍，探討子史。故其作爲詩文，春容清俊，詳而不泛，略而不簡，確乎其善者也。」

## 寄編修林尚默按，即林誌。

昔曾夢入蓬萊景，百合流雲翳天影。瑶草春香翠霧凉，石室苔紋紫花冷。羽衣仙子華陽君，手持玉麈揚清芬。飲我丹霞漱瓊液，授我赤篆書符文。須臾拂袖凌雲去，别鶴離鸞向烟霧。西風吹珮玉琳琅，舉首遥聞共天語。天門樓闕參差開，九龍鬱結黄金臺。神霄雨露一揮翰，三十六地皆風雷。覺來捲幔南山曉，壯心一點秋水皎。目蕩三神海上山，回看日下群峰小。

## 題宿雁

西風吹影下滄洲，倦倚蘆花起暮愁。極浦煙深迷旅宿，寒沙夜静怯漁謳。魂歸紫塞三更月，夢斷衡陽萬里秋。却被隔江人唤醒，一聲長笛倚危樓。

## 題鄭大有山水

憶昔移舟上建溪，亂山晴鳥望中迷。一聲長嘯天風冷，百六灘頭月欲低。

## 鄭定

字孟宣，閩縣人。洪武中薦辟爲國子監助教。有澹齋、浮邱等集。洪永十子之一。

柳湄詩傳：定善擊劍，工古篆、行書，陳友定辟爲記室。友定敗，浮海在交、廣間，故號浮邱。洪武中徵授延平訓導，歷齊府紀善，終國子助教。與林鴻輩九子齊名。蒼既刻十子詩，今祇存大略如此。

### 望黃鶴樓

黃鶴不可見，高樓霄漢間。仙人度瀛海，黃鶴何時還。長江天際來，驚濤震雪山。欲窮湘漢流，誰啓虎豹關。空餘崔李興，釃酒破愁顔。

### 南風謡

南風吹河河水滿，百丈牽舟牛力挽。逆流巨浪如登天，牛罷軛重舟不前。作書投河訟風伯，多助南商疏北客。北客家居南海堧，來時南風吹北船。武夷清泠過九曲，匡廬疊嶂聞清猿。片帆摇摇出京口，夜倚淮雲瞻北斗。南風五月經呂梁，兩岸青山如馬走。今年作客還南游，南風正爾當船頭。風神與我若相識，十日五日成淹留。南風何多北風少，南北人生如過鳥。早晚回船望北歸，直候南風吹到曉。

## 渭上觀獵

草折渭門霜，蕭蕭獵氣黄。飛弓秋萬里，縱馬日千場。鶻霧藏沙迴，鷹風入樹長。將軍驕意氣，射殺白河狼。

## 伏波祠懷古

荒祠衰草已凄然，猶有邦人話往年。銅鼓苔生秋雨後，宫牆花落夕陽邊。竹書早著平蠻策，沙井空餘飲馬泉。詞客經過休感慨，雲臺麟閣總寒烟。

# 郭　廑

一名廙，字敬夫，閩縣人。洪武中布衣。有鏡湖清唱。

徐𤊹跋鏡湖清唱云：國初，吾郡詩人輩出，十子外復有二十餘家。郭敬夫詩湮没二百餘年，無有知者，予僅得鈔本詩百十篇，有挽鳴秋趙景哲之作。羅宗讓覺非集有和郭敬夫詩。敬夫，實清世之隱君子也。集中有送楚芳上春官。楚芳，名蘭，永樂三年鄉薦。見郡志。敬夫青舖嶺按，三山志作「青布嶺」。絶句云「家林想在空濛外，一帶螺江隱翠微」，又有「門前湖白與山青」及「分攜空過白湖亭」之句。其所居當在白湖、螺浦之間，與鳴秋山人相鄰並也。予既録其遺編，並爲考其地里，付曹君能始授之梓。

## 登石室山

夙昔志幽尋，閑來即登歷。天清海上秋，木落林間夕。琴樽集華纓，歌吟坐臺石。醉歸覓前途，暝巖起寒色。

## 送友人之京

我正悲寥落，君今又北還。春歸萬里外，人去五雲邊。塞柳迎征旆，江花照別筵。離情不可道，去住各凄然。

## 春日登九華觀

樓臺三島外，鐘磬五雲端。入谷仙源迴，攀蘿鳥道難。泉聲丹竈冷，花影玉笙寒。坐覺天風起，神遊極渺漫。

## 懷鳴秋先生之京

澄江晚悠悠，離思杳難極。西風鴻雁飛，我憶鳴秋客。遠樹帶餘暉，前川起寒色。即此待歸舟，沙頭埽苔石。

## 和梅軒來韻

憐君得佳趣，芳樹掩衡門。對酒花成塢，題詩竹滿軒。湖光孤棹晚，山影半簾昏。後夜藤蘿月，相思入夢魂。

## 晚次樂鄉縣

浮生同逆旅，擾擾幾時休。雁影三湘夢，猿聲五嶺愁。異鄉那見月，別路忽驚秋。明發雲山路，征車豈暫留。

### 題南臺周老商山水

中峰佳氣碧氤氳，清製蘿衣慕隱君。一曲鑑湖堪醉月，半空盤谷可棲雲。懸巖古木霜前路，遠嶼流霞鳥外分。我欲相從賦歸去，西山鸞鶴日爲群。

### 送汝嘉之春官

官舍飛花拂玉盤，官橋垂柳軃雕鞍。百壺綠酒沙頭盡，千里青雲馬上看。夜日琴樽如故國，春風環佩是長安。他時引對金鑾殿，會見朝陽燦羽翰。

### 洞江書室

雨止滄州落木疏，幽人隱處近何如。遥峰挹翠千里暝，積水涵光一鏡虚。閉户每懷孫敬宅，垂帷應識董生居。相期無恨歸來思，擬向江皋共讀書。

### 挽鳴秋山人趙景哲

詞藻南州客，生來跡類萍。無家頻嘆別，失路獨飄零。旅食仍三載，儒冠誤一經。半生嗟舊業，千古掩泉扃。梁獄書雖切，秦堂怨未醒。才華餘姓字，河嶽失英靈。繞屋山猶碧，沿池草自青。空驚魂入夢，那共醉忘形。新壠徐生薦，芳碑柳子銘。臨風情默默，涕泗想儀刑。

### 青鋪嶺中作

陟嶺看山趣不稀，歸心迢遞宛如飛。家林想在空濛外，一帶螺江隱翠微。

### 元宵後請羅讓齋

春晨花枝酒甕香，懷人幾度結愁腸。冶城此夕笙歌歇，餘興還能過草堂。

### 送朱户侯回

朝來車從訪郊坰，水繞衡門竹更青。一見不題凡鳥去，分攜空過白湖亭。

## 陳郊

字安仲，又字叔恭，又字光庵，閩縣人。洪武初歲貢，二十九年舉人，三十年以第一人及第。

柳湄詩傳：郊善天文。會試，占曰「榜首當刑」。榜出，南士最盛，北士訟於朝。太祖怒，收考官劉三吾並郊下獄，固無意殺之。會有言郊預知當刑者，太祖因禁習天文，遂誅郊，以韓克忠爲狀元。閩省賢書云：「丁丑科廷對之士五十一人，擢陳郊第一，賜郊等進士及第。既而，北方舉人下第者，言取士不公。上閲所取多南士，亦疑之。乃詔考官劉三吾及郊等一甲三人皆下獄，命翰林儒臣重閲落卷，得六十一人，山東、山西、北平、河南、陝西、四川士也。擢韓克忠第一，賜及第。故世稱南北榜進士。既而，郊等伏法削籍。故今但有韓克忠榜，而郊榜不可考。」蒼按，各郡、縣志皆稱洪武三十年有南北榜進士。南榜以郊等伏法，遂無可考。明進士題名錄：洪武三十年丁丑科有春榜、夏榜。春榜賜進士及第第一甲三名：陳郊、福建閩縣。尹昌隆、江西泰和。劉仕諤。浙江山陰。賜進士出身第二甲十三名：芮善、江西南城。王洪、浙江錢塘。鄔修、江西南昌。盛敬、直隸當塗。黄淮、浙江永嘉。宋琮、江西泰和。姚友直、浙江蕭山。毛胤宗、浙江鄞縣。胡泰、江西南昌。林惟和、福建晉江。鄒進、江西萬安。洪堪、浙江淳安。曾鳳韶。江西廬陵。賜同進士出身第三甲三十五名：郭子盧、江西泰和。陳性善、浙江山陰。黄宗載、江西豐城。許子謨、江西廬陵。黄濬、福建甌寧。顧晟、浙江仁和。周鐸、江西清江。朱思平、浙江天台。王禮、浙江海鹽。唐恕、江西浮梁。鄭華、浙江臨海。吕尹旻、浙江會稽。賈閔、浙江崇德。曾純、江西吉安永豐縣人。陳善方、江西泰和。王觀、浙江錢塘。陳紹平、湖廣藍山。張顯、浙江仁和。程賜、福建建安。李祥、四川瀘州。林榮、福建仙遊。陽慶、雲南昆明。錢炳、浙江歸安。戴安、江西鄱陽。劉履節、江西廬陵。符銘、廣東瓊山。莊謙才、福建晉江。李文巽、浙江麗水。郭士道、江西萬安。朱復亨、江西南城。陳觀、福建永福。段樹、雲南昆明。蔡添祥、四川大足。林安、福建甌寧。李容。福建同安。考官取士不公，既非關切，則於士子無涉，乃竟削籍，致郡、縣志無所稽考，亦酷矣。按閩書以唐震與郊入林鴻等八人中，稱閩南十子，而去黄玄、周玄。今郊與唐震各存鼓山一詩，胎息文選，得其神味。郡志以郊入文苑傳，當矣。

## 鼓山

天鑿玉芙蓉，神秀吐丹碧。誰能凌絶頂，歌歗覽八極。中有躡雲人，凌虚振飛錫。梵揚海風生，幔捲飛嵐入。茫茫乾宇大，戚戚塵蹤窄。胸次有烟霞，世路空荆棘。何當謝塵累，因之寓泉石。

## 林伯璟

字懷之，閩縣人。洪武中歲貢。爲郡學訓導。有友漁集。

徐氏筆精：伯璟爲按察司撰賀聖節表，内用「體乾法坤」，又爲福州中衛謝賜公服表，用「藻飾太平」一句，被誅。以「法坤」與「髮髡」聲相似，「藻飾」與「早失」聲相似也。見皇明傳信錄。

### 賦得滄浪磯送劉仲謙

古冶城西行二里，大夢山前見湖水。勢接危欄拍斷磯，直似滄浪烟景底。藕花菱葉吹香時，鸂鶒鵁鶄來去飛。丹石凝雲作錦爛，碧莎射日生瓊輝。胡爲同心不共賞，幾度相思成獨往。花宮鐘鼓久寂寥，梵宇樓臺但蒼莽。適君過我自六年，報最又欲趨承明。分攜肯惜磯下醉，留别須題磯上名。

### 奉答友石山人見寄

朝理湖曲瓜，夕灌沙園菊。凉風吹衣巾，落日在林谷。適枉修文者，惠言比金玉。古人不可見，見此亦云足。矧是遺世儔，功成身不辱。孰致皎皎駒，徒羨翩翩鵠。

## 林　枝

字昌達，閩縣人。洪武中布衣。有效顰集。

柳湄詩傳：枝，尚幹人，自號爲古平山人，以孝稱。朱竹垞稱其「詩與洪永十子相埒，而名不彰。玩其散見數首，無甚趣味」。東越文苑：「枝父海，仕元，爲莆陽學正。明興，累辟不起。以舊官戍鳳翔以死。枝居方山古平莊，絶意遊宦，不爲人所知。獨邑人陳輝、王恭，永福王偁輩數人一歲或再三過。或稱先生才，則急掩其口曰：『勿禍我，我乃乞骸骨於諸公口中。』嘗於陳輝家讀先生賓月樓賦而善之。先生有詩數篇，不類其賦。或曰非先生詩，先生詩類鄭定。據此則枝所傳詩，恐皆僞作。」靜志居詩話：「閩自十才子外，能詩而不與其列者，林枝、趙迪、林紹、鄭文霖、林敏、陳本也。」互見卷八林敏傳中。

## 江橋晚坐

危橋臨清流，水影逗寒石。上有千仞松，年深翳蘿薜。杖策諧幽尋，吟嘯終日夕。心與寒流清，跡比浮雲寂。即此湛忘歸，香風滿巾舄。「寒流」、「清流」、「寒石」字句重複，決爲僞作。

## 寄彭韞生

空齋牢落思寥寥，荏苒年光逝水消。憶得當時分袂處，柳花如雪過江橋。

## 飛仙巖

高臺聳雲漢，壁立何崔嵬。昔年有仙人，跨鶴茲山來。餐霞鍊金鼎，九轉超凡胎。空餘松下石，積雨生莓苔。

### 次三琅峰復林叔度見寄

獨向空山學採薇，青泉白石共忘機。晚風偏颭離人鬢，朝露還侵久客衣。巖下雲飛天外没，雨前帆影望中迷。多君愛我情何厚，屢遣新詩寄落暉。孱弱無趣味。

## 莊希俊

字德周，福清人。洪武中薦辟，官臨洮府同知，遷濟南知府。有擊壤集。入郡志孝義傳。

按通志孝義傳：希俊，福清人。按，犀塘人，他書誤閩縣。十歲失怙，與母卓氏相依墓側，有祥鳥巢於其上。洪武十九年以孝行擢臨洮府同知，遷濟南知府。賜璽書褒異。著有擊壤一卷。擊壤集板，道光間尚存富巷莊家。

### 詠牡丹

繞屋清陰玉樹連，春深花笑雨餘天。紅潮醉頰施輕粉，綠慘愁蛾掃翠煙。合榭天香風細細，半牕鸞影月娟娟。清平一曲稀人和，且向尊前問絳仙。選二

### 詠紅梅

夜來微雨浥芳叢，洗淨鉛華笑靨紅。飛觀簾開迎海日，廣庭鸞舞落天風。霓裳光動歌聲裏，繡被香温醉夢中。坐久忽驚清露冷，恍疑身在蕊珠宫。選二

### 灞橋風雪

六花飛壓帽簷低，十里西風楊柳堤。詩興不知何處去，蹇驢空過灞橋西。

## 鄭迪

字公啓，閩縣人。洪武中布衣。

柳湄詩傳：迪與趙迪皆白湖人。與王恭、王褒、王偁、林敏、陳仲完、高棅、張友謙輩同時言詩。其詩酷似十子。以與趙迪居同、名同，故其詩有兩集俱載者。鄭關，南湖人，鄭迪詩間亦誤入關集中。

### 題南澤湖别業草亭按，閩縣南門之白湖，亦稱澤湖。

家居無四鄰，繞屋清湖水。潭花與谷鳥，相對衡茅底。樵唱篴邊聞，漁歌鏡中起。麥圃

秋已成，瓜田旦猶理。時與休芸人，同歸竹林裏。門閒吏不過，黍熟酒還旨。自是羲皇民，吾當慎終始。

送高彥恢歸龍門按，彥恢，棅字。

朝看江口雲，暮對山前雨。杳靄隔昏鐘，微茫起烟樹。孤帆幾日來，復向霞邊去。別後更思君，龍門在何處。

送林文節

長歌祖席對斜暉，坐上人人愛陸機。春色漸歸江樹變，河冰初泮客帆稀。青雲有路看先達，白社無人笑獨歸。今日與君須盡醉，明朝相憶漫沾衣。

晚坐西園翫月懷孫景大

庭前嘉樹林，夕鳥時驚聒。遥聞精舍鐘，杳靄空中發。門閒草木長，雨積莓苔滑。空園散玉露，碧海生華月。獨此對清輝，憐君向天末。

## 游　宗

字從正，閩縣人。洪武中薦辟，官寧府教授。

### 楚山春曉

疊疊浮來過雨晴，洞庭西望向天明。煙含曙影千峰斷，花拂晴光百鳥鳴。樹罅人家臨水淺，天邊客路入雲平。年來更有懷鄉感，極目關河萬里情。

## 游　堅

字文固，閩縣人。洪武中布衣。

### 送蘇秀才

西風習習送歸鞍，行李蕭蕭歲欲闌。尊酒且同江上醉，别情偏向客中難。驛程天遠人煙斷，澤國霜高雁影殘。歧路暫時分手去，相逢期在白雲端。

## 鍾明德

字叔遠，耆德、順德弟，閩縣人。洪武中布衣。

徐氏筆精：邵京實，字仲堅，閩縣人，務學而尚隱。國初名宿若葉鋮、林玉、鍾明德、任宗仁、林延孫、吴忠，皆爲道義交，相與唱和，詞皆清雅，爲一時鄉邦之所推重。其遺稿悉佚，惟明德爲京實所題山居十六詠僅存。蒼按，明德有詩名。通志文苑傳：「耆德，清修苦節，家貧不娶，教授生徒以養親。經元末之亂，舊業蕩然，每以甘旨不充爲恨。親没，哀毁幾滅性。友愛二弟順德、明德，怡怡如也。」

### 題邵仲堅山居按，仲堅，京實字。

白雲飛去山色深，白雲飛歸山色陰。時來時去自今古，山亦無語雲無心。有人結廬占巫頂，白衣支頤臥雲影。清宵雲起隨飛龍，行雨歸來人未醒。浩歌起舞不成眠，清寒入骨疑欲仙。山風吹夜露華滴，一聲孤鶴秋連天。巖前昔日仙人家，仙人結廬煉丹砂。火光爍石石爲赤，衹今朝暮流雲霞。

## 林旅

字汝衆，長樂人。洪武中薦辟，爲刑部員外郎。

雙澗庵

翠壁晴嵐曉氣澄，臨川高閣白雲層。天涯尊酒何人醉，屋外名山此日登。好鳥迎春偏勸客，空林向晚不逢僧。扁舟要覓漁郎去，誰道桃源隔武陵。

董希呂

名渭，以字行，閩縣人。洪武中諸生。兩徵不就。有雪巢稿。

同陳景明、林熙績賦得折梅寄遠

故人別我音塵闕，兩見寒梅破香雪。悵望情留官閣雲，相思夢斷羅浮月。去年花落客辭家，今年花開天一涯。水遠山長愁不極，思君千里寄梅花。踟躕欲折傷離思，折梅舊是看花處。身似山中瘦影留，魂隨馬上寒香去。折梅莫折盛開時，寄君遥寄未開枝。到時正及花開日，遠道悠悠春信遲。

## 黄孟良

字德貴，又字老圃，以字行，莆田人。洪武中徵辟，授松江主簿，陞松陽知縣。

蘭陔詩話：老圃，洪武三年被徵，以不識字辭。仇家上其九鯉湖詩，械繫至京。太祖覽詩稱善，即日除官。亦云厚幸。後竟坐事謫戍。當時法令嚴峻，人多詭辭不就，如黄樞之以躄辭，吕不用之以聾辭。士之難受爵禄如此，亦可悲矣。

### 九鯉湖

樓閣巍巍拂紫霞，盤山環拱走龍蛇。石磐泉瀉千尋瀑，玉澗桃開萬樹花。春徑有苔封舊术，夜爐無火養丹沙。我來不遇吹簫侶，獨倚危欄一嘆嗟。

## 余師孔

以字行，又字愚軒，莆田人。洪武中薦辟，興化訓導。

### 山居偶興

結屋深山中，山深四時樂。幽居不記年，但見花開落。

扶筇來石室，空谷絶人行。不辨入山路，惟聞啼鳥聲。

## 陳彦回

字士淵，一字栗塘，莆田人。洪武中舉明經，授保寧訓導，陞平江知縣。建文元年擢徽州知府，靖難殉節。福王時謚「穆愍」，贈太僕卿。國朝乾隆四十一年，賜謚「忠烈」。

莆田縣志：彦回父立誠，知博羅縣，坐廢，除歸安通志誤「化」。縣丞，又以非辜陷重辟。彦回與弟彦囦俱遣戍，逃依定遠縣黄積良，變姓名曰黄禮。後閩中教諭嚴德政以明經薦彦回爲保寧府學訓導。秩滿入朝，太祖悦之，陞平江縣。給事中楊紹中等薦其文學，建文召見，陞徽州府。彦回赴闕疏其改姓、歷官情罪。靖難師起，彦回率義勇赴援。成祖即位，擒械至京，不屈，棄市。時年四十七，妻子皆給配。

### 聞報感賦

夢入鵷班覲紫宸，覺來依舊泣孤臣。半生家國惟餘我，萬里江山已屬人。何地不容王蠋死，有薇難濟伯夷貧。千秋公論明如日，照徹區區不二心。

倉卒勤王五郡兵，南風無力北風鳴。清忠自許江湖月，穢史何曾説杲卿。林雨可云：公聞報感賦詩三首，其一首通紀作顔伯瑋，疑者闕焉。

## 送弟士深往保德覲父

酒盡江頭對夕暉，晨昏萬里念相違。慈闈猶恐風霜苦，綵綫重重綴舊衣。

### 陳艮

字從時，長樂人。洪武中薦辟，官吏部主事。

邑人鄭世威云：艮，長樂陽門山人。洪武中以明經薦授吏部主事。因災異與同官蕭儀上封事，下獄。儀死獄中，艮謫交阯，再上封事，復官。嘗校閱遼東衛兵，陳軍衛四弊。後因忤執政，出判嚴陵，舟行有大蛇隨之。艮謂蛇陰物，必有婦人冤。比到官，果訊得情，釋之，人以爲神明。尤能以禮法齊家，與族分産，讓其腴田，自取葑瘠，有古人之風。

柳湄詩傳：艮六世祖自羅源徙居長樂縣五都之泉源里。父彝，稱白巖處士。閩縣林誌志其墓。

## 閑居雜興

竹作屏藩草作廬，清幽偏稱退休居。力田自有資身策，學圃應多種樹書。雅噪園林梧葉暗，蟲吟籬落荳花初。高情不逐趨炎態，一枕清風午夢餘。

水光山色共清妍，自樂乾坤靜裏天。用竹引泉通後圃，因花開徑閱前川。夜長明月從虧缺，歲稔浮雲任變遷。甕底濁醪常不匱，杖頭何用阿宣錢。茹美魚鮮氣味新，北窓窓下獨安神。直鈎香餌聊爲釣，曲突禾稈可當薪。舌在無官難補過，身閑有子豈憂貧。杜門謝客紅塵絶，竹外清風來故人。門外清松手自栽，時傳清吹水邊來。杜陵肌骨因詩瘦，陶令襟懷爲酒開。官去渾忘身外慮，客來常覆掌中杯。醉眠不覺天昏曉，一任譙樓鼓角催。

**【校勘記】**

〔一〕原書失題，據董天工武夷山志卷二十三補。

# 全閩明詩傳 卷六 建文朝

侯官 郭柏蒼 楊浚 錄

## 楊榮

初名子榮，字勉仁，建安人。建文元年鄉舉第一，二年進士。翰林編修，靖難後入直内閣。太宗爲更名榮。永樂九年應天鄉試正考官，累官工部尚書、謹身殿大學士，加少師。卒年七十，贈太師，謚「文敏」。有雲山小稿、靜軒、退思等集。

歸田詩話：東楊久居館閣，朝廷高文典册皆出其手，而應酬題贈之作尤爲煩富。

靜志居詩話：東楊詩頗温麗，上擬西楊不及，下視南楊有餘。

閩小紀：閩有貧生客京師，飢寒瀕死，頗善丹青，不能售一錢。因以兩幅獻於楊文敏公。公題其上而還之，詩曰：「誰家老屋枕溪濆，十里青山半是雲。此處更無塵跡到，祇應啼鳥隔花聞。」「遥看瀑布落寒汀，野服烏巾自在行。好似匡山讀書處，滿林紅葉夜猿聲。」「小橋流水漾晴沙，策杖歸來日未斜。昨夜東風花落盡，一林高樹鎖煙霞。」明日張此畫於市，價遂湧起，因而饒裕。

柳湄詩傳：閩中氏族之盛，首推閩縣林文安公瀚，詳卷十。次則陳處士週，詳卷四。次則建安楊文敏公榮。按，「文敏祖福興，即達卿，素孝義，有全活一郡功。事詳通志楊榮傳。父伯成，孝友，舉孝廉不就。子子榮，登建文二年進士。墓在甌寧縣豐樂。子榮長子恭，尚寶司少卿，鄧茂七之亂，恭與弟讓、子泰，各輸粟千石。次子讓，孝友，著有澹庵集。三子錫，通諸經，明大義，醇謹儉約，鄉人私謚「貞素先生」。四子貴芳，中書舍人。恭子仕佶，以孝廉舉；縣志失載，見同安林希元撰仕佶子昉墓碑。仕偉，成化乙未進士，兵部主事，左遷台州通判，早卒。仕佶子昉，弘治戊午舉人，吉安府通判，繼叔仕偉後。昉子豳、岦、嶵、巏。錫子仕倧，天順丁丑進士，無爲州知州。子晃，成化丁酉舉人，改名亘，太僕少卿，有著述。士儆，文敏孫，未詳。天順己卯舉人，衡州府桂州知州，入爲中書舍人，謫惠州衛經歷。子易，正德戊辰進士，户部員外郎，議大禮廷杖，歷官雲南按察司副使。仕儀亦錫子，早卒。遺腹子旦，弘治庚戌二甲一名進士，官吏部尚書。詳卷十二。旦子襄，廕生。仕俊，未詳。中書舍人。仕倫，未詳。早卒；子昂，廕香山知縣。昂子崇，弘治戊午舉人，刑部員外郎，諫南巡廷杖，歷官廣東按察僉事。子榮玄孫邁，未詳。弘治辛酉舉人。憲，未詳。文敏五世孫，子敦。敦子斐，嘉靖癸丑進士，以員外郎出爲肇慶府，入通志良吏傳。岱，未詳。文敏五世孫，歲貢生，上虞縣丞。肇，未詳。文敏六世孫，嘉靖庚子舉人，禮部司務，臨江府同知，多所著述。晉亭，文敏裔，能詩，有文集，入通志文苑傳。」

## 題楊諭德東皋春雨圖

春至時雨降，駕言向東皋。驅牛種嘉苗，稂莠亦以薅。所期斂穫豐，詎辭筋力勞。時復事簡編，或以酌醴醪。熙然隴畝閒，此樂奚其高。掛冠未有期，南望徒鬱陶。託此寓幽意，毋使心忉忉。

## 題王侍講山水

木落霜氣清，秋山淨如洗。天空萬籟寂，地迥孤雲起。清溪湛寒綠，對此清心耳。安得掃蒼苔，橫琴寫流水。

## 雲山圖爲東里楊公作

雲山何岧嶢，林木鬱而秀。煙嵐絢晴光，巘際峙層構。繞庭芳草深，清禽哢春晝。有書供覽適，有田足耕耨。展圖念初服，淹留嬰組綬。因援嶧陽桐，一寫邱中奏。

## 一片秋意爲史院部題

昨夜西風起蘋末，長林蕭蕭葉初脱。夕陽流水澹無波，玻瓈沉浸青冥闊。斷堤古岸遥相連，仿佛疑是鑑湖邊。黄花未發含清露，白鳥欲度横蒼煙。人間此景何瀟洒，獨對新圖意閒雅。安得扁舟泛緑漪，坐看翩翩海鷗下。

## 溪山清曉

晴波何瀰漫，碧嶂自深窈。晨光發遥岑，爽氣動林杪。雲際落飛泉，谷口聞啼鳥。怪底風露清，微茫楚天曉。

## 送葉文翰致仕還鄉

别去鄉園二十秋，喜承優詔賦歸休。衡門松菊勞歸夢，朔雪關河憶舊游。詩卷已知裁蜀錦，客裝寧惜敝貂裘。遥知紅樹溪邊路，應有諸孫待艤舟。

## 皆山堂爲南昌李時佐題

西山勝處説洪厓，應似環滁面面皆。丹洞雲深龍氣濕，翠屏風暖鳥聲諧。牕前拄笏花圍席，膝上横琴月滿懷。遥想當年稱壽日，萊衣五色炫庭階。

## 送判官陳季和之任安陸

十年載筆鳳池頭，喜奉天書判一州。薊北雨餘尊酒暮，江南水落片帆秋。山城民樸安耕耨，澤國官閒樂宦遊。此去想應多善政，他年丰采動宸旒。

### 送廖自廉赴沅江訓導

捧檄趨朝鬢已蒼，儒官南去入沅湘。薊門祖帳逢朝雨，漢口征帆度夕陽。秋入楚山黄葉落，風生魯泮碧芹香。宦情莫厭寒氊薄，老去清閒興味長。

## 林嵒

字魯瞻，莆田人。建文元年舉人。官程鄉訓導。

柳湄詩傳：嵒工書法，名人幀軸多有題咏，筆畫秀勁似元人。

### 文峰春曉

群鴉報天曙，春色開籬落。陽光透竹牕，山影疏簾箔。葉露滴猶響，花光照經閣。殿宇正曈曨，金碧明丹雘。

## 陳道潛

字孔昭，一字拙齋，莆田人。建文三年進士，志誤「二年」。授禮科給事中，歷官廣東道監察御史。

柳湄詩傳：道濳以言事謫彝陵州判。預修性理大全諸書。其時纂書，翰林、春坊多不得與，道濳以行己恭慎，學問該博入選，致仕。有淇園編。莆田志作拙齋存稿。莆陽自洪武四年鄭濳、龔與時、林衡舉進士，至崇禎十六年林嵋等十人同舉進士，凡進士五百二十五人。登賢書者，一千七百四十三人。明倫堂扁曰「文獻甲天下」。

## 題澄墩别墅

夙抱邱園志，惟躭水竹居。迥無塵務雜，閒讀古人書。談笑皆鴻碩，生涯有佃漁。論文如不厭，白首一柴車。

## 林　洪

字文範，一字竹庵，莆田人。建文三年進士。志誤「二年」。辰溪知縣，遷儋州同知。

柳湄詩傳：洪初爲辰溪知縣，民有逋賦四千石，奏蠲之。及滿，民遮道泣送曰：「生我者父母，活我訓我者，林牧也。」詣闕乞留，不允。遷儋州同知。

## 雪朝承解學士貽書賦答

病骨蕭蕭覺歲貧，幽棲終古絶紅塵。天高不厭雲相間，石瘦何妨鶴與親。江上清風傳尺素，湘中明月照羈人。深慚憂國無良策，未敢移家老釣濱。

## 黄　重

字孟光，唐黄滔裔，莆田人。建文三年志誤「二年」。進士。官瓊州知府。

### 送蕭克深之仙谿

栗里馳聲譽，雲霄振羽翰。久聞誇宅相，近喜拜儒冠。京國離尊盡，江關别思難。曙鶯花裏聽，烟柳雨中看。越徼春光偏，閩山夕照殘。落潮迎去棹，飛絮送歸鞍。廨宇臨仙水，弦歌出杏壇。明時宜講道，莫厭舊氊寒。

## 陳繼之

字雪庵，莆田人。建文三年志誤「二年」。進士。授户科給事中，靖難師入，不屈，磔於市。福王時謚「莊景」，贈太常卿。國朝乾隆四十一年賜謚「節愍」。

林懋揚云：公有真蹟詩一幅流落京陵市肆中，爲誥婦翁陳少峰所得。徑寸草書，筆法高古，酷似王令，間出急就。其詩意度閑適，格調雅正，真巨匠之矩矱也。

蘭陔詩話：長陵殺戮革除諸臣，備極慘毒。景清之剥皮，鐵鉉之煎屍，司中之鐵帚刷膚，其他割舌、截鼻、斷手足者，更僕難數。傳聞雪庵之死，碎骨揚灰。嗚呼，酷矣。

柳湄詩傳：繼之間有建白，輒肆指斥，嘗言於朝曰：「徐增壽，燕之至親，必有陰謀，請誅之。」建文不聽。已而增壽事跡漸著，被誅。成祖即位，責問，不屈。誅於市，父母謫戍，子女没官。

## 懷中山

憶昔探靈奇，所性喜游眺。時登近湖山，遠矚踰海嶠。陰壑度溟濛，陽巘歷虚峭。石泉瀉雲竇，松風發天竅。路盡豁心目，江長接荒徼。於焉步逍遥，復兹歌窈窕。白鳥空際迴，玄猿静中嘯。金潭漾明霞，石壁澄返照。遥望遠人村，倏見墟烟遶。漁樵偶相逢，因之共談笑。竭求謁金門，紆組陟華要。雖膺霄漢榮，尚懷山水妙。嚴陵桐江舟，吕望渭川釣。寄謝滄浪人，拂衣可同調。

## 王　恭

字安中，自號皆山樵者，洪武、建文時閩縣人。永樂初，以儒士薦起，待詔翰林，預修永樂大典，授翰林典籍，投牒歸。有白雲樵唱、鳳臺清嘯、草澤狂歌等集。洪、永十子之一。

竹窓雜録：王恭安中，永樂初聘爲翰林典籍，年六十餘，老矣，未幾乞歸。所著詩盈數十萬言，其家居曰白雲樵唱，金陵曰鳳臺清嘯，歸田曰草澤狂歌。歲久，軼不盡傳。袁舍人、馬參軍僅得白雲樵唱一種，入十子；其他集俱未搜出。余近歲又求得草澤狂歌一種，有千餘篇，皆翩翩唐響。寫置山齋，一時無好事者授之梓，恨不起袁、馬二先生於九京而披誦之也。袁、馬當時僅據徐子與所得本草率了事，並未搜求，宜有是譏。今晉安風雅中所選鷄公壟一篇，是其一也。聲調詞意，當在張、王之右。至於長篇短句，燦若珠玉，不能盡記。

竹窓雜録：王典籍生平佳句，超子羽、顔恢而上之，孟揚、二玄諸子遠拜下風。予伯兄選風雅，拔安中絶句甚多，然未能盡收也。如書王孫射雁云：「錦袍朱帽緑弓弦，却謝飛鴻灞水邊。不識柳林關外路，白狼黄鼠滿秋田。」書李白問月云：「銀甕閑傾采石春，水天凉月夜無塵。如何翠輦西行處，凝碧池頭照别人。」書李白觀泉云：「朝别金鑾是醉鄉，香爐飛瀑晚蒼蒼。布衣早悟雲泉興，不到秋霜滿夜郎。」題衮塵騮云：「暫卸銀鞍賜浴歸，錦塵香撲衮龍衣。誰憐習戰陰山北，滿地黄埃苜蓿飛。」淘沙揀金，往往見寶。蒼按，袁、馬所刻王典籍詩，七律有寄翰林王孟敭一首，非恭詩。

閩中録：安中始隱釣龍臺下，厭近闤闠，遂徙長樂北鄉之沙堤。蒼按，恭隱居七巖山，通志因誤作「長樂人」。日與弟子吟咏，談初、盛、中三唐諸家詩體。及徵爲翰林，與解大紳、胡光大、王孟揚、蘇伯厚結爲詩友。生平所遺詩數十卷，曰白雲樵唱、草澤狂歌，皆隱居時作；曰鳳臺清嘯，乃入仕時稿也。

柳湄詩傳：永樂九年，莆田林殿撰環序白雲樵唱云：「家居時，聞吾閩長樂有王先生恭者，以詩名。永樂四年，先生以薦至，相見於玉堂之署。」永樂五年長樂林仲貞皆山樵者説：「永寧王先生恭。」成化十九年侯官黄鎬刻白雲樵唱序云：「南都視篆之暇，偶得白雲樵唱詩稿於南京吏部郎中黄汝明之手。汝明，長樂人也。」是林環、林仲貞、黄鎬皆以恭爲長樂人。惟永樂四年國子博士長樂林慈撰皆山樵者傳云：「自冶城來，樵於長樂之籌嶺、董巖、太常、六平。」是恭非長樂人，乃樵於長樂也。福州府志以恭誤入長樂薦辟條下，而文苑傳則依十子傳入於閩縣。四庫提要亦稱「閩縣人」。永福王偁皆山樵者傳云：「徵至京師時，年已六十餘。」蒼光緒戊子重刻閩中十才子詩，乃依袁表、馬熒原本，故十家專集及散見者皆不攔入。安中詩，袁、馬所選凡五百四十七首，七古最爲豪放。今選全明閩詩，以美不勝收，略存大概。

## 擬古

明月照我室，攬衣起中堂。北風捲帷幔，羅襪微有霜。崇蘭委芳質，寒蛩啼近牀。平生所親者，宛在天一方。相思無由理，况此寒夜長。獨居易爲感，不覺涕沾裳。

## 清江散人爲林孔逸寫前林過雨圖

清川帶長林，雨後宜水木。澹淹天影寒，孤光霽人目。歸雲澹空青，虚牕響懸瀑。日夕山氣佳，心閑道機熟。煙際下遥鐘，西巘數峰緑。

## 夢遊武夷吴十董大客建上

夕發紫霞想，神遊紫霞峰。迴飇汎輕棹，九曲青芙蓉。不見武夷君，幽溪但濛濛。九函閟仙蜕，千載如花紅。白鹿行不返，丹樓煙靄中。羽士尚控鶴，真人猶豢龍。相攜三姑石，眺晚聞霜鐘。毛竹隱初月，天鷄鳴萬松。㠝緣金梯上，更歷千數重。雙壁忽中斷，氤氲垂藥叢。平鋪亘百里，曠遠諧心胸。居人半鷄犬，鼎竈並房櫳。雲衣卷山罽，石牀疑鬼工。洞中兩神女，瑩色桃華容。一笑粲玉齒，再言情已通。願留就金液，果然愜奇逢。愁君乏仙骨，兹去迷靈蹤。

## 浮峰歌送造士陳以義貢京師

海上迢迢江水東，江心絶巘青芙蓉。横空積靄幾千丈，綠蘿娟娟花濛濛。深沉玉鏡浮仙島，黛色青青不堪掃。芳草磯頭望欲流，夕陽渡口看還好。翠壁紅泉高際天，閑雲古木相連延。嵐煙瀑雨猿聲裏，僧舍人家鳥道邊。仙舟江上何瀟灑，此地那能駐君馬。思爾青雲得意時，莫忘幽期綠蘿下。

## 陳思孝石田山房按，陳登字思孝，長樂人。

阿誰書室山陰墅，舊是郎官棲隱處。山頭先雪翦茅茨，石上開雲種禾黍。禾黍秋香酒滿盃，綠蘿花發映莓苔。龍龕樹底鐘初斷，金漆湖邊月又來。柴門盡日人稀過，山葉無風自飛墮。階下紅泉鳥飲殘，谷口青泥鹿行破。憶昨郎官未仕時，石田茆舍此棲遲。青山醉逐漁樵伴，白眼羞逢杜宛兒。金陵大道青天上，别後邱園也惆悵。四壁寒蛩夜夜聲，一簾草蔓青青長。往事浮雲共渺然，風流嘉政歿仍傳。舊篋愁看書尚在，開門時見榻猶懸。看君亦是青雲器，野性還應愛山水。高臥山中絕世塵，蕭蕭風木更悲辛。男兒達節有如此，未必尋常畎畝人。

## 答黃嗣傑兼柬王介軒先輩

沙館忽歸夢，楓州空月明。與君别來凡幾日，相思不覺聞秋聲。來時小苑霜初肅，扶留葉大甘蔗熟。青山繞舍雲半閑，黃菊吹香酒千斛。瀛洲仙侶久忘機，失時驄馬今布衣。共君兄弟日攜手，閑看孤鴻天外飛。

## 空江秋篴浮邱鄭助教索予賦之

桓家野王弄秋玉，流落秋亭半枝竹。君山老人何處歸，夢入瀟湘洞庭曲。浮邱仙客五湖心，復向滄波學鳳吟。不吹玉塞梅花調，不奏青樓楊柳音。商聲遲遲羽聲急，寒葦飛花露香入。水靈解珮撇波來，山魅吹燈倚雲泣。萬事無心一葉舟，夜寒星斗落船頭。數聲絶島魚龍曙，三弄澄潭雁鶩秋。初聞鳳在岡，倏爾鼉吟水。天籟風泉何處鳴，落木寒猿一時起。浮邱子，通靈仙，汗漫終懸魏闕情。曲終又欲蓬萊去，日抱雲璈朝玉京。

## 箏人勸酒

新豐美人青樓姬，絳唇素腕嬌雙眉。暫歇秦箏勸郎酒，西凉葡萄金屈卮。郎君但飲休辭醉，百年悠悠夢中是。神血朝凝不復知，日墓青山北邙裹。迴身更整十三弦，金雁離離繞鈿蟬。十二闌干月將墜，錦筵紅燭浮青烟。人生歡樂那能久，豈悟星躔倏奔走。妾容未改君少年，日日尊前勸君酒。

## 長相思

長相思，相思春復秋，秋風撲簾霜入樓。卷簾見月令人愁，鶴關音信長悠悠。絡緯夜啼聲斷續，梧桐蕭颯寒樱綠。秦箏獨抱思繁弦，爲君彈作相思曲。相思復相思，思君君不知。願爲鴛與鴦，雙飛向天池。歲歲年年無別離。君不來，長相思。

## 望秋月

望秋月，在家見月如等閑。幾度天涯望秋月，明月雖同非故山。舉頭問明月，古往今來幾圓缺。明月如有言，問我少年今白髮。君不見汾水秋風鴻雁來，鄴中歌舞盡蒼苔。憂歡只問今時月，曾照離宫與露臺。今月應將古月同，古人今在九泉中。誰言金粟西陵下，不見流光到梓宫。

## 妾薄命

玉釵墜地無全股，雙鳳蟠龍兩分去。雖藏匣底終棄捐，欲賣傍人不值錢。轆轤宛轉黄金井，手挽銅瓶繫纖綆。誰知綆斷缾墜泉，千尺深沉不窺影。銅缾墜泉釵墜地，君心何得生離異。

## 去婦詞

刺促何刺促，東家迎鸞西家哭。哭聲休使東家聞，東家新婦嫁郎君。滿堂笑語看珠翠，夾道風傳蘭麝熏。浮雲上天花落樹，君心一失無回悟。明知遺妾何所歸，飲淚行尋出門路。青銅鏡面無光采，苦心尚在容華改。東家新婦傾城姿，似妾從前初嫁時。

## 東樓歌

東樓美酒黄金杓，客子迎霜葛衣薄。西樓朝飯盤有魚，客子家林無斗儲。他人方寸那堪託，傾倒三盃吐然諾。咫尺相看隔九疑，不待明朝異山嶽。君不見，牙籤緗帙滿牀頭，不及雷塘百畝秋。君不見，誦詩三百徒爲爾，秦青一弄傾人耳。滄波去去堪乘興，野鶴孤雲本無定。毛生自薦衹徒勞，魯連豈願千金贈。行路難，難重陳，史雲只合長苦辛。落拓還騎少遊馬，往來嵩華青山下。

## 代閨人答輕薄少年

繁華嘯芳年，蔓草對幽思。妾本燕趙姿，誤身任俠子。長安任俠矜少年，五花白馬黃金鞭。平明馳逐新豐市，日晚吴姬壚上眠。玉驄一别知何處，可惜佳期夢中度。篩竹丁香起暮愁，枕屏十二巫山雨。落盡冬青猶未迴，轉頭黄葉委蒼苔。空簾盡日無人見，寂歷黄昏月又來。

## 孀婦吟

開篋見珠翠，思君前日情。只言恩愛長相顧，豈悟音容隔死生。東流逝水何時返，倏忽青天綵雲散。銅鏡粧臺不復窺，羅繻綉被芳塵滿。月明穗帳凉如水，燈火熒熒照虚位。寂寞空簾鵲影閑，蕭條窮巷蟲聲碎。東鄰車馬如雲屯，西鄰歌舞日紛紛。不羨他家夫婦好，寧甘守節在君門。新墳峨峨倚山麓，春去秋來草應緑。夜半傷心不忍啼，天明獨抱孤兒哭。

## 送張少府朝覲

閩州少尹家何處，夢裏青山溧陽樹。訟庭無事獨哦松，走馬金陵看花去。青繩御路連青天，五陵俠少黄金鞭。紅橋青幔多買醉，少尹囊中無酒錢。朝回道過鄉山口，春風又發秦淮柳。溧水芹邊一校文，相逢爲問平安否。

## 和高漫士梅江謡

梅江水，流浩浩，居人盡説梅江好。自從海上築城池，使車絡繹無昏早。梅江水，深復深，行人一見懷千金。老夫平生愛江水，日飲一石無貪心。青蘿盤盤數峰色，憑高望見扶桑白。蜃氣朝凝鮫女宫，珠光夜照天吴宅。居人生小住江臯，架壑梯巘結搆牢。沙鷗不省逢機事，江叟何曾識縣曹。峨峨百雉連山郭，夷島清寧無摽掠。將門子弟解逢迎，大姓兒郎談禮樂。有時江上漁歌發，捩柁抽向江空闊。蹣跚竹簍紫蟹肥，撥剌金盤素鱗活。龍門子，何處來，向予西指鳳凰臺。京行此别三千里，帳飲應須數百盃。謝公好爲蒼生起，山中猿鶴徒爲爾。到日秦淮有鯉魚，尺書先寄梅江水。

## 牛上翁

時既和，年既豐，樂莫樂如牛上翁。短衣半濕楊柳露，長笛吹老棠梨風。君不見，苦竹岡頭淇墊水，鷓鴣相呼作人語。馬上郎官攢兩眉，海北天南路何許。翁家有粟牛有莎，世人造物如翁何。牛飽歸來浩浩歌，江上兒孫雨一簑。

## 賦得幔亭峰送人之建上

鶴岑戛天開洞門，仙翁騎龍宴曾孫。曾孫大醉仙翁別，木魅鮫童弔溪月。葛花濛濛簝竹荒，石雲紫蕨參差凉。銀灣逗帆嘯蒼突，玉函千年蜕金骨。峰頭藥草九節香，胡麻作飯與君嘗。待君騎魚還故鄉。

## 雪溪行旅歌爲古縣陳齊之賦

君不見，燕代城頭雪花白，片片飛空大如席。居庸關口秋即寒，白翎凍損地椒乾。駱駝凌競馬不發，卷髮虬鬚膽欲折。公主琵琶苦調多，都護狐裘冷如鐵。行旆遥遥出柳林，賈胡車上盡馱金。葡萄十年飲不醉，瀚海層冰千丈深。迴看宫闕連天起，萬歲山高玉華裏。雪散春回宫草青，百年王氣東流水。江南春早雪聲殘，行客休歌行路難。西遊大道青天上，不比居庸關外看。

## 鷄公壟

荒崗古墓鷄壟邊，蔓草離離生野烟。狐狸養子隱荆棘，烏鳶作巢啣紙錢。石麟埋沉土花濕，雕磚剝落樵人拾。天陰燐火暗復明，月下精靈語還泣。此墳未必無子孫，夙昔傳聞皆宦門。浮榮一去不復盛，空餘古木啼清猿。誰家新塚高數尺，又買西家墳上石。憶過秦中北邙路，喪車轔轔塚無數。黄金買山葬死灰，昨日官軍斫墳樹。崩塋斷壙襟苔痕，髑髏無聲眠草根。生前意氣動山岳，身後凄凉邈九原。君不見，羊公峴首石已刻，季子延陵碑尚存。錦袍醉倒長安市，誰招蒞石江心魂。豈知百年後，身世兩俱没。貴賤終同草上塵，昇沉且聽杯中物。笑矣乎，悲矣乎，眼中之人今有無。

## 金陵送人落第歸江南

鳳臺寒日暮，千里送君還。別夢愁京雨，鄉心結楚山。落花偏擁棹，歸雁獨臨關。應醉家林月，青雲好是閑。

## 題無諸廟壁

野廟大江干，蕭蕭樹色寒。斷碑荒草没，畫壁古苔乾。龍去春潮在，猿鳴海月殘。英雄那可問，東逝更漫漫。

## 江樓聞笛

纖月絓楓林，晴霞覆夕陰。誰家吹鳳管，永夜作龍吟。楊柳邊頭恨，梅花客裏心。天明漢江上，惟見水雲深。

## 古鏡

匣裏菱花鏡，摩挲恨轉深。土花浮綠暈，秋月閉寒陰。漢女曾窺貌，秦人已照心。蛟龍今剝落，徒爾折黄金。

## 松寺清秋

迢遞青蓮宇，雲開事事幽。松花山路晚，鶴夢寺門秋。黄葉僧前落，清泉屋上流。所嗟塵累久，那得此淹留。

秋暮寄山中人

水國催寒早，微霜幾夜砧。懷君隱居處，殘葉亂山深。野鳥無遺跡，孤雲不繫心。懸知燈火夕，閑坐聽猿吟。

題陳孟敷耕圖

野情魚鳥邊，孤興寄秋田。霜降黄花酒，山空白日眠。雲根緗帙散，林杪桔槔懸。子亦棲棲者，遥知沮溺賢。

送人之雲南

雲中路不窮，迢遞入烏蒙。馬上看山别，天涯見月同。昆明波淡淡，金齒樹朦朦。異域空相憶，音書幾日通。

## 夏日游碁山寺

載酒空門下，林幽暑氣清。半天聞梵語，雙壁隱鐘聲。野鳥知禪意，孤雲薄世榮。何應謝塵事，從此學無生。

## 夏夜泛江因造澹山

畫舫宜凉夜，滄江酒氣清。星河分棹影，鷗鷺起歌聲。海曠天低水，潮平月到城。澹山有佳趣，遥見蚌珠明。

## 客中見新燕

可憐江上燕，幾日到烏衣。欲向誰家去，多應舊主非。落花深巷小，喬木畫梁稀。自笑天涯别，秋風想未歸。

## 寒夜宿張藻宅

旅人眠不安，抱劍夜中彈。月映花林白，霜凄畫壁寒。澹雲孤夢遠，流水半生殘。想見平原館，萋萋草正繁。

## 贈别友人之長沙牧

昔年作郡被恩榮，五馬蕭蕭向楚城。關外葉飛鄉舍遠，湖南草緑吏人迎。嶺雲漠漠空離恨，津樹依依若送行。君到長沙應暇日，定懷賈誼不勝情。

## 江南春盡偶作

郊外空林帶夕霏，海天離思遠依依。流年又逐殘春去，華髮空驚兩鬢稀。啼鳥落花孤夢斷，白雲芳草舊游非。家園此日堪惆悵，况是天涯客未歸。

## 温陵留别陳方山先輩

温陵雪後雁聲寒，芳草青青客未還。千里離情江上月，十年鄉思夢中山。荒城對酒應難别，遠路逢春好是閑。滄海故人零落盡，臨歧那忍聽陽關。

## 寒夜宴别陳叔晦

縣城高館宴離觴，共對寒燈别意長。孤嶂啼猿驚落葉，誰家殘笛度微霜。雲山驛路遥相送，魚鳥滄洲舊莫忘。知爾懷人何處是，秣陵春樹遠蒼蒼。

## 送林思禮歲貢成均

十年漂泊故人稀，歲晏逢君又遠違。候館暮鴻驚别夢，粤河殘雪照行衣。潮生楚岸風帆夕，樹繞淮山驛路微。此度橋門應早達，莫忘書札問林扉。

## 早秋懷林良箴，因憶東峰諸上人

正月孤帆别遠津，秋風林下忽沾巾。他鄉久住愁雙鬢，故國遥看隔幾塵。江海又逢初下葉，關河同是未歸人。坐來更憶東山賞，共對閑僧話夙因。

## 初秋寄清江林崇高先輩

十年滄海寄萍蹤，迢遞鄉山思萬重。鳥外明河秋一葉，天涯凉月夜千峰。心知久别魂應斷，生事中年夢一慵。無限相思何處着，越山仙島樹蒙茸。

### 暮春邑中與漫士別，時滄洲叟命邀，不果來

縣城春暮雨紛紛，歌罷驪駒厭獨聞。蓬鬢相逢俱未達，萍蹤無定又離群。綠蕪客路風將遠，黄鳥官亭酒半醺。江上草堂誰倚和，杜陵白髮更思君。

### 挽陳方山先輩

清朝遺老舊參軍，幾處移家遠世氛。白馬公孫何事業，青袍書記向來聞。西風野水山陽笛，秋草黄花郭外墳。零落異鄉空有淚，憑誰書寄邑江雲。

### 赴山秋色送秦校尉還觀海軍

稽峰閑望赤城標，霞氣蒼茫水霧銷。獨樹過江吴地盡，斷雲歸海楚山遥。空林木葉驚秋雨，極浦鴻聲帶晚潮。相約買舟尋賀老，知君終事霍嫖姚。

## 贈别林孔逸從薊邱軍

越城砧杵暮紛紛，多少閑情此送君。别路寒山驚落葉，深秋孤雁忍離群。薊門日照霜中樹，羌笛寒凄塞上雲。聞道漢南曾獨立，也將書劍去從軍。

## 寄鳳池故人鍾太

谷口遥鐘半掩門，疏燈孤館住荒村。椶櫚葉上驚新雨，砧杵聲中憶故園。多難未銷豪傑氣，長貧難答舊交恩。鳳池月色歌鐘裏，應念殘山獨聽猿。

## 道人延翠軒

山水嬋娟掃黛屏，清暉迢遞到柴扃。雲歸獨樹天邊小，雪罷孤峰鳥外青。寒蘚帶花侵卷幔，野泉流葉近閑庭。浮生只解人間事，未得從師種茯苓。

## 寄滄洲狂客

二年憔悴得君憐，君上青雲益惘然。客裏思鄉何日到，天涯見月幾回圓。未期歲晚同攜手，預恐新正對别筵。貧賤獨慚無可贈，臨歧空憶繞朝鞭。

歐陽明府江上草堂

青原山上草堂開，竹杖黄冠日往迴。雨過新潮低卷幔，雲連孤嶂落銜杯。聞棋每憶林間榻，静約還思石上苔。佳政祇今人共説，未應陶令賦歸來。

送林思隱之金陵

布衣何事欲朝天，螺渚霜空見發船。閩樹曉關分楚澤，越城寒火接吴煙。白門酒熟誰同醉，華館燈孤笑獨眠。闕下名公多舊識，莫令歸興復春前。

贈張明府入奏

滿縣棠梨春着花，郎官書奏覲京華。帆開楚水猶逢雁，道過金壇得到家。紫禁曙鐘雲外聽，白門春酒日邊賒。遥知馬首春歸早，不待青門盡種瓜。

## 初秋留别石田阜陽諸公

相逢那忍别悤悤，綠酒清詩興不窮。病起異鄉驚暮雨，坐來高館見秋風。關河一葉離聲裏，江郭千峰醉影中。堪笑人生多是别，盍簪能得幾回同。

## 訪鄧山人

飛鳥落藤花，林幽小徑斜。白雲深解意，相與到君家。

## 度白鶴嶺

鶴嶺翠微分，山行半白雲。停驂不忍去，前路市聲聞。

## 寄山中友

一别青山音問稀，白雲流水思依依。不知老鶴巢邊樹，幾度開花幾度飛。

## 題方壺道人山房

洞門一逕入烟霞，九曲溪泉繞洞斜。鐵笛一聲山月冷，獨騎黄鶴問仙家。

羽人住處是仙源，蔓草藤花掩洞門。看罷黄庭人不見，惟餘寒溜與霜猿。

## 采蓮曲

渡頭凉月映羅衣，紅藕香深暑氣微。忽見郎船過江去，一雙瀉鵜背人飛。

## 咏秋風

青蘋江上響瀟瀟，吹得林間萬葉飄。何處凄凉最關别，數株殘柳灞陵橋。

## 輓道士

雲臥山房秋草青，步虚聲斷月冥冥。凄凉行到空壇上，拾得松間舊鶴翎。

## 春雁

春風一夜别衡陽，楚水燕山萬里長。莫怪春來便歸去，江南雖好是他鄉。

## 海城秋晚

西風一雁海城頭，羌笛聲中水亂流。楓葉蕭蕭山月下，戍樓殘火幾家秋。

## 村居

楓林草屋半蒼苔，寂寂柴扉映竹開。啼鳥數聲春自好，五陵年少不曾來。

## 送人回京口軍

揚子江頭楊柳花，金山對面是京華。行人歸醉軍城酒，北向青門正熟瓜。

## 山頭對酒

樓前積水映蒼苔，卷幔孤雲落酒杯。更盡一樽秋雨外，故山曾有幾人回。

**東山留别林良箴寓舍**

秋原千樹葉初飛，夜火遥村正搗衣。莫向他山倍惆悵，家林猶恐未堪歸。

**題陶靖節圖**

束帶何須見督郵，寧辭五斗便歸休。秋風幾度黄花酒，醉看飛鴻過石頭。

**僧房秋夜**

古木閑巇坐入禪，碧蘿飛處一燈懸。蕭蕭天籟千峰月，夢落秋潭午夜泉。

**胡兒吹笛**

雪淨陰山片月孤，數聲羌笛起單于。不堪吹作梅花調，多少中原客在胡。

**秋園曉步**

凉風吹露冷飄飄，菱葉茨菰色漸凋。莫嘆林塘秋氣早，五陵煙樹亦蕭條。

## 山水圖爲陳思孝少尹題

酒船一棹鏡湖波，雲掩稽峰半薜蘿。休道謫仙今獨步，山林狂客也無多。

## 題陳衛之雲松軒壁畫李白觀泉

朝别金鑾是醉鄉，香爐飛瀑晚蒼蒼。布衣早悟雲泉興，不到秋霜滿夜郎。

# 全閩明詩傳卷七 永樂朝一

侯官 郭柏蒼 楊浚 錄

## 高棅

字彦恢，一字漫士，仕籍名廷禮，長樂人。永樂初以布衣薦授翰林待詔。卒年七十四。有嘯臺集、木天清氣集。洪永十子之一。

節錄閩縣林誌漫士高先生墓銘：永樂二十有一年二月三十日，翰林典籍漫士高先生廷禮卒於南京官舍，年七十有四。蒼按，生於元至正十年庚寅十二月二十三日。先生博學能文，雖談笑奮筆而精思力摹莫及。三山林膳部鴻獨倡鳴唐詩，其徒黄玄、周玄繼之以聞。先生與皆山王恭起長樂，按，王恭樵於長樂，詳恭傳。頡頏齊名。至今閩中稱詩人五人，是明初尚無十子之目。二人自布衣召入翰林，皆山即除典籍，卒；先生爲待詔九年，始陞典籍，在翰苑二十年。四方求詩畫者爭致金帛，修餼歲嘗，優於祿入。

柳湄詩傳：林誌撰棅墓志稱，棅本宋提刑張鎮之後，按，宋武臣提點刑獄，通志有二張姓，皆缺其名，其一殆即張鎮。他書以棅爲提刑張翀後，誤矣。曾祖麟出繼高氏，因襲其姓，自稱漫士。少與同邑陳亮、閩縣王恭爲布衣交。嘗總唐人詩，揚抲上下之，自正始至旁流，分爲十餘品。然其宗指，則歸於開元、天寶之間。故爲品彙、拾遺、正聲，凡三種百餘卷，甚具。談者謂「唐稱詩三百年，風調、正變，其大較如此」。小草齋詩話：「元詩所以一變乎宋者，謝皋羽之功也；明詩所以知宗夫唐者，高廷禮之功也。楊升庵譏之太過。」列朝詩集以棅詩「應酬冗長，塵坌堆積。出山之後，遂無片什可觀矣」。廷禮爲人惇厚，有至性，事親以孝聞。與人交，無新故賢愚，一也。工山水，又能書，時稱三絶。悦生近語：「高漫士摹米南宫、方方壺，妙絶一時。」蒼見漫士畫，亦學元人高房山。

## 將歸龍門留别冶城諸遊好

海水與别意，相看更誰深。長風向東來，吹我東歸心。悵然舊山雲，蒼茫遠洲樹。一雁飛晴空，翩翩又東去。此别非萬里，後遊當幾時。啣杯不盡歡，握手翻成悲。我去聽寒泉，留君釣臺月。唯有長相思，因之寄天末。

## 贈吹簫林生田，時飲於雙澗

嶰谷製古竹，林生調新聲。風吹碧雲去，鸞鶴皆飛鳴。變徵忽飄灑，凄然萬古情。秦臺一片月，此夕爲誰明。

## 同林一和龍門山中玩月效常建之作，奉寄周處士玄、林秀才敏

青山晏茅宇，落日生遠陰。蕭蕭霜氣寒，暝色歸空林。初月未出嶺，斜暉半西岑。幽幽喧始寂，杳杳猨復吟。稍覺升飛鏡，清微雲影沉。忽而長天空，遂使寒潭深。萬籟度松栝，餘聲響孤琴。常以別鶴意，期君千里心。明晨拊越調，因寄瑶華音。

## 同群公餞鄭五秀才至鼓山寺分題贈别，賦得臨滄亭

岃崱海上秀，中峰開禪宫。飛亭掛空翠，直上臨方蓬。溟漲在几席，天光映簾櫳。目極萬里外，但見清濛濛。曙色從東來，晃然靈境空。登臨豈不偉，别意嘆無窮。

## 賦得客中送客

在山每送客，客行思未已。他鄉此别君，離情滿天地。長空一飛雁，落日千里至。故園未同歸，寄君兩行淚。

## 郭晦之歸扆峰，群公相送至光嚴寺

化城負東郭，地古嚴公宅。同佩結幽尋，況值將歸客。山門坐翠微，蘿徑入松柏。定水駐行衣，香雲繞離席。銜杯雙樹間，百里見海色。日暮各分飛，空山夜寥寂。

## 舟發謝家埠江行有作

孤舟豫章水，五宿謝家埠。不見謝家人，揚舲向西去。中流夾雙櫓，隨波疾如騖。沿迴沙岸轉，歷覽風景暮。漁榜亂斜陽，人家帶孤嶼。登艫望青天，茫茫但烟樹。秣陵指雲端，矯首頻北顧。明發鄱湖西，南風上天路。

## 望廬山作

掛席度彭蠡，停橈望匡廬。蒼蒼五老峰，秀出東南隅。氣勢掩衡霍，崢嶸壓東吴。千巖散秋色，倒影澄江湖。倏忽霽飛雨，瀑流掛香爐。崖懸殘雪古，澗落垂虹孤。聳目萬仞表，茫茫飛鳥無。飄然挹空翠，心與涼雲俱。我欲呼謫仙，結巢松已枯。遲回徒仰止，飛鵠上天衢。

## 邯鄲少年行

燕趙多奇士，邯鄲俠少年。平生負膽氣，勇決如流泉。黄金如山不足惜，百萬呼盧常一擲。家藏死士不記名，身遇恩讐便輕敵。邯鄲陌上盛繁華，鬬鷄走馬相矜誇。忽報烟塵在東北，回鞭却向平原家。相看一言不合意，歸來縱醉邯鄲市。市人笑我同衆人，擊劍悲歌向誰是。天生俊意自飛揚，不遇知音徒慨慷。君不見幽并壯士死，千載猶聞俠骨香。

## 浮亭月下聞李大秦筝歌

孤館夜寂寞，秦聲轉凄然。醉來聞向明月下，客心摇落秋風前。飄飄十指聲猶訴，颯颯長林驟飛雨。激若荆卿易水歌，悲如蘇子河梁語。角羽初停又拂商，四郊黄葉紛飛揚。劍門滴盡邊人淚，鏡閣啼殘少婦腸。西河曾臨吹玉笛，馬上凄凉聽不得。祇今彈得心欲狂，四座相看失顔色。伶倫去後空有思，世上秦聲誰得知。偏同客裏歌楊柳，長伴軍中舞雁兒。轆轤金井梧桐冷，壯士衣寒心耿耿。一杯何處酹平原，酒盡浮亭不堪醒。

## 贈友漁樵歌

我本漁樵者，結交青雲人。朱門華館不下士，青山白屋歸來貧。聞群愛與漁樵友，每逐漁樵在林藪。兩屐松風萬壑間，孤舟蘿月雙溪口。朝與漁者親，暮與樵者鄰。山厨束薪煮白石，野飯折荷包紫鱗。春風行歌出林鳥，落日扣舷渡江渚。負策閑隨黄鳥吟，濯纓時對騷人語。世人結交徒結名，黄金不多交不成。羡君不交黄金貴，却友漁樵如弟兄。白頭與我初傾蓋，開口論心向十載。渭水稽山人已非，鮑生仲父名空在。往事蒼茫不可尋，越城斗酒惜離心。醉向滄浪歌伐木，更從何處覓知音。

## 古咸陽行

長安古城盡禾黍，故國荒凉變今古。秦帝山河滿夕陽，漢家宫闕隨塵土。咸陽昔時何壯哉，離宫複道飛空迴。五陵白日歌鐘起，三輔紅塵車騎來。一朝坐見繁華歇，冠蓋散爲烟霧滅。草木猶纏戰血腥，邱墟尚帶行輪轍。年代悠悠經幾秋，空餘渭水向東流。回中古道無遊輦，關内何門尋故侯。傷心此地不能道，惆悵雄圖成蔓草。唯有終南萬仞青，年年看盡行人老。

### 賦得龍門渡送林八之京

龍門渡流水，行人日來去。行人怨別嘆西東，流水無心自朝暮。君不見江水東流到海深，若比離情更深處。居人誰奈住龍門，朝朝覩別易傷魂。夕陽忍見瀛洲草，暮雨愁聽西峽猿。逢君躍馬趨京闕，渡口柳枝爲君折。昔時相見不盡歡，此日相看空惜別。雲山漠漠興悠悠，正是龍門落葉秋。河上竹枝歌莫發，知君故里惜移舟。

### 題臺江別意餞顧存信歸番禺

置酒臺江上，悵然傷解攜。番禺天萬里，矯首南雲低。停舟對君日將暮，目送南雲指歸路。鄉夢多隨蜃母樓，家林近入扶桑樹。滄浪浩蕩杳難期，此別重逢又幾時。東去臺江應到海，唯因流水寄相思。

### 寄陳五先輩

春山曾共賞，一別又西風。歧路非關遠，心期恨不同。暮天孤嶂靜，秋水夕陽空。爲有相思寄，雲邊送斷鴻。

## 晚春寄懷林八員外、董七侍讀先有遊董巖之期。

黄鳥堪求侶，青山獨掩扉。相思空夜月，一别换春衣。江樹雲邊出，林花雨外稀。董巖佳賞地，連佩莫相違。

## 題仙山樓觀圖

神仙不可接，真境亦應求。我有烟霞想，心飛泰華秋。花源通碧洞，松路入丹邱。彷彿雲中望，參差十二樓。

## 重送許子之巴西

雙舄新被命，萬里遠從官。聞説巴西好，何愁蜀道難。峽猨驚印綬，蠻吏識衣冠。聖德懷荒服，賢勞莫憚煩。

## 題四皓圖

達生無不可，世外復人間。雲卷逃秦去，風期翼漢還。功名留碧簡，圖畫見蒼顔。千載商山下，松泉自掩關。

**送林膳部歸冶城**

龍門雨裏識君時，醉度殘春又別離。芳草滿衣愁對酒，青山倚棹共題詩。晴川樹外孤城出，野館花邊匹馬遲。歸去釣龍臺上月，好憑南雁寄相思。

**得鄭二宣海南手札**

番禺天外古交州，念子南行戀舊遊。故國又經花落後，遠書翻寄雁來秋。梅邊野館逢人少，海上青山對客愁。爲報羅浮雲影道，早隨明月引歸舟。

**賦得揚子江送別林崇信文學之温陵**

天塹何年擘巨鼇，地分南北限波濤。雲浮絶島金山出，潮撼孤城鐵甕高。往事幾迴人世換，東流千里客行勞。龍河落日空洲樹，送子離心正鬱陶。

江亭别

春江湛湛白鷗波，一曲陽關爲爾歌。莫向尊前惜沉醉，青山長在别離多。

題赤壁圖

赤壁江山幾度秋，畫圖猶見舊時遊。衹今惟有東山月，夜夜清光照客舟。

周　玄

字微之，侯官人。永樂中以文學徵爲禮部郎中。有宜秋集。洪永十子之一。

柳湄詩傳：玄集署侯官人，作「閩縣」者，誤也。袁表選十才子詩作「三山」。玄未拜祠部時，師事林鴻。其詩瓌奇而託興悠遠，常賦揭天謡，論者謂酷似長吉。晉陵浦舍人源入閩，以詩謁林子羽，子羽不見，使弟子周玄、黄玄問所由來。源出所懷投之，二玄讀至「雲邊路繞巴山色，樹裏河流漢水聲」，驚嘆曰「吾家詩也」。乃白子羽，出見之。後人「閩中詩派」之議，實出於此。宜秋集，道光間經福鼎王遐春重刻，佚去謝肇淛序及徐𤊹紅雨樓題跋，蒼爲補刊於竹間十日話中。

## 十五夜月懷林賜、王褒、陳燁三進士兼呈唐翰林

明月出雲端，流輝照高樓。嘉時悵不樂，燕婉無良儔。相去時阻深，一日爲千秋。嬋娟再可挹，夙志今莫酬。展席臨西園，按，在烏石山。斗觴鬱殷憂。人事固不齊，天壤亦悠悠。長風淩健翮，睇目淚神州。靈境耀飛宇，廣庭閑且修。飄飄羨門輩，高步相追遊。拙哉里巷軀，焉能結綢繆。

## 留別玉融林八先輩按，玉融即福清。

八月蘆葦鳴，海風氣微寒。離心若浮雲，日暮空漫漫。夜潮夢蛟龍，十日阻風瀾。燕鴻自飄飄，知時各飛還。如何淹病客，別苦不成歡。耿耿尊前酒，離離無醉顔。微絃亘商意，起向中宵彈。井水金轆轤，陰牕碧琅玕。共將空中月，度以天涯山。行行玉融輿，一顧恒三歎。

## 歲晏紀懷書寄武林魏原夫

日晚雁聲急，霜空洲上田。農家事機杼，織作凉風前。顧兹惻遠別，悠悠阻山川。百川

竟到海，豈道無歸年。但恐綠髮變，將隨時事遷。長歌市上醉，酒盡心如懸。達夜風雪至，蒼茫楚江邊。自非剡中客，欲泛山陰船。野色動遠鷄，天明路迴沿。相期有飛夢，千里長周旋。

## 暮雲春樹送張友謙之京

千里匝岸青冥冥，一片經天淡蕭索。氣接江東慘日斜，聲兼渭北悲風作。渭北江東豈異名，暮雲春樹總關情。壯懷屢爲覊離思，嘉景偏從驩會生。以兹遠託繁華處，知君却忘相思句。夾第花枝上苑晴，横空香靄金門曙。杜陵野老幽思深，古人慷慨亦沾襟。明朝百六灘頭水，目斷孤舟何處尋。

## 揭天謡

巨靈吹空南斗死，鬼哭如雲學流水。桂蘭天影白鶴秋，鬼光斜墜三泉裏。泉宫暗蟲寒草根，土燈燃露絓黄昏。鐵心九回滴秋血，三十六帝聞俱吞。帝遣雙童去不返，楸梧參差牧馬苑。青烟一點吹六龍，芙蓉吐光海波淺。

西池鵲寒墜靈羽，水澌粼粼凍王母。青蛾遏雲紛玉琚，水簾桃花逗香乳。紫玄雙眉牽黛光，頹篙折去壽齊長。風臺神人鐵作背，哭聲酸骨啼秋裳。綵絲結繩絓秋影，身騎白龍勸天醒。暗雲斜背南山飛，獨立香蟲泣空冷。

魚鱗居次龍堂高，琉璃砌空銀爛濤。波靈泣泝海若浪，腥風卷晝雲漕漕。珠潭沉光瘞神嫗，瘦蛟啾啾走沙雨。仙郎秋袂斑斑啼，淚花凝碧扶桑樹。

湘人敲鼓迎二真，娃郎苕綃參差陳。東風剪雪消綠水，半天斜露葡萄春。竹根沿花鑄明月，野墳死草泉絲咽。銅龍玉狗閽重重，東方不高眼穿血。

呼天走馬指千里，刺龍血濺秋杯水。直欲三澆壯士衣，莫教空瘞苔花紫。白烟戛城滴鉛粉，鬼燈翳牆星隱隱。斜飛敗草濕露光，玉門一滴牽秋腸。商靈參差拾枯骨，晚歲沙頭葬明月。胡姬爛漫黃金錢，簌簌青霜剪歸髮。

玉鱗瑣瑣秦家土，鳳凰去天竄寒鼠。載得仙橋度玉關，誰管秋烟星栩栩。粉牕綺簾十二家，井龍咽水紛棲鴉。宮妹禿褏學秋舞，背客紉珠河影斜。舊紗銀燈翳椒壁，銅輦秋雲夢中泣。石氏珊瑚勸作杯，直捲黃河三千尺。

菱浦泣露鴛鴦渚，香墳羅綺作塵土。碧玉斜明五五橋，藕絲流雲送行雨。墜鴉春綠不勝梳，撩亂芳風浩無主。殺青欲竟吟鬼姤，蘇堤已遠波聲苦。

白天戛雲漏龍歇，九道愁泉土花咽。哀蛩粉壁牽暗光，殘霞墜溪藤葛凉。苦烟恨骨埋蒿里，哭聲水寒凝不起。青屏玉女斷香魂，露黛如啼怨秋鬼。魂清清，魄濯濯。鳥不號，魚不躍。紛水神，激山樂。天亦搥殘，地亦推却。提攜踏青霞，九回弔孤月。秋臺鄉樹結桐花，千年恨血點泉沙。鬼燈送客三山下，黄塵清水扶桑斜。

## 送曾、陳二同志赴海上

見子苦未久，念子日攜手。借問還家期，已落春風後。東園梨花昨日開，黄鸝屢飛啼數迴。微暄城南草新長，换着羅衣應未裁。臨歧執袂君知否，壚頭酒錢醉還有。才子歌闌白苧詞，行人折盡青楊柳。以兹遠遊滄海濱，丈夫窮達道爲鄰。讒言莫及投機母，逸氣常懷草檄人。伊予布衣久淹滯，落拓江湖跡如寄。玉融山水時獨過，長安風物偏相棄。歸來季子多黄金，世上悠悠交莫深。

## 清泠臺送趙尉歸金華按，在福州郡治烏石山。

謝公爲別地，風雨坐南樓。琴憶雍門奏，詩傳洛社遊。樹含青嶂夕，山倒玉屏秋。便把長纓濯，歸因越水流。

### 結月懷林七

按，結月蘭若，在福州郡治烏石山。林七，林敏也。

不見詩人久，空懷山水遊。清宵還見月，何處獨吟秋。曠野兼天盡，寒江帶雪流。知君爲客慣，寧有別家愁。

### 和異上人韻呈性空

靈境隨緣到，名山載酒遊。烟林歸去晚，花木坐來幽。虎跡侵寒砌，猿聲入暮樓。禪心與詩思，到此每淹留。

### 秋日同郡中諸公尋結月異上人

曲寺緣林度，高牕帶水開。白雲雙樹在，黄葉幾人來。客恨山花妬，禪機野鳥猜。餘生甘寂寞，浮世厭遲迴。

### 寄齋中諸公

滿院飛花積雨晴，春深臥病更傷情。舊遊白社思陶令，歸夢青山憶馬卿。水國烟花孤鳥没，官城槐葉一蟬鳴。南州勝事多乘興，羸馬吟鞭倦獨行。

## 首春陪林七登衝天臺懷王六轍、鄭二宣、黄一玄、林六敏

按，衝天臺在福州郡治烏石山。

東風吹雨過晴川，獨坐高樓望海天。江路燕歸知過客，春山花發是流年。浮雲世事皆身外，明月心期向酒前。可是遠公忘物累，不因離思共潸然。

## 早春夜集懷浦舍人源

越王城裏送歸時，高館張燈慰所思。晉國山河愁裏望，吴門烟月夢中期。晴光乍唤倉庚語，春事先傳躑躅枝。惆悵天涯相憶苦，憑誰書此報君知。

## 寄山中故人高大樑

浮亭長憶舊離群，洛社高吟久不聞。野鳥向人如怨别，流年對酒更思君。風烟海國餘芳草，鼓角山城掩夕曛。近道梁鴻身不仕，儒生何必向攻文。

**送曾大澤歸山中**

凌霄臺上罷登臨，一曲離歌淚滿襟。芳草懷人頻積夢，流年怨別又驚心。春城雁去餘寒盡，野戍花飛暮雨深。今日遠尋陶令隱，青山臥病謝朝簪。按，凌霄臺在福州烏石山。

**驃騎席上餞別典監鮑公歸長沙**

高館涼風送別過，膏車秣馬漫蹉跎。玉壺暫醉將軍酒，寶劍新彈俠客歌。楚水夕陽行處遠，官橋春樹夢中多。王門到日能相憶，千里愁心竟若何。

二喬

雙蛾嬌染爲誰顰，翻被容華誤却身。回首江東何事業，野烟寒水更愁人。

**題青城圖**

青城辭家仙路遥，秋後白雲還見招。商山老人不歸去，巖徑松扉長寂寥。

## 黄玄

字玄之，侯官人，將樂籍。永樂間以貢入成均。授泉州訓導。有鳴秋集。洪永十子之一。柳湄詩傳：玄本將樂人，林鴻爲將樂學官時，玄爲弟子。鴻雅重之，嘗爲詩稱：「青衿二十徒，達者推黄玄」。後鴻棄官歸，玄挈妻子入福州，初居方山，與周玄皆終身師事鴻。以與周玄相善，故亦名玄。周玄字微之，玄乃字玄之。後微之詩名宜秋集，故玄之詩名鳴秋集。竹垞以二子詩荏弱，句續字湊，似非孟揚、漫士、皆山之伍，乃定論也。

### 送方大歸莆

魯酒醉行客，越絃激商聲。中懷百憂集，兼此別離情。陽月過吴楚，驅車下闕城。北風捲微雪，擁袂還宵征。誰謂此枯槁，翻然逢鮑生。平居異鄉國，失路如弟兄。雲月寄遐想，心與澄溪明。何因别離水，又向東南傾。還激清淺處，爲君濯長纓。後期眇川岳，悵望何時平。

### 度陽隘江

暮色入長江，江帆疾於鳥。蒼山白雲外，一望更何有。颯沓風雨來，蕭條夕陽後。張燈照寒爐，且復醉杯酒。長歌滄浪曲，遠應滄浪叟。巖暗古木深，沙虛暮潮吼。發家春序深，去國別情厚。何處有僧廬，殘鐘出溪口。

## 覽鏡詞

嬌女自憐色，冶客對青鸞。如何春華歇，覽鏡空長嘆。舊質委秋草，芳情變衰蘭。終焉用膏沐，不及君承歡。顧影誤相託，照心徒自寒。白頭歌古調，五起摧心肝。

## 送曾綱歸青鋪

握手城東門，駕言首歸路。人生浮世間，俛仰安得住。去途苦云促，交道嘆希遇。歡笑顏易紅，暌違髮成素。清川悵何極，白日忽已暮。飄然凉風至，振此芳林樹。去國惜共違，瞻雲喜先步。回首不見君，遥遥隔烟霧。

## 題芍藥圖

名花對春風，艷色誰爲好。傷心洛陽道，滿目悲芳草。五侯池館樂事多，昔時全盛今如何。紅香落盡不見賞，枝上空餘野鳥歌。

## 賦錢塘送谷大之凉州按，即谷宏。

錢王昔遺業，千里開雄都。行人訪古大江上，古人事業今何如。憶昨旌旗連海東，弩迴巨浪舟始通。寶衣毬馬歸何處，江聲日暮愁無窮。吴姬酒樓向江口，雜花垂楊當户牖。春帆二月誰憶家，黄金十萬寧沽酒。繁華東流不可駐，古來陳跡惟邱土。潮上寒侵蘇小堤，漁歸夜唱嚴陵雨。君去凉州此暫過，莫令歲月易蹉跎。懷親何處堪腸斷，懸知倚棹聞吴歌。

## 丹陽道中

五陵爲客久，儒服滿塵埃。望闕無知己，還鄉愧不才。山陰殘雨度，河廣斷雲開。歸去多朋舊，春城共酒杯。

## 河上立春

故國幾時别，殊鄉今早春。青陽開霽雪，殘日送歸人。漸與雲霄隔，空驚歲月新。不堪零落處，愁淚滿衣巾。

## 金山寺

江心浮絶島，古寺軼氛埃。樓迥中天起，牕閑向水開。空雲龍影度，海雨雁聲來。故國登臨後，如今又幾回。

## 齋居懷林逸人

累月不出户，堦前空綠苔。如何歸雁後，不見故人來。野竹連書幌，寒山對酒杯。閒居能著述，端愧子雲才。

## 北嶺陪殷大夜飲感别

故國悲歡見仲宣，悲歡都集夜燈前。二毛對酒仍堪醉，萬里還家衹自憐。樹拂斷猿疑峽路，月臨征雁夢湘川。謾將草木同衰朽，未必陽春雨露偏。

## 送金秀才之温陵

官亭花發酒初香，白馬翩翩大道傍。醉客盡隨歌舞散，寒川空對别離長。紫雲洞裏逢秋月，赤鯉潭邊度早霜。休説故山多少恨，軍中吹角斷人腸。

## 竹枝詞

螺女磯頭水不波，聞郎江上唱離歌。半天日落無人渡，一鏡紅粧奈别何。

### 過方山舊居處按，在福州南門外。

曾逐孤舟背遠村，深溪一去不知源。於今莫辨秦人處，野鳥潭花即故園。

## 洪　順

字遵道，懷安人，英從兄。見下。永樂二年進士，改翰林院庶吉士。遷刑部主事，左遷行人。修五經四書性理大全，陞山東按察僉事，轉按察使，卒。

閩縣林誌送洪遵道還任山東序：昔在太宗文皇帝，遴選進士，登第者二十八人，而發中書秘傳，俾日讀内閣。當朝仕進者，視之如瀛洲中人，時人號爲二十八宿。予友洪君遵道，其選中之一也。

柳湄詩傳：順善斷疑獄，事詳郡志。墓在福州南門上渡。

## 元夕應制

玉曆頒寅正，彤庭慶歲新。條風回暖律，淑氣轉洪鈞。璧月生瀛海，璇穹接紫宸。鳳詔陳九奏，鼇極駕三神。火樹珠璣燦，花叢錦繡新。翠華連衮扆，象闕列星辰。香度千門夕，光融五夜春。卿雲開雉尾，瑞靄傍龍鱗。舞隊呈芳曲，班行集遠人。傳柑榮寵厚，錫宴酒杯頻。共賀明良會，翻傳化育均。小臣叨讌賞，歌頌答皇仁。

## 林　真

字汝實，一字木庵，閩縣人。永樂三年舉人。以薦授庶吉士，侍書經筵。出知慈溪、江寧、宜興三縣。有木庵集。又洪武間閩縣林真，見卷五。

柳湄詩傳：木庵，莆田人，遷居閩縣。由福州府學生員領永樂三年鄉薦。楊文敏公榮薦選庶吉士，入經筵。以勤勞卒於官，墓在福州北郊龍腰山。後人多誤以汝實爲伯誠。

### 粤王臺

屠龍人去幾時歸，空有高臺對夕暉。回首舊時歌舞地，年年春草鷓鴣飛。

# 林　環

字崇璧，一字絅齋，莆田人。永樂四年廷試第一，授翰林修撰，陞侍講。有絅齋集。

柳湄詩傳：環，葦後。未第時縱酒自放。竹坨稱其詩「無臺閣氣」。預修永樂大典。十三年，扈從巡幸，卒於北京，年僅四十。成化間，環孫師召始刻其集。泰和歐陽熙序云：「先生廷試第一人，自修撰陞侍講，未及十年而卒。然以文行老成，受知於文皇帝最深。修永樂大典，則拔爲總裁；遇賓興取士，則兩典文衡；兼值車駕北巡，再列扈從。一時文學侍從之臣，隆遇寵眷未有出其右者。先生之詩文，本之以理，充之以氣，惜其稿散佚，令子考城教諭紹，遍加尋訪，有志刻板，未就而卒。而紹之三子師遊、師召、師參，皆以科目而主教席，信乎先生家學之有源委也。師召承先志，以先生詩文鋟傳於世，屬某爲序其概如此。」按，是科莆田陳實亦第進士，疏論狀元不公。帝詰之，對曰：「臣百問百對。」帝命解縉發策，以「聖門七十二賢，賢賢何德；雲臺二十八將，將將何功」爲問。帝臨軒試之，頃刻條對詳悉，文采可觀。環亦悉對無遺。帝乃罪實戍邊。

## 題萬竿烟雨圖

濕雲凝烟吹不起，寒影半沉湘江水。湘妃瑶瑟悲夜長，散作雨聲蒼茫裏。杜鵑怨春春始歸，新粧翠袖啼娥眉。愁魂飛去人不知，鸞珮墜地摇參差。披圖却憶長相思，扁舟落日零陵祠。

雪

朔風吹落天山月，夢斷玉樓曉騷屑。千林凍合樹無聲，萬逕蕭條鳥飛絶。何人天上挽銀河，河流清淺無迴波。馮夷更爲巧裁剪，散作飛花六出多。閑階空砌壟來積，轉眼瓊瑶深幾尺。半簾寒捲樓外山，一片孤青望中失。

送林教諭之新塗

拜命之官去，憐君最少年。片帆孤鳥外，尊酒落花前。教學推胡瑗，談經説鄭虔。好爲吾道重，無用厭寒氊。

送朱司獄歸昭陽

朔雪遍河關，長亭落照間。幾回天上見，獨騎日邊還。驛路分晴樹，州城帶遠山。清時民訟簡，官舍有餘閑。

## 和胡學士冬至後六日遊牛首佛窟寺

蒼苔石逕路依微，絶頂風高落木稀。坐見平原千騎合，行逢古寺一僧歸。松聲聽處都忘倦，塵慮消來頓息機。巖畔不知禪衲定，雨花空着薜蘿衣。

## 題秋江晚渡

長江渺渺白蘋洲，落葉西風動客愁。潮水欲平人問渡，數聲寒雁落沙頭。

## 陳　全

字果之，長樂人。永樂四年廷試第二，以榜眼授翰林編修。大典成，陞侍講，署院事。有蒙庵集。柳湄詩傳：「全，永樂十五年應天鄉試副考官。墓在邑之十一都。朱竹垞稱其詩專法韋、柳。

## 挽蘇伯厚先生見卷五。

寒暑有代謝，節序忽蹉跎。夫子乘運化，悽愴將奈何。生存簪組榮，死殁歸山阿。向來歡娱人，零落亦已多。西日不返照，逝川無停波。惝怳魂若存，感慨成悲歌。

**解珍奇秋江晚釣**

澄江澹夕波，危峰逗煙景。孤坐一竿秋，微風鬢絲冷。釣國非所任，濯纓趣方領。長嘯山月高，蒼茫楚天迥。

**送陳履中太常**

祖席金陵春，買棹秦淮曉。故國天外遥，片帆望中小。白雲澹遠岑，烟樹帶歸鳥。長嘯歌考槃，微風動林杪。

**桑林書室**

結宇桑林間，垂屏絶紛擾。地偏見馴鹿，春至鳴好鳥。横琴露氣繁，捲幔烟光曉。有時聞吾伊，琅琅度林杪。共當謝清輝，振翮青雲表。

## 送繼初歸長樂

東風吹緑秦淮柳，吴姬新壓槽頭酒。鳳凰臺下勸離觴，朝唱驪駒暮分手。昔君高臥滄浪灣，學得劉伶能閉關。時貴門前足不到，曲肱飲水心長閑。閑居自分清泉釣，誰能夢叶非熊兆。忍將白髮下東山，不學青年向西笑。天路迢迢入帝京，聖恩偏遂乞歸情。雲霄不逐鴛鸞去，烟水還尋鷗鷺盟。兹晨别我東門路，春雨孤帆不堪駐。興入三山若箇邊，太常籌谷雲深處。按，籌峰，長樂山名。

## 賦得秦淮送王紀善可貞之魯

秦淮之水流滔滔，石城巉巖春漲高。江豘吹風動天鏡，海鷗拂雪飛銀濤。城頭車馬日來去，酒幔紅橋映芳渚。樹色遥分揚子烟，潮聲近作長安雨。潮落潮生自古今，緑蕪寒雁晚沉沉。片帆長送行人遠，滄波不盡離情深。君隨銅輦登彤邸，東魯迢迢幾千里。應教閑時肯寄聲，日向秦淮候雙鯉。

### 送人尹江右

窮冬正蕭索，離思又匆匆。風雨孤帆别，琴尊幾日同。雪晴淮水急，雲静楚天空。花縣絃歌暇，題緘寄寒鴻。

### 送人之天官

芳草正萋萋，離筵惜解攜。帆開江樹遠，人去浦雲低。驛路嘶征馬，津亭候曉鷄。九重憐赤子，深用慰黔黎。

### 有　感

昨日薊門外，今宵灤水濱。一身長作客，萬里獨思親。桑梓關情久，松楸入夢頻。天涯何限思，揮淚濕衣巾。

### 題林教諭萬竹書莊

羡爾書莊萬竹林，幽居偏得子猷心。閑宵隱几秋聲落，盛夏鈎簾雪意深。雲帶幽香侵縹帙，鶴翻殘粉上瑶琴。自憐十竹軒前玉，别後春風長幾尋。

## 寄潘伯時

三溪橋上惜分襟，别後頻懸悵望心。吴楚天空春雁盡，關河人遠暮流深。安仁獨賦閑居好，司馬那知久病侵。顧我朝簪猶未擲，何時同醉荔花陰。

## 送朱楚善大尹之鄒

南宫奏最沐恩波，握手都門奈别何。吴樹曉聲霜外落，嶧山寒色雁邊多。西風野渡孤帆遠，斜日津亭匹馬過。聞道棠陰人候久，莫將行李更蹉跎。

## 鄭景能洪山書屋按，洪山在侯官西江。

翠微精舍扆洪山，曲几明牕盡日閑。礀壑雲深嵐氣濕，石牀雨積蘚花斑。松邊煮茗留僧話，竹外鈎簾待鶴還。自是長才終宦達，未應林壑久躋攀。

## 林長懋

字景時，莆田人。永樂三年舉人。官青州教授，擢翰林編修，轉春坊中允，出知鬱林州。有竹莊集。

柳湄詩傳：長懋與戴綸力諫出獵。及宣宗即位，積忤繫獄十餘年。生平清儉，人呼鹽菜先生。樂府古雅可誦。

### 出西門行

出西門，望晉陽，太行山高隴坂長。來鴻雁，鳴蛩蛩，今我不樂露爲霜。來日短，去日長，況復萬里非故鄉。酌君酒，勸君嘗，西去故人誰在旁。撫琴瑟，鳴笙簧，被服紈素餐瓊漿。

### 雉朝飛

雉之飛，凌曙光。雄飛雌從相頡頏。羽翼照耀林間翔，龍鍾老叟何傍徨。星星素髮飄秋霜，孤吟獨坐守空房。周覽宇宙多悲傷，誰家艷女蘭麝香。絲桐月下調鳳凰。

# 黄　暘

字原昇，一字升庵，莆田人。永樂九年廷試第三，以探花授翰林編修。閩縣林誌撰暘墓志云：君在庠序，交遊多名士。士同時或鋭奮，而君凌厲益綏，比薦乙酉鄉書，已老成。試禮部而殿，衆惜之。會廷簡士儲太學，共十八人，偕賜冠帶讀書。衆見其文，咸曰名下士。果然竟捷己丑會闈，蒼按，永樂七年北征，故己丑會試寄監讀書，至九年辛卯始殿試。登進士榜第三人，入翰林爲編修，授承事郎，陞文林郎。其初廷試也，釋褐四百餘人，特旨甲科三名與同年選爲庶吉士者，出中秘書翰，俾讀肄之。食大官，朝朔望，遇渥期大，古所未有。時稱爲二十八宿，由是爲例。故君日與同時吉士辰趨晚退，角摩其長，舊蓄以富，掞藻沛然，衆益知重其文矣。君學以孝友爲本，其與人親疏恩誼必稱。凡所爲言，弗敢浮於行。人與接，始若可狎，久焉不自知其矜式之也。永樂十六年卒，壽六十五。

## 次潞河

朝發薊門道，暮宿潞河灣。落日如有意，爲我駐西山。雁影水雲外，砧聲烟樹間。時逢瀛洲侶，共泛仙舟還。

## 楊　慈

字惠叔，或作「則惠」。莆田人。永樂六年鄉試第一，九年會試第二，廷試二甲第一。以傳臚授庶吉士。柳湄詩傳：慈天才絶高，非人力所能至。廷試之年七月卒，年三十。有集五卷。永樂戊子，慈鄉試第一；黄壽生應天發解，宣德七年鄉試第一；林同、宋雍順天發解，皆莆田人。

### 廣化寺

不二禪宗是此門，新年欲别忽經春。一雙塔影東西見，百八鐘聲遠近聞。可意野花當路發，向人溪水過橋分。家僮不解躭詩趣，苦報西山日已昏。

## 林　衡

字宗器，閩縣人。永樂九年進士。官御史。

### 賦得江村片雨外送沈空同

片雨江村外，霏霏暗去程。細沾芳草濕，遠入斷烟輕。歸鳥愁邊没，離情别後生。不堪凝望處，迢遞失關城。

## 吴實

即林實，字中美，一字樸齋，長樂人。永樂九年進士。拜監察御史，歷官廣西按察僉事。有樸齋集。

柳湄詩傳：實，長樂龍門人。著樸齋集，萬曆中始梓行。同邑鄭世威傳曰：「中美，長樂人，唐名賢林慎思之裔，初姓吴。登永樂辛卯進士。拜監察御史，立朝直言，不避權要，人以『鐵面御史』稱之。時處州因坑冶事，民挾讐訐告，連蔓二百餘人。嘗奉命按其獄，微服廉訪出無辜者五十人。值奉天殿災，應詔陳事，甚切時弊。遷廣西按察僉事，致仕。卒年九十三，墓在長樂縣二都龍門山。」

### 竹林書舍

别構宜清賞，脩脩竹滿林。秋風疑鳳舞，春雨訝龍吟。翠色全侵席，凉聲半在琴。懸知君子操，共結歲寒心。

### 宿太湖山寺

一騎白雲深，投鞭入遠林。斷霞將夕照，歸鳥下幽岑。説法窺禪性，焚香静客心。空門聊一寄，明發又駸駸。

## 蕪城

蕪城自古鬬繁華，玉輦巡遊煬帝家。舊業消沉餘郡郭，青山迢遞長桑麻。古隄尚有亡隋柳，後苑終無廢汴花。駐馬喞杯須縱醉，夕陽歸路獨興嗟。

## 宿英武城遇雨有懷京南知己

解鞍日暮宿山城，無那西風送雨聲。漏遠不聞宵柝警，館荒惟對夜燈明。衾依破簀吟初穩，葉響虛牕夢未成。遥想江南知我在，相思多少故人情。

## 黄壽生

字行中，唐御史滔後，仲昭祖，見下。莆田人。永樂六年應天鄉試第一，九年進士，改庶吉士。預修性理大全，書成授檢討。有東里集。

蘭陔詩話：東里，洪武末蒼按，建文元年。舉鄉薦，以親老乞歸，除名。親没，始充貢入太學，領解，登第。曾孫乾亨、玄孫如金俱解元，人傳爲科目盛事。

## 過凌霄道中

浩浩寒流急，茫茫曉望賒。綠洲迷杜若，碧浪泛桃花。川樹烟中没，雲飄鳥外斜。欲尋冰合處，瀰漫失津涯。

## 送方濬源歸宣城

古戍遥臨野水邊，幾家籬落帶人烟。夕陽瀲灧桑榆合，暝色蒼茫雉堞連。歸思漫從何處寫，客心偏向此中懸。宛陵山色看來近，不用回頭重惘然。

### 王　阜

字公大，永樂間閩縣人。

柳湄詩傳：阜與鄭閣、鄭闗兄弟贈答，其詩皆古體，無甚風調。

## 題林榮山水圖

晴山高且閑，晴雪淡而白。山似高人雲作衣，人似閑雲着山色。山色青青常對門，溪居渾似武陵源。半潭林影花枝靜，十里松聲地籟喧。芝蘭猗猗香滿室，麗澤南來日滋益。青入湘簾山市春，凉生書案芸香夕。故人抱琴千里來，白日軒几無纖埃。悠悠遠託知音賞，莫使衡門掩綠苔。

## 馬　鐸

字彦聲，長樂人。永樂十年廷試第一，授翰林修撰。卒年五十八。有玉巖集。

柳湄詩傳：鐸耿介伉直，表裏一致，處事平恕而臨義執言。閩縣林誌，鄉、會皆第一，廷試第二。榕陰新檢云：「鐸會試，見路旁女屍赤體，以被覆之而去。夜夢女來謝，口吟云：『君今此去登金榜，雨打無聲鼓子花。』及廷對，乃『風吹不動鈴兒草』七字，鐸應聲對曰『雨打無聲鼓子花』，乃抑林誌爲第二人。事見稗史彙編。」夫以林誌之才而不得三元，惜哉。

### 送徐訥省親回澄江按，訥字孟晞。

京華二月柳垂絲，送子南行惜别離。陌上看山愁對酒，風前握手倦吟詩。雲連鐵甕人煙迴，月滿丹陽客棹遲。粉署嚴程應有待，莫因鄉國緩來期。

## 林誌

字尚默，一字蔀齋，自號見一居士，閩縣人。永樂九年鄉試第一，十年會試第一，廷試第二。以榜眼授翰林編修，歷官侍讀、右春坊右諭德。卒年五十。有蔀齋文集。

柳湄詩傳：誌，散騎常侍祿之後。母游氏，宋監察御史廣平公之後。將誕之夕，父興夢梁僧寶誌過其家，因以誌名。生四五歲，秀穎異群兒。早失怙，奉母甚孝。母以古文口授之，即能成誦。十歲日記千言，十四能屬文，十八入郡庠讀書，目數行下，礪業無寒暑。受易於翰林檢討王偁，偁愛之，爲之傾盡。素好辯，及冠，師字之尚默，服之終身。母卒，號慟幾絶，喪葬之禮不以貧廢。處宗族有恩。素好飲，飲於知己，竟日不醉，否則數行即止。其爲人沉靜，不事表暴，驟若落落難合，久之款洽殊有意趣。爲文出入子史，務絶陳腐。從其遊而居顯要者，湖廣參政黄澤、浙江按察使林碩、監察御史陳叔剛、胡智輩。誌預修五經四書性理大全、古今名臣奏議、郡國志書、二朝實錄。永樂二十一年順天鄉試副考官，宣德元年應天鄉試正考官。宣德二年五月二十四疾卒，年五十。按，生於洪武十一年八月四日。葬福州西湖北趙府山。自號蔀齋，又號見一居士。子雲瀚、雲瀣。

### 題鄭駋馬小景

抗志霄漢表，棲心雲水間。兀然一榻小，宛若蓬壺寬。散帙步涼夕，青山在簷端。情隨孤鶴往，興與清風還。已覺形跡遠，誰云塵慮干。乃知寂然際，真境初自閑。

**挽貞義黄處士**

長嘯宇宙闊，恍然大夢中。誰爲不死者，倒影凌青空。達生竟何以，即此全其沖。一坏返邱首，清芬映無窮。我懷軒邱叟，至今見遺蹤。千金總不惜，環堵惟自容。高情謝塵俗，雅道超鴻濛。支頤忽蜕去，逝水何時東。寂寞松下士，千秋宿草封。生芻奠不及，灑淚來悲風。

**賦得穀城黄石贈僉憲歸田**

博浪脱虎口，英雄慙拙謀。懷仁偶進履，豈爲期封留。靈跡徵片石，葆祠惠千秋。至今穀城上，蘢草光華幽。我愛青雲客，終諧赤松遊。乘驄覺大夢，長笑而歸休。訪古吊黄石，行藏同一邱。共將尋安期，東海問瀛洲。

**送陳十二煒赴選北上**陳煒，見卷九。

别思無遠近，蒼茫與秋長。都門木葉下，念子朝嚴裝。何以駐征驂，愁來倒離觴。劃然憶聚散，風絮相飄揚。世好托松蘿，交深韻宫商。十年芹泮水，風雨幾連牀。揭來客兩京，歡娱又星霜。情傾薄蒼漢，氣合和春陽。愧我蒲柳姿，襲君蘭蕙芳。臥痾重愴别，倏矣摧肝腸。暫輟兒女仁，桑弧在四方。金臺九天上，矯首孤鸞翔。期君陟清要，蚤沐恩波光。

**夏谷幽亭**並引：大山窮谷，叢木蕭森，何以變煩暑爲清凉，世有斯境也。據幽爲亭，臨流砌檻，於以養静，閑陟高明，世有斯樂也。然有其樂矣，而或遇非其境；遇斯境矣，而或處非其人。義利之戰未分，物我之介相持，則雖身山林而心市朝，非虚語矣。予閲是圖而謾賦此詩，將有跡其境，味其樂者爲發一粲焉，庶幾予所謂其人者乎？嗚呼，希矣。

絶壑想長夏，幽亭瞰層崖。毫端水石妙，鏡底風泉來。密瞑結幄徑，霽影清氛埃。抗志匪嘉遯，投閑暫遲回。静言仁智樂，默契心神開。暢以陶令絃，兼之阮生杯。遺榮詎所尚，繕性乃予諧。

**蘿逕吟筇**

一雨鏡天夕，亂藤潭影秋。青山引飛杖，霽景醒吟眸。拄斷落葉深，行吟三逕幽。石橋流水際，欲返還淹留。懸榻知余心，故人待滄洲。商歌有真意，於以咏歸休。

## 彭將軍園亭讌集

微雨散煩燠，疎篁淨新綠。南園步成趣，野草怡心目。良膳當宴閑，高懷謝覊束。醪香潤雜蘭，鱠縷纖飛玉。檐雲落巾衣，歌鳥移絲竹。慷慨異新亭，謔浪殊金谷。達生返真素，知足無殆辱。願言及芳辰，榮名以爲勖。

## 遊西峰古寺

石上尋片雲，西山得微逕。松門天路虚，花宇金潭映。落葉飛晝長，垂蘿結秋暝。夤緣遠公社，寄適陶潛咏。三生了群迷，一寂喻澄境。雖云吾喪我，應悟慧生定。

## 題林原吉古靈舊隱圖

龍湖發曉楫，沿洄涉靈溪。桃花夾岸雨，流水仙源迷。偶緣松下徑，忽陟空中梯。初入隔烟火，漸深聞犬鷄。遇勝忍割捨，耽奇苦攀躋。徘徊憩泉石，笑語來耄倪。匏秸款我坐，琴書解余攜。新肥雨後韭，甘冽霜前梨。一觴復一詠，奄忽羲輪西。野心愛俗朴，雲臥諧巖棲。臨流悟止足，掃石因留題。頓覺身泡幻，那知名鞅覊。竭來三十載，宦轍紛塵泥。芳遊醒蝶夢，遐想阻金閨。明當學賀監，乞告與君齊。春風重買棹，碧草正萋萋。

## 鵝鼻晴雲

石筍削金鵝，浮空浴天鏡。晴日澹朝暉，孤雲相掩映。翳谷花欲冥，穿巖鳥棲定。流彩向君庭，蓬萊九霄迴。

## 遠思堂

浮世皆爲客，他鄉倍憶親。空歸千里夢，莫起百年人。風樹驚時晚，家林入望新。何當一杯酒，重灑隴頭春。

## 送重慶彭教授

謾唱陽關別，寧辭蜀道難。專城新教鐸，百里舊儒官。山入烏蠻曙，江臨白帝寒。馮公遺直在，清響屬揮彈。

## 題楊學士藏陳所翁畫龍

海門潮長秋冥冥，山風吹雨觀瀾亭。當年逸興何揮霍，至今慘澹遺丹青。此翁醉墨初成戲，頓覺鴻濛失涯涘。凝神盤礴魑魅驚，眼底乾坤豁生意。一龍擘峽欲奮飛，馮夷趣駕豐隆馳。其二排空遥首掉，雲奔電掣天吴嘯。其三噓氣忽如霆，萬里青冥變玄霧。其四垂髯盼睞間，白波裂石流雪山。鯨鯢棧齴走上下，潛鯤起舞騫鵬化。恍然素練開，白日回風雷。壯哉此翁思入神，觀瀾日爲龍寫真。僧繇應可繼，董羽奚足倫。千金豈讓權貴客，一尉甘老支離身。不恨支離窮，身窮畫亦工。玉堂屢閲知音賞，揚芬先價皆文雄。危亭野草知何在，咫尺層瀾即閩海。猶疑半夜風雨來，霹靂一聲但烟靄。

## 次羅宗讓見寄韻以答

故人别搆離塵境，花竹林塘亂牕影。書暇尊開桂席凉，琴邊鶴唳荷衣冷。交誼應憐我與君，士林誰不挹清芬。神奇共摘澄江句，浩盪同披太古文。浮雲倏忽東西去，余躡青霄爾玄霧。聚首寧無意氣投，知心誰識平生語。題緘寄我手自開，懷人忽憶登吹臺。羈離祇道今猶昔，膠漆空談陳與雷。思君不寐抵清曉，月上高槐數星皎。賦罷停雲獨倚樓，目斷螺峰天外小。

### 送林參議之廣東

紫薇粉署送仙郎，千里傳宣涣汗香。天上欲教均雨露，海壖應得識鸞凰。蕉花爽氣凝秋暝，椰葉清陰變夏凉。遥想鳴琴多暇日，寸心還繞九霄長。

### 和黄典籍早秋感懷

門掩高梧近御溝，西山長對此心幽。宦情况值黄花晚，客思偏驚白雁秋。咫尺月明千里隔，一邱雲卧幾時休。詞垣青眼如君少，遥寄新詩愧莫酬。

### 挽劉侍郎季箎

浮雲富貴百篇詩，銀漢清泠曉映池。長嘆浮邱春夢覺，何堪藏壑夜舟移。升沉總付龍盤鏡，事業空垂馬鬣碑。欲繡平原那可作，黄金不用買新絲。

## 新雨山房

青山遥擁曲房幽，溪雨新晴翠欲流。生意默隨庭草見，道心静與鏡天浮。琴邊片石忘身侶，鳥外孤雲覺趣投。安分自應無辱累，不知何處是瀛洲。

## 寄羅宗讓

十載驅馳向兩京，蹉跎衰病竟何成。青雲高興思前日，黄卷孤心愧後生。羡爾文雄能獨步，豁予交好更多情。尺書欲寄題頻懶，目斷江雲鳥外横。

## 凫山别業

九華勝處是凫山，山下林扉日不關。歧路緇塵春夢遠，石田芳草晚心閑。孤琴曾取花前醉，雙屐應從竹外還。玉署故人無限意，丹青遥寄翠微間。

## 四明蔣端公陞湖廣僉憲，過余告别。余卧病不能走餞，口占以贈

遥辭鳳闕五雲端，南郡分臺屬豸冠。楓樹到淮秋葉早，江流入楚暮潮寒。十年府署封章

在，千里湖山攬轡看。臥病思君無那別，都門惆悵思漫漫。

### 碧玉潭

春水澄藍玉滿潭，潭光倒影映晴嵐。錦鱗躍處肥溪荇，紅雨香邊老石楠。有恨鳥歌空白晝，多情花淚濕青衫。當年鼓枻曾臨眺，賦繞滄浪思不堪。

### 夜宿黄田驛

早負浮名賦遠遊，青山明月共孤舟。渡頭夜市聞方語，樹裏寒燈隱驛樓。年少多情應惜別，靜中無物不關愁。鄉園殘夢蒼茫裏，忽聽舟人起棹謳。

**送隱士黄聲玉**蒼按，隱士名環，字聲玉，洪武時侯官鳳岸人，俗稱黄岸，唐黄諷十七世孫也。父元週，以學行著。閩縣林誌爲撰醉漁生墓碣銘云：「其讀書作文，不經師指而咀經抉史，亹亹乎人所難爲。惟喜酒，頽然獨傾，與人相合，斗莫概其量。蕭颯醞藉，齊物我，順得喪，混宇宙，吞吐氣象。其爲詩高跨清泠，卑入纖穠，險怪不測，皇皇乎壁立千仞，而忘其身之藐小，因號曰太古生。一日登釣龍臺，酒酣，懷楚漢興亡，浮江而下，憩於磐石之陰，持長竿取魚，傲倪若無人，乃更號醉漁生。既名聞，郡博士咸奇生才，於是籍爲弟子。時或放論，聞者莫不嘆服。故元樞密僉院柏公之死，閩士論謂無愧李潭州，生壯其節，上書當道，請謚立祠，葬其骸胔之燬翳者。永樂六年，年三十七卒，第三子鍵。」蒼恐其跡之晦也，錄之以備續修郡志。

雙井秋陰合，蓬門石徑斜。殘陽吹過鳥，疎雨落閑花。山帶垂青幔，牕螢照碧紗。不知林下客，幾度醉煙霞。

**贊公房**

古洞雲歸不見人，山房空掩綠苔新。清池白石雙林夜，啼鳥閑花半榻春。方外隨緣披紫衲，宦遊投跡笑緇塵。逍遥擬結雲門侶，月磴松關老此身。

**蔗　江**

蔗江千尺碧如苔，萬疊奇峰錦綉堆。鳥向榜歌聲外落，天從波鏡影中開。觀魚自得莊生趣，澄練應須謝朓才。却憶習家池上月，青山幾日共啣盃。

## 宿延平城下

東南形勝據襟喉，雄郡岧嶢峙上流。遠火人家流水夕，寒潭夜氣逼人秋。雲流片月過山閣，風帶殘更出戍樓。此地由來多勝覽，謾將詞賦寫清遊。

## 畫山水爲張中書題

鑑湖春半緑如苔，湖上群峰錦障開。誰買扁舟從賀監，白雲林下獨歸來。

## 秋夜病中口占寄黄大十兄

不過靜齋久，夏徂秋復新。夜來東林月，如見齋中人。逸思澹碧漢，高懷藹春雲。躭詩竟成癖，愛客寧辭貧。早識居岐子，聲光動儒紳。謂予不覊者，睠愛情尤真。竭來抱餘瘵，虚牕臥清塵。衣冠日相問，骨肉誰共親。念爾手足愛，慰予邱山珍。如何鴻雁夕，凉風起青蘋。不灑兒女淚，悲來亦盈巾。安得上池水，飲以刀圭神。沉疴自兹脱，長笑飛崑崙。

## 題龍江佳趣

江上薰風晝倚欄，歸心江漲共漫漫。雲邊濕草三山暝，雨外飛濤六月寒。錦纜牙檣鷩鷺起，朱簾綉户映花看。相逢琥珀千鍾醉，誰論華簪與鷁冠。

## 別百户朱克誠

按，朱成字克誠，洪武間中衛千户，與羅泰等著轅門十咏，詳卷五。

霄漢年來寄此身，承恩却許暫歸閩。論詩最喜逢知己，對酒那堪別故人。柳拂山城經暮雨，花飛驛路值殘春。舊遊別後鼇峰月，兩地相思夜夜心。

## 和黄檢討立秋旅思

月明銀漢片雲浮，高館凉生雨乍收。笑我宦情還似昔，憐君鄉思不禁秋。休猜阮籍狂青眼，謾學馮唐嘆白頭。膳部詩名今寂寞，鳳樓我欲待君修。按，膳部謂林鴻。

## 寄心印上人

北遊杖錫喜雙飛，在世諸天諦日輝。近學孤雲慵出岫，曇花香雨滿春衣。

## 戴乾

字自强，閩縣人。永樂十年進士。以傳臚授刑部主事。

### 玉山除夜

腰站初過驛，玉山又入看。歸途不覺遠，雪後始知寒。薄宦供家足，庸才應世難。今宵一壺酒，春意滿杯盤。

## 黄澤

字敷仲，宗器祖，見下。閩縣人。永樂十年進士。授刑部主事，擢河南左參政，歷湖廣參政，浙江左布政使。卒年八十九。有斿山集。

柳湄詩傳：澤父子端，鼓山前嶼人，娶鼇峰坊宋君和女，後封淑人。邑人林誌撰墓銘稱：「淑人戒其子澤曰：『吾於汝晨出憫然，聞汝樂群而加餐；暮歸煦然，視汝敬業而安寢。』」按，澤年老乞休，有適中傷之者，乃罷歸。徙居斿山，後人稱黄斿山。晚年卜築鼓山東。成化七年二月初一卒。

### 塔溪夜泊

扁舟上石灘，沙淺水痕乾。白首忘機久，清時謝病難。蓬牕孤月暝，鄉夢五更殘。明發常山道，霜風拂面寒。

### 歸自紹興

風塵遊歷久，天與老來閑。去國長憂國，還山少出山。人烟秋水外，釣艇夕陽間。不是無交接，雲深户自關。

### 九日登靈巖山

天風吹袂上層臺，雲外湖山次第開。帆影暝隨孤鳥没，秋聲遥帶暮潮來。玩花池涸餘衰柳，響屧廊空半緑苔。寂寞不須傷往事，登臨且醉菊花杯。

### 山莊即事

落職南歸野趣多，倚雲閑唱伐檀歌。新開池館移松菊，舊隱巖扉剪薜蘿。細雨半坡黄犢草，清風一棹白鷗波。林泉隔斷紅塵夢，不識春城有綺羅。

## 山居

石仙潭下買荒原，林麓周圍十畝園。竹塢疎籬新院落，桃花流水舊溪源。青山對酒晴移席，綠樹垂陰晝掩門。一點紅塵飛不到，此中此意自忘言。

## 旂山春曉

解綬歸來學種田，小牕日晏枕書眠。黄鶯似識幽棲意，長向花間奏管絃。

# 全閩明詩傳 卷八 永樂朝二

侯官 郭柏蒼 楊浚 錄

## 鄭闗

字公啓，閣、見下。閣或作閻。兄，閩縣人。永樂中布衣。有石室遺音。

柳湄詩傳：闗，閩縣南湖人，自號石室山人。志稱其「負長材，有志節。弟閣、閣，皆能詩」。閣，字公立，其詩不傳。明詩綜稱闗「著石室遺音、蔀齋集」。郡志：「闗，弟閣，與林誌齊名。」誌集稱「蔀齋」，闗集何以亦稱「蔀齋」，恐誤。

### 山行有感

北邙多廢塚，苔石侵枯骨。借問葬者誰，云是李與霍。英名邁千古，此際何汩沒。一日掩泉扃，萬事從此歇。人生天地間，百歲猶倉卒。不聞長生者，多謀信爲拙。

## 夏夜南湖莊上寄趙迪

積雨帶遠樹，海天來暮雲。疏鐘隔野寺，杳靄空中聞。相思感我懷，草根蟲又喧。何由了終夕，默坐空消魂。

## 暇日南湖莊上

門徑絶車塵，惟聞沙鳥語。誰識忘機人，山間坐朝暮。冥探玄妙理，始得靜中趣。明詩綜無此兩句。南風吹雨來，颯爽溪頭樹。白鷗知我閑，相看不飛去。

## 題秋江送别圖

美酒雙玉壺，沙頭送行客。瑟瑟蘆荻風，寒江秋水白。落日下長空，返景明石壁。去去入烟霞，相思楚天碧。

## 夜宿超山蘭若贈一中上人

按，在侯官十四門橋西。一中像至今尚存。

衲衣住在東林久，蹤跡人間往來少。碧草閑依石砌深，蒼苔日染松關厚。薄暮時逢上客過，吟詩對酒復如何。山中無復可乘興，蘿月紛紛牕外多。此首亦見鄭迪集中。

**寄思復王隱居**

百甕山家酒，恒供野客過。興來還倒屐，醉後即長歌。林鶴窺人下，山雲入户多。别離成累月，五柳復如何。

**送陳文叔歲貢之京**

朔雪曉猶急，山風夜更嚴。扁舟留郭泰，祖席醉江淹。詩爲故人作，愁因送遠添。明朝回首處，林月共纖纖。

**題衡山寺壁**

暫辭城郭去，杳杳入藤蘿。海氣連空迥，嵐光拂樹多。鳥啼山客醉，葉動野猿過。向夕聞清磬，其如客思何。

## 送林文節

長歌祖席對斜暉，座上人人愛陸機。春色漸生江樹變，河冰初泮客帆歸。青雲有路看先達，白社何人恨獨違。今日與君須盡醉，明朝相憶漫沾衣。

## 問周玄病

知君林臥復如何，門對寒塘水自波。宋玉也知愁不免，長卿自覺病偏多。高林葉下驚秋早，故宅梁空恐鵩過。明日相期問丹訣，休令歲月久蹉跎。

## 寄王孟揚

憐君失路嘆多歧，歸去龍山掩舊扉。鑿石旋開行藥圃，采荷新制釣魚衣。衡門草發知春換，野徑鶯啼見客稀。林下想應多寂寞，秋風蕭颯入庭闈。

## 寄趙景哲

臥病經時獨掩扉，閑身漸覺世相違。驚魂恐與秋雲斷，衰鬢愁爲暮葉稀。滿徑蒼苔誰曳屐，一庭芳草自搴幃。登臨是處多清興，肯念文園淚濕衣。

竹枝詞

十二灘頭水拍天，千山陰雨萬山煙。自從一值風波惡，不敢回頭望客船。

鄭　閣

字公望，闢弟，見上。閣兄，閩縣人。永樂十年進士。授安陸州學正，改無爲州，終廣信府學教授，致仕卒。有抑齋集。

柳湄詩傳：閣爲諸生時，種竹成林，作萬玉亭。林誌記曰：「公望自幼嗜學，爲博士弟子。其爲人，於聲利衆所趨者，則退若懦夫，而沖淡無競，乃其性然也。」按，閣永樂初貢入太學。永樂九年應天府鄉薦；十年，會試第三人。性剛直。居官三十年，家無餘貲。與兄闢皆以詩聞，俱入郡志文苑傳，詳東越文苑。墓在福州西祭酒嶺。

懷林鴻

寒月照古樹，朔風吹城樓。如何咫尺居，致我千里愁。俯景暫自遣，浩歌誰爲酬。思君若逝水，朝暮長悠悠。

## 登小孤山

群峰若龍馳，一峰出雲表。壯觀天地間，孤高海門小。停舟恣登臨，騰身過飛鳥。却望大孤山，濛濛在冥杳。

## 題東山草堂

山中幽人愛幽獨，遠構茅廬傍巖石。雲邊靜掩半牕閑，簾外長凝數峰碧。佳致應知勝輞川，石橋花竹漫相連。閒心久已狎魚鳥，落日更聽鳴風泉。别後君還幾回首，茂陵仙客深知久。興來筆下自縱横，却掃雲山繫君肘。予亦常存棲遁懷，見此令人胸臆開。何當拂袖同歸去，與君日醉眠蒼苔。

## 登鼓山寺

冠蓋臨清境，攀躋契夙心。懸巖宜遠望，邃谷恣幽尋。石徑蒼苔合，珠林古木陰。斷煙行處濕，落葉坐來深。秋色連雲暝，鐘聲與日沉。不知滄海外，誰伴羽仙吟。

## 林 敏

字漢孟，長樂人。永樂中布衣。有青蘿集。

柳湄詩傳：敏讀書過目成誦，屢薦弗就。顏其所居爲「瓢所」，自號瓢所道人，與林鴻、王恭、王偁十子輩往來贈答。其詩誠立而後辭修，非剽竊聲熲者比。明詩綜及長樂縣誌稱，敏及閩縣林枝、長樂林紹、鄭文霖、陳本五人，詩名與十子相埒，而名不彰。紹、文霖、本詩皆不傳。紹字淳裕，東越文苑稱其工五七言長律，永樂中邑人王恭薦之於朝，被徵不起，有林泉清響集。文霖，字友或作「汝」衆，長樂人，自號耽犂子，建文初徵辟不仕，與王恭輩倡和。恭作耽犂子歌贈之，首曰「新寧才人心不羈，腹中三禮猶耽犂」，末曰「自言林下耽犂好，不道天朝薦剡多」。中丞練子寧亦作耽犂賦贈之。又按，王恭有贈林漢孟赴召天京詩曰「七巖峰下舊逃名，何事輶軒赴上京」，則敏亦曾應召矣。陳本，亦長樂人。

### 晦日稍次山谷

清溪殊險豁，石瀨何淙淙。尋源竟莫測，又復上幾重。行處衆壑靜，望中天影空。於焉倏含景，水木相玲瓏。温翠翳巾舄，片雲起西峰。忽忽洞深杳，大圓變溟濛。飛湍逗日月，急雨隨蛟龍。洗心投白鳥，息見期青松。願因紫霞秘，永諧鸞鶴蹤。

## 曉發石竹山臥龍潭

飛軒窅洞碧，溪口寒流深。溪南一峰峻，衆壑波上陰。杉松亂天影，水月清人心。時節開竺書，寂寂空中音。雜花逗秋思，鳴瀑弦素琴。願隨白鶴影，永矣諧幽尋。

## 晚次流沙河

湖口寒山蒼，芳草猶未歇。扁舟諧遠尋，曠然向雲闕。北風蘆葦鳴，白日波上没。其時鴻雁來，擁棹蛟龍窟。遂歌滄浪清，而乃濯玄髮。雲氣噓天影，蘿雨澤人骨。石上彈玉琴，清響在林樾。到家興未已，夢繞松際月。

## 江上送鄭山人

祖帳送離人，勞歌暮煙裏。暝來江上宿，殘日照寒水。清尊醉落花，孤棹依蘆葦。雨翳燈影微，風兼笛聲起。後夜有相思，緘書寄雙鯉。

## 天王寺

珠宫隱上方，載酒一乘輿。雨歇瀑水凉，雲歸古松暝。忘機野禽狎，發詠山鬼聽。坐對月上時，空山響煙磬。

## 登宿雲臺按，在福州郡治烏石山。

香刹辭世氛，况同野人會。寒巖結暝陰，古殿藏深翠。目睇遠空半，興落飛鳥外。日暮惜解攜，相看嗒然喟。

## 夏夜陪宗兄林八員外雙溪蘭若宴集

散帙棲鳥時，幽尋憩精舍。天吟風滿巾，露飲月侵夜。煙篠澄遠心，雲蘿翳長夏。回看衆壑陰，杳靄鐘聲罷。

## 寄山中人王錫

野服逢山客，探玄輔嗣甥。蘇門風外嘯，盤谷醉中行。候館迷征雁，春城過曉鶯。佇看花落盡，思爾豁吟情。

## 懷宗兄林八左遷興業長史

南宮歸臥久，興業左遷時。誰念連枝會，翻爲夢草思。鶺鴒霜霰急，鴻雁信音遲。佐邑應多暇，長吟謝眺詩。

## 期宗人林大游華藏海

巾舄行歌接梵筵，偶來松下草芊芊。也知只在秋雲裏，潭水溪花到處禪。

## 題　畫

三生石上舊煙蘿，九曲閑雲倚棹過。滿地松花仙夢覺，春聲都入榜人歌。

## 江南意

湘裙剪就茜裙新，愁裏風光病裏身。强整釵符隨女伴，隔簾教喚賣花人。

## 洪英

字實夫，奐子，晅祖，世文、世遷曾祖，懷安人。永樂十三年會試第一。改庶吉士，同修三禮，擢禮部主事，歷吏部郎中，出爲山東布政使，巡按都御史。卒年六十九。

閩省賢書：永樂乙未科，先是，會試陳循當第一，考官梁潛以鄉曲避嫌，故改取林文秸，又以「秸」字罕見，改取洪英。曰「洪武中英才」也。蒼按，英舉進士時年二十六，當生於洪武二十三年，卒於天順二年。

閩小紀云：閩中鄉先生素重清議。永樂乙未會元洪公英，以都御史還家有十抬，士紳疑皆輜重也，相戒不與通。公後知之，微笑令取几案盡開諸笥，乃圖籍耳。於是出圖籍案上，置十抬空槓於案下，時屋淺狹，門外人咸共窺探。士紳方往來如初。嗟夫，以此觀之，彼日不但洪公一人清介，闔郡風尚可知矣。

### 哭錢檢討

老學柴桑臥一邱，夜臺長别幾經秋。荒山野草新阡處，杜宇聲聲怨未休。

## 林文秩

字禮亨，文秸兄，見下。懷安人。永樂十二年江西中式，十三年與弟文秸共成進士。改庶吉士，轉監察御史，歷官山西按察司副使。

柳湄詩傳：文秩能執法。宣德初巡按南畿，風裁凛然，以民遮留，詔復按一年。擢山西按察司副使，察誣枉，存活二千人。致仕，卒於家。文秩與弟文秸墓在福州斗門山。

### 龍窟鐘聲

龍窟隱高寺，晨昏但聞鐘。沓沓出澗谷，迢迢度雲松。夜林動棲鶴，秋水驚潛龍。高人玩清聽，卜地求仙踪。

## 林文秸

字嘉亨，文秩弟，見上。懷安人。永樂九年舉人，十三年與兄文秩共成進士。選庶吉士，授王府審理，改岳州通判。有梅湖集。

郡志稱秸早有盛名，宦不達，益自砥礪。爲政簡約，撫字甚勞。嘗主試雲、貴，中途有遺金求薦者，峻卻之，人稱其謙介。

林衡竹牕筆記：秩兄弟，侯官西門洪塘過江上街人，皆神童。秸年十三入翰林，正統丙辰狀元周旋、乙丑狀元商輅俱出其門，贈楹帖云：「門外狀元雙立雪，庭中翰苑兩垂髫。」或傳秩、秸兄弟與林春澤皆旗山神降生。秸有梅湖集。

閩小紀：林文秸，永樂乙未進士。初，主師擬以會元，謂「秸」字少見，换洪英居首。按，英亦懷安人。然「秸」字見於書經，主司亦憒憒耳。

## 沙浦鳴榔

浦口春潮拍岸平，迢迢漁子曉榔鳴。江干多是忘機客，鷗鳥時聞亦不驚。

## 陳輝

字伯煒，一作「暐」。一字存庵，閩縣人。永樂十三年進士。監察御史，歷官貴州按察司僉事，陞廣西副使。有存庵集、琴邊清唱。

邑人林誌送陳僉憲之貴州詩序：予友陳伯暐，早以疏通知遠之學擢巍科，登進士。一旦出僉一道之憲，復莅新建之藩，人皆曰一道風紀。九年，御史拔其尤，乃獲預選。伯暐之祖北山先生道學之傳，與少師公光明俊偉之業，喬木之蔭，其庇也大。

柳湄詩傳：輝僉憲貴州時，於官署前建松風堂。邑人林誌爲之記曰：「今夫學者以講習爲博，摛摹爲富，嘯詠爲達，似矣。迨夫簡書之疲躬，犴獄之衡慮，心與跡馳，泮涣無攝者，往往然也。孰知乘驄馬、峩豸冠、晃綉衣，出入霜臺，前呵後擁，喜怒休戚，宜隨物遷，而乃獨能抗情肆志於邱砌寂寥之聽哉？」蒼按，輝能琴，營賓月樓，以琴自娱，時遊歷山水。永樂十六年，懷安進士林得題陳伯煒賓月樓詩：「仙郎讀書得真趣，獨構高樓邀月侶。開簾邂逅若故人，入户懽迎迭賓主。有時適興調素絲，明蟾生海情先移。指邊初轉商徵調，絃間已示盈虧期。有時陶情對尊酒，素魄娟娟映窗牖。金屑杯中泛復來，桂香席上披還有。家林一別今幾秋，嬋娟千里仍同游。雲逵相見渾如舊，問訊團欒思故邱。」按，林枝有賓月樓賦，惜不傳。陳佐琴邊清唱序云：「三山陳存庵先生天姿高邁，由名進士歷官臺憲，所至有聲。好鼓琴，工於詩。公暇常坐一室，焚香再鼓，興至即援筆成章，因以名集。其詩雄壯豪岸之中有温厚和平之趣。」蒼按，侯官城南烏石山金剛跡東，有正書題曰：「貴州僉憲陳輝伯煒、雲南參議王善師舜，侯官人，永樂九年進士，萬曆府志有傳。水部主事鄭文季友、南康太守劉麒伯禎，閩縣人，永樂十三年進士，監察御史羅澤宗本，閩縣人，永樂二十二年進士。林文秩禮亨、弟審理文秸嘉亨，俱懷安人，皆永樂十三年進士。選部主事洪英實夫，懷安人，永樂十三年進士。金部主事陳復鼎初，懷安人，永樂二十二年進士。張衍理文，閩縣人，永樂二十二年進士，刑部主事。光祿署丞林生子儀，侯官人，永樂十二年舉人。翰林院修撰陳棖叔剛，閩縣人，永樂十九年進士。刑科給事中姚銑孟聲，侯官人，永樂二十二年進士。弟鏨孟文，本府學教授陳從景著，閩縣人，永樂十三年廷試第三。福州中衛百户朱成克誠、朱成能詩，見卷五羅泰傳中。進士廖伯牛師冉，侯官人，永樂十九年進士。鄭亮汝明、儒士戴侃宏齡、釋性源，宣德甲寅仲春望日同觴詠於此。」輝結識多名流，附錄於此以備考證。通志、郡志無輝傳。

## 夜泊釣龍臺

煙村帶晚景，落日駐征橈。夜色海中月，秋聲江上潮。漁燈連水岸，霜月映楓橋。明發頻回首，鄉山別望遥。

## 宿鼪峰性上人山房

聽梵來山寺，逢僧宿石樓。風泉行處滿，花竹坐來幽。暗磵鐘聲晚，空潭樹影秋。東林微月白，相送虎溪頭。

## 汎舟螺江憶舊游寄郡齋諸文學

曾向江頭倚玉簫，與君同駐木蘭橈。白波千里秋聞雁，凉雨孤舟夜聽潮。幾處人家連竹塢，數行漁笛過楓橋。今來却憶同游侶，烟景蒼蒼轉寂寥。

## 屴峰晚眺

乘幽獨上最高峰，澤國山河四望同。島嶼潮來天接水，海門日落樹連空。僧歸遠寺疏鐘後，木落空山積雨中。更向寒巖一長嘯，松濤十里送天風。

## 重九前七日同郡齋諸文學登鄰霄臺

西峰吟眺最高臺，雲物蒼蒼入望來。秋興不隨黄葉盡，晚樽偏對菊花開。巖前落木蟬聲急，天際澄江雁影回。歸去若逢重九日，還從此地送陶杯。

## 思鄉樂

三山雄峙越王城，四序風光別有情。榕樹萬家紅日曙，荔林百里彩霞晴。連檣海錯衝潮至，列坐尊醪對客傾。最愛鳳池燈火夕，臥聽四壁讀書聲。

## 旅次武林期叔剛修撰不至

寓宇悶幽寂，羈懷轉凄其。况兹梅雨候，值此麥風時。閑登溪上樓，悵望吴天涯。長風捲潮來，倏忽銀屋移。潮水尚有信，我行豈無期。緬懷同心人，惻然起遐思。

## 三峽流泉題贈九齡文學

蜀江之水何雄哉，奔騰疑從天上來。飛流直下幾千丈，大壑五月鳴風雷。飄然一望失西北，巫峽清秋起寒色。聲撼長川白日寒，氣蒸大漢青冥黑。我時曾向錦城游，觀濤獨上瞿塘舟。劃然長嘯震林谷，短簫嗚咽回中流。與君對此嘉興發，便欲因之泛溟渤。好挾飛仙汗漫遊，孤篷醉倚西江月。

寒夜留宿故人隱處

高齋期夜宿，蘿徑獨攜琴。尊酒成幽酌，孤燈照短吟。竹泉分小磵，霜葉響空林。且盡山中醉，誰論物外心。

寄仁美同好

秋深寥落舊交疏，況復思君萬里餘。粵國山河違故邑，吴門煙月怨離居。數聲落木啼猿後，幾年疏磪過雁初。知爾西游多勝概，別來詩興近何如。

小景題贈密齋先生

長尋幽絶避囂喧，野服吟秋到鹿門。幾處青山連斷岸，數家黄葉帶孤村。風潭石瀨清琴響，煙徑苔花翳屐痕。却羡漁樵林下趣，白雲相對欲忘言。

## 陪嚴都運重游平遠臺，同林文則和嚴韻

肩輿同上石林間，又得追陪到竹關。碧樹清泉巖畔路，白雲黄葉寺前山。興來吟咏俄成什，老許辭歸半是閑。雅愛相忘頻潦倒，不妨重藉石苔斑。

## 偶　題

散帙看書對碧山，浮雲流水與心閑。坐來不覺東林夕，月上前溪釣艇還。

# 鄭　瑛

字希晦，旭子，珞兄，亮父，俱見下。閩縣人。永樂十三年進士。初官嘉興典史，後舉應天、湖廣鄉薦官，樂會訓導。有弦齋集。永樂六年舉人鄭瑛即希晦，嘉靖四年侯官舉人亦有鄭瑛。

柳湄詩傳：瑛與弟珞皆永樂十三年進士，見明進士題名錄。福州府志載：「鄭瑛以侯官儒士，永樂六年鄉薦，至永樂十二年復中式應天。其間或因緣事再舉。」按，瑛與林誌書有「兩沾鄉舉，竟不獲第進士列」，其兩舉明矣。按，林誌蔀齋集：「鄭氏自壽春來閩，至通素先生益振。」蒼按，通素名旭，三子瑛、珞、琫。瑛從叔寔，爲浮梁丞；從兄珷，舉人，南海教諭；瑛子亮；亮曾孫漳。又按，長史伯和，知府威，知州澄，知縣瀾，知州相，舉人熙，知州維邦，皆旭后。按，新建知縣璥，太學生上舍

珙，皆旭族姪。瑛幼同林誌學於王偁之門。故尚默有與鄭希晦論世書。永樂戊子歲，聘爲閩清、連江二邑司訓。後領應天、湖廣省直鄉試。其文録爲程式。以瓊州樂會訓導，秩滿之京，卒於途。友人羅泰爲之墓誌銘。

## 赤岸喬松

獨不見君家萬丈之喬松，交柯崛起驚蛟龍。渾沌以來不可數，孰識夏后之植秦人封。盤谷直與元氣會，赤岸東西分晝晦。怒豹毛霏霧雨中，神鼇背折川岡外。吾聞中有何氏居，過者仰見今嗟咨。秋蟾在空風在谷，胡用門前列戟鳴驪駒。上有翡翠蓋，下有珊瑚枝。鬼物守護仙人期。安得置我清陰之石上，坐待白鶴歸來時。

## 白沙翠竹

沙頭萬玉碧參差，絶勝三湘煙雨餘。晝拂微飈侵席冷，夜隨涼月逗牕虚。編籬稍斷樵人跡，開徑能通處士居。爲問主人遊宦久，故林清夢近何如。

## 秋夜泛舟

雲中蘿幌開，石上苔衣冷。古調人不聞，誰能發深省。

## 鄭珞

字希玉，旭次子，瑛弟，見上。侯官人。永樂十三年進士。選庶吉士，改授刑部主事，出知寧波府。有訥庵、鷄肋二集。

柳湄詩傳：珞與兄瑩同舉進士。據明進士題名錄，「珞，侯官人」，郡志人物傳誤「閩縣」。四明文獻志云：「公初來治四明，簡重寡默，聰敏過人。案牘之暇，手不釋卷，禮賢下問，不以人廢言。凡布衣、浮屠有識治理民瘼者，亦不靳訪之云。」卒於寧波，郡人祀之。墓在福州北門龍腰山。

### 題四會顔大尹竹軒

顔君瀟灑謝流俗，繞屋惟令種修竹。萬竿直節凌雲霄，半畝濃陰絶塵塽。嫩葉幽枝翠欲流，横牕拂席清且幽。綠雲藹藹湘潭暝，霜雪猗猗淇水秋。冰簾半捲棠陰静，對此鳴琴多逸興。午夜長空風雨來，萬頃秋濤滿清聽。湛露三時滴不乾，高堂五月生微寒。玲瓏最喜吟中見，披拂偏宜醉裏看。君不見名花異卉足佳色，一旦西風盡摧折。何如此竹無凋零，歲晏相期抱冰雪。

## 次黯淡灘

落日掛青嶂，舟行次危灘。天影動秋色，溪聲生夜寒。予懷正寥落，復此聞潺湲。撫劍對明月，喟然發長嘆。

## 登四明郡城東樓

越州開霽色，城上獨登攀。萬室煙中樹，千峰雨後山。江橋潮汐急，海嶼水雲閑。東望三仙島，滄溟杳靄間。

## 次京口

北固山如畫，南徐月上初。煙消秋水闊，霜重晚林疏。臺榭千年麗，江山百戰餘。興亡總陳跡，搔首獨躊躇。

## 宿宣義池和夢得韻

秋晚過幽亭，煙空楚樹青。潮聲歸別浦，天影動疏星。野曠螢流火，霜清鶴墮翎。乘桴如有意，東去即滄溟。

## 送高時旭還閩

祖帳連芳草，征帆掛夕曛。鄉心閩海月，客夢楚江雲。候館鷄聲早，平沙雁影分。懸知霄漢上，早晚薦雄文。

## 錢塘懷古

雙龍北去歸遼海，匹馬南來歎寂寥。一代興亡吴苑月，千年感慨浙江潮。岳王墓上松聲慘，伍子祠前劍氣消。遺女不知行客恨，夜深湖上更吹簫。

## 和吴當途源吊李白墓

半世醺醺笑獨醒，九原漠漠掩重扃。月沉牛渚三山晚，雲抹娥眉萬古青。遺廟有碑題姓字，荒阡無主泣山靈。文光不泯歸天上，臥看樓頭太白星。

### 江南曲

偶逢故鄉人，寄書故鄉去。妾家在横塘，門前兩株樹。

## 李貞

字正夫，南靖人。永樂十三年廷試第二。以榜眼授翰林編修，不肯與修佛書，貶高州府教授。入祀鄉賢，後入忠孝祠。

柳湄詩傳：縣誌載：「貞，永豐里人，十歲能文，志行超卓，成祖命儒臣編輯四書五經性理大全，貞與焉。後以不肯與修佛書，貶高州府教授，卒。子孫遂籍高州。」按，李貞，寶珠山人弇山堂別集載：「永樂進士第二人李貞，第三人陳景著，俱以翰林授編修。九年滿，當遷，乞改鄉官便養。貞得高州府，景著得福州，俱教授。遂以此終其身。」

### 學宫古松

蕭條猶見典型垂，鐵幹森然迥自持。鎮定轉憐風勁日，孤高遥對月明時。危巢蔽日烏棲老，清影凌雲鶴夢知。但傍宫牆瞻道氣，濤聲徐度不嫌遲。

## 荔枝詞

滿樹籠籠盡紫煙，芙蓉花盛鬥芳妍。若教粉黛還堪並，不道隋家有絳仙。

## 陳景著

名從，以字行，子皋父，閩縣人。永樂十三年廷試第三人。以探花授翰林編修，福州府教授。詳前李貞傳中。

### 桃源行

扁舟閑棹武陵曲，落紅萬點春波綠。乘興沿流去不窮，夾岸桃花奪人目。山迴溪轉入漸深，縈行幾度隔雲林。遥看林下人家影，近聽村前鷄犬聲。恍然初入非人境，洞裏松蘿白日靜。蘭徑春深玉有煙，綺牕晝永花如錦。驚聞客至復相呼，爭迎置酒問何如。初從避地潛來此，自後因家成久居。却緣嬴氏行苛法，竟攜妻子塵寰別。山中猶著秦衣冠，世上誰知晉年月。世人徒自見山青，青山一逕通仙靈。遥連閬苑千原杳，不見長安戰血腥。歸來擬欲攜家往，衹今靈境知何向。翠壁紅泉掩映流，琅玕芝草參差長。萬壑千峰翠黛浮，多情長憶别來愁。回首空山不可問，惟見桃花逐水流。

## 馬景約

字自牧，山東人，入籍閩縣。永樂中布衣，自號自牧居士。卒年五十六，學者私謚安素先生。節錄邑人林誌安素先生墓誌銘：壬午正月庚戌，安素先生馬氏卒，年五十有六，無子，塋壙於城西蒙峰先塋之左。先生道應素履，禮，士有昌名，宜謚曰安素先生。先生諱自牧，字景約。其先由益都來仕於閩，因家焉。大父泰元，賜進士，漳州龍巖縣尹。父國卿，福建行省檢校。先生弱冠即嶄然有聲，習弓馬搏刺之法，頗事豪俠。入國朝，始折節爲儒，日益潛耀。博涉經史，用資其文若詩，泓涵枵腴，益宏以肆，佳句險語，得之自然。死之日，家有書數帙，畫數幅，詩文若干篇而已。衣衿之外，仰給於人。柳湄詩傳：景約善畫，往往逼真高彦敬，出入董、米間，得之者莫不珠玉視焉。王恭有題馬自牧山水詩。晚歲與道浮沉。王偁集有自牧居士與玉壺道人古囊善復二師共結三生之社書來與予論老釋二書，又有同自牧瓢所宿張氏南樓詩，又有寄自牧詩。其人清高非凡輩明矣。晉安風雅僅收二絶，兹悉存之。

### 明妃曲

家國知何在，風沙滿目愁。惟餘天上月，還似漢宫秋。

## 山中送友人

舊着薜蘿衣，不識旗亭路。一片白雲心，悠然送君去。

### 陳　航

字思濟，一字自牧，馬景約亦字自牧，見前。長樂人，仲進次子。見上。永樂中退隱不仕。有溪山集。閩中錄：思濟少即能詩，高漫士、王安中見之嘆曰：「今之岑嘉州也。」遂相邀入社。

## 送高大尹之廣州

楊柳絲絲繫别情，旗亭尊酒送君行。鶯花寥落三春暮，雲水蒼茫萬里程。梅嶺瘴消金勒遠，桂江風靜錦帆輕。到官應見山陽令，爲道平安早寄聲。

## 山水圖

數里平沙接遠村，千章喬木蔭柴門。可人最是滄洲晚，潮落依稀見水痕。

## 黄　守

字約仲，以字行，謙父，莆田人。永樂中以汀州府學教授授翰林典藉，陞檢討。有静齋集。應制天馬歌見莆風清籟集。

蘭陔詩話：静齋在翰苑二十年，按，預修永樂大典、四書五經及性理大全諸書，書成，進檢討。乞終養，授汀州教授。據鄭蘭陔詩話先授檢討，後授教授。與明詩綜異。其詩如「雙樹映寒澗，一燈明翠微」，「諸山樹色分殘雨，萬壑鐘聲共落暉」，猶是唐人風格。

### 題燕文貴秋山蕭寺圖

迴巖列岫鬱相連，兜率樓臺際碧天。飛鳥已還秋色裏，疏鐘猶在夕陽邊。溪橋緩轡官人馬，野飯維梢客子船。記得宦遊逢此景，披圖不覺思茫然。

### 詠歸亭秋夜

蕭條聞落葉，迢遞見明河。坐久客衣冷，不知風露多。

## 送胡學士、楊金二侍講扈駕北伐

六師北伐繞龍城，遥羡詞臣扈蹕行。兵略曾從圯上得，檄書多向御前成。黄沙白草雲隨馬，畫戟雕戈雪照營。應想居庸關外路，東風歸旆凱歌聲。

## 李　騏

字德良，長樂人。洪武二十九年鄉試第一，永樂十六年廷試第一。授翰林院修撰。卒年四十六。柳湄詩傳：騏耿直有氣節，在内纂修，在外典試，俱以公慎著。志稱奔繼母喪，卒於家。按永樂二十一年應天鄉試，正統六年順天鄉試，騏兩充副考官。

### 題陳伯煒憲副松風堂

堂下青松鬱相向，横柯老幹虬龍狀。有時大塊播噫聲，陡覺驚濤半空響。非宫非羽亦非商，蕭蕭瑟瑟聲悠揚。乍疑絲竹悲斷絶，仿佛金石鳴鏗鏘。屬州此日無苛政，閑來坐聽心常静。激揚正慕子玄風，盤桓莫起淵明興。

## 董　穌

字積中，秀兄，閩縣人。永樂十六年進士。授户部主事，遷員外郎中，擢山東右參政，陞貴州左布政使，致仕歸。

### 初入貴筑

楚將牂牁地，曾經幾戰場。雕題椎髻古，鐵鉅馬蹏忙。野燒空人境，陰風半鬼方。尋源傷漢使，千載恨偏長。

## 吴　源

字叔淵，閩縣人。永樂十六年進士。當塗知縣。

### 凌歊臺

晚風扶醉上凌歊，落日孤城思寂寥。歌舞盡隨王氣散，英雄長恨霸圖消。黄山樹色空啼鳥，采石江光送落潮。惆悵不須嗟物换，六朝遺事總蕭條。按，洪武時莆田有吴源，見儒林傳。

周　瑶

字仲器，長樂人。永樂十五年歲貢。常山教諭。

**賦得湘水暮流深送陳輝之貴竹**

三巴三峽連三湘，東流萬里來何長。清澄雲影浸新月，滉漾天光帶夕陽。夕陽新月涵深碧，雲影天光同一色。兩岸平分島嶼青，千尋倒映沙洲白。江漢滔滔去不窮，洞庭渺渺共浮空。漁人拂釣來天上，行客揚帆入境中。故人夙負澄清志，貴竹牂牁望迢遞。湖水東流是别心，請君看此更誰深。

鄭　憲

字介叔，閩縣人。永樂十六年進士。户部主事，出爲衢州通判。

**和林御史宗度咏雪**

十月金臺雪已飛，吴鹽柳絮亂沾衣。邊城萬里銀爲樹，江上群峰玉作圍。鳩鵲書寒鞏滅没，蓬萊雲斂月依微。一壺碧酒評豐稔，絶勝山陰倚棹歸。

## 鄭述

字季述，莆田人。永樂十九年進士。授刑部主事，謫惠州府通判，擢南雄知府。詳通志良吏傳。

### 寄懷王士俊

遥數歸期未有期，天涯贏得鬢成絲。宦情久已同鷄肋，野服惟應稱鹿皮。松菊偏牽元亮興，蓴鱸每動季鷹思。何當散髪烏山下，莆田亦有烏石山。遲爾林間擘荔枝。

## 陳中

字舜用，一字重介，莆田人。永樂十八年鄉薦，第二十九年會試第一。授南京户部主事，預修國史，東越文苑：「陳中之文，務在典贍。宣德初，自南京户部主事召修太宗、仁宗實錄。」陞户部員外，致仕歸。卒年八十三。有介庵集。入通志文苑傳。按莆田有兩陳中。一字正道，永樂三年舉人。

蘭陔詩話：重介才情敏贍，嘗游壺山真靜巖，次盧希韓韻二十首，叩鉢而就。其詩五言如「江闊孤帆影，天空一雁聲」，七言如「山迴瘴嶺椰煙白，路入蠻鄉荔雨晴」，「碧樹新秋江上路，青山薄暮雨中愁」，「遠樹斜陽幽薊路，啼鶯弱柳廣陵城」，雖精思苦吟者不能及也。

## 題壺山真靜巖次盧希韓韻

屐痕踏破石苔斑，始到壺仙物外山。黄鶴不來松樹老，白雲已去洞門閑。夕陽有客題招隱，夜火無人煉大還。野鳥不知陵谷變，春風花底語關關。

## 金陵送别和林弘豫歸莆

觸熱纔聞過建康，離亭何事動行裝。家山久積閩南夢，旅雁愁分薊北行。一騎斜陽槐影緑，孤舟細雨藕花香。念予未遂林泉願，歸思隨君繞故鄉。

# 陳叔剛

名㭎，以字行，週長子，見上。煒父，見下。閩縣人。永樂十九年進士。翰林修撰。有絅齋集。

邑人林誌送陳生㭎歸閩序：武岡劉文學九疇嘗稱陳生㭎。時生在館下，年僅十三，操筆爲文，思若湧泉。前輩號穎悟者，往往避其鋒。誌復爲㭎作絅齋記：「進士陳叔剛觀政之暇，治其寓之東偏，蒐羅諸子、史漢、金石纂録之文殆千餘卷，而函硯橐筆，娱情覃思其中，亹亹乎學古而通其辭者。」柳湄詩傳：義溪世稿小序云：「叔剛預修三廟實録，改翰林修撰，陞侍讀，充經筵講官，歸省於家。有集十卷，門人錢文通溥序之，稱『其詩沖和贍麗，各極諸體之妙，而文則紆徐典雅，如正人端士，動循矩矱。有德者之言也』。弟振，子煒。晉安風雅稱叔剛卒年四十七，墓在福州南蔡莊山，弟叔紹墓亦在焉。」

## 松坂

亭亭萬松林，别搆僅容膝。席陰無冬春，簾翠自朝夕。主人愛松風，靜聽意自適。清吟到夜分，明月在巾舄。是非曠不聞，烟霞已成癖。我有小山謡，期君謝閒逸。黄鶴游青冥，汗漫不可即。

## 江南送周員外歸廬陵

江南路出長干口，萬井千村種花柳。華髮星郎錦作衣，畫船撾鼓逐潮歸。莫言慣識江南道，一度經過一回好。岸上樓臺臨水開，吴姬白苧曲新裁。商人棄金如棄土，百萬壚頭换歌舞。香飯炊粳食有魚，家家無事但閒居。江南風景良不惡，不是少年行亦樂。請君後夜泊舟時，更聽吴兒唱竹枝。

**剡曲扁舟**

大雪漫溪路，良宵返棹時。故人無宿約，幽興有誰知。岸闊青山在，波摇白鳥移。年年放船者，誰復古今期。

**泗亭落照**

芒碭英雄幾刼灰，泗亭斜日下荒臺。水聲已帶餘光落，山色猶迎返照來。門外孤煙人語静，林端初暝鳥飛迴。仙舟際此應停棹，弔古憑君作賦才。

**五月五日同僉憲别駕二宗長、御史審理二林昆季、吴判簿、盛訓科游姑蘇虎邱寺，次僉憲韻**

赴闕同登浙水舟，停橈共過闔閭邱。雲隨殿閣疑天近，江擁吴淞入海流。石上逢僧松影落，池邊訪古劍光浮。别筵况有登高賦，牢落偏消客路愁。

## 姚銑

字孟聲，通志「聲」誤「方」。侯官人。永樂二十二年進士。宣德間授刑科給事中，改工科。請告家居。正統初，以大臣薦授兵科都給事中。己巳從征，死於土木之難。墓在侯官西桐口。

### 軍中别家人

愧我無才久侍班，又從車駕出邊關。青袍誰繼牀頭笏，華髮新添鏡裏顔。許國丹心今日盡，輸忠白骨幾時還。丁寧妻子休垂淚，好引吾魂入故山。

## 王肇

字開若，侯官人，褒子。見上。永樂中薦，辭不就。卒年六十三。有蒙齋集。

### 登北固山

長江淨絶正秋初，極目微茫盡海隅。鐵甕暮帆歸夕照，金陵雁影落寒蘆。天分南北星辰换，地接荆吴客思孤。千古英雄皆逝水，秣陵依舊帝王都。

# 谷宏

字仲宏，閩縣人。永樂中中書舍人。

柳湄詩傳：明詩綜載「宏，閩縣人，中書舍人」，又云「一作新淦人」。按，宏寄鄉友汪彦才詩有「久客懷歸憶晉安」句，與朱克誠結社，其爲閩人無疑。

## 咏霞綺 見轅門十咏。

晴天吐彩散英英，佳氣光輝照赤城。曉起忽隨孤鶩没，晚來又逐片雲行。曄如蜀錦熒還燦，皎若爐丹色更明。欲上高樓頻眺望，空聞餐罷可長生。

## 行經華陰

崔嵬太華出雲中，積翠遥連渭水東。秋色萬家明遠塞，暮煙一帶繞離宫。秦關日落行人少，漢時天陰古殿空。寂寞武皇巡幸處，祠郊木葉起秋風。

## 寄鄉友汪彦才

浮雲聚散幾悲歡，久客懷歸憶晉安。門對西山朝氣爽，城臨東海暮潮寒。身隨斷雁兼秋遠，夢入疏鐘向夜闌。爲問松蘿舊游處，别來花月共誰看。

### 登岳陽樓望洞庭

對酒平臨百尺闌，洞庭南望楚天寬。中流雨散君山出，故國風高楚澤寒。帆掛夕陽鵬際没，波涵新月雁邊看。登臨我亦懷鄉土，何日滄浪一釣竿。

## 林珪

字崇信，又字韋軒，環弟，見上。莆田人。永樂中薦授泉州教授。有韋軒集。

節錄邑人柯潛韋軒林先生傳：吾莆九牧之林有號韋軒者，諱珪，字崇信，居城東烏石山麓。高祖諱尚孫；祖諱㮚，興化縣學訓導；父諱應鳳，世以文儒名。至先生之兄絅齋公，永樂丙戌舉進士第一人，爲翰林修撰，遷侍講，其文儒之名益振以遠。先生幼從公學，甫冠盡得其所傳，遂開門授徒。二十四五大肆詩文，下筆輒驚老長者。工楷法，間爲章草，皆可觀。嘗侍公游京師，縱觀山川之勝，及歸，才益奇而學益入於老矣。泉州守胡器聞其名，薦爲其學訓導。泉素無賢師，士子多廢學，先生至，力奬誨之，自是累累有登科第而仕者。庚子秋，湖廣聘主文衡，所取士皆衆所推讓，後多階顯。先生性嚴正，於人寡諧，偶然遇才賢者，温温與言，惟恐其不親己也。在官得疾，舁歸，卒於家。卒之時，泉諸生皆來吊祭，哭甚戚，里巷間累月有嗟悼之聲。蓋其生平有行檢，故爲人所感仰如此。子男三人：長統，景泰甲戌舉進士，選爲御史，辭不就，除冀州知州，以廉惠得民陞淮安府同知。次緒，次紀，皆知學，慎禮節。

### 拂袖

拂袖賦還山，山深足幽趣。危磴瀉寒流，秋聲度高樹。境曠絶行蹤，白雲自來去。

### 送閣藩長幕徐善之京

把袂江亭上，慇懃此送君。雁聲雲外斷，山色雨中分。别酒寧辭醉，勞歌不忍聞。客心禁日暮，落葉正紛紛。

### 山水圖

松竹陰陰白晝長，柴門半掩落花香。不知謝朓當年宅，古木寒流幾夕陽。

# 全閩明詩傳　卷九　洪熙朝　宣德朝　正統朝　景泰朝　天順朝一

侯官　郭柏蒼　楊浚　錄

## 高起宗

閩縣人。洪熙中監察御史。

### 方廣巖按，在永福縣。

巍巍樓閣倚雲邊，佛國仙源別有天。終古夕陽咸宿靄，下方衆阜盡浮煙。長松唳鶴翻秋月，曲澗歸龍響夜泉。浮世茫茫何住着，誰先投跡謝塵緣。

## 王振

俌子，永福人。見上。洪熙中布衣。

### 陪高起宗遊方廣巖

共攜笠屐上層巒，萬壑千峰眼底看。洞裏雲歸山色暝，檐前泉瀉雨聲寒。梵傳月下禪心淨，竹入風中客夢殘。不羨終南有捷徑，枉隨環佩老鵷班。

## 林炤

字汝恒，閩縣人。洪熙中監生。賓州判官。

### 宿杉關

雲斂天高爽氣清，蕭蕭客舍百愁生。子規啼徹三更月，一枕家山夢不成。

## 謝璉

字重器，龍溪人。宣德二年進士，廷試第三人。以探花授翰林編修，遷侍講。歷官南京户部侍郎，兼掌兵部。景泰四年卒於官。詔遣中使涖喪，賜葬祭。有玉堂藏集。

柳湄詩傳：郡志誤璉爲廷試第二人。按，璉居官多所建白，與修宣宗實録、會典、聖鑒日曆諸書。因災異陳言出宫人，赦無辜，除連坐。正統十四年上時政十五事。景泰四年卒於官。著有奏箋百餘卷。

**與馬臨朐、王壽鑑、陳徽仲登北顧山** 按，馬臨朐即馬愉，陳徽仲名順，俟官人。

江遠不知處，山寒猶傍城。一杯秋後酒，十載故人情。風轉雲先覺，潮來岸已平。興闌吴榜發，鳳闕望中明。

## 林震

字敦聲，又字起龍，長泰人。宣德五年以第一人及第。授翰林修撰。

狀元圖考云：起龍性質穎悟，幼有大志，讀書九龍山，見宋陳堯叟詩，續之。及長，每開卷輒曰：「尼父韋編三絶，豈可少閑？」學問該博，果狀元及第。

柳湄詩傳：震在翰林時，楊文敏公甚器重之。正統二年以疾告歸，卒。按，宣德五年鼎甲皆閩人：狀元長泰林震，榜眼建安龔錡，探花莆田林文。又按，宋嘉定元年鼎甲皆福州：第一侯官鄭自誠，第二永福孫德輿，第三侯官黄桂。福州郡治烏石山鄰霄臺有嘉定改元鄭自誠等三十三人題刻，是也。

## 九龍山

人生五馬貴，山有九龍游。極品何榮貴，須先占狀頭。上兩句陳堯叟詩。

## 龔錡

字良器，又字台鼎，沅父，建安人。宣德五年廷試第二人，以榜眼授翰林編修。有蒙齋集。

柳湄詩傳：錡，正統九年順天鄉試副考官。博學能詩，書法遒勁。坐累失官。正統十三年沙縣、尤溪土寇肆虐，募鄉兵爲大軍嚮導，爲賊所害。子沅，成化五年進士。

## 與林本清話别黄華山蒼竹樓

按，林淮宗，連江人，宣德二年進士。

樽酒清於九月江，一缸對話竹間牕。世途無限難平事，獨有文章不肯降。

## 林文

字恒簡，環族父，他書作「族弟」誤。莆田人。宣德五年廷試第三人。以探花及第授翰林編修，累官太常寺少卿兼翰林侍讀學士。卒年八十七，贈禮部左侍郎，謚「襄敏」。有澹軒集。按，文，景泰二年會試副考官；尚有會試一次考官，不知年分。

柳湄詩傳：文，正統初預修宣宗實錄成，轉修撰，時年已五十丁内外艱，服闋復除舊職。景泰三年陞春坊諭德兼翰林侍講，四年修歷代君鑑成，七年修天下郡志成，陞庶子，仍兼侍講。天順元年罷康定時官僚，文改尚寶司卿。憲宗即位，以舊講讀官陞太常寺少卿，兼翰林侍讀學士。再乞致仕，歸。兩考會試，一讀廷試卷。學者稱爲上林先生。卒年八十七，贈禮部左侍郎，謚「襄敏」。

### 題山水圖

淑氣轉幽壑，青陽變故陰。新花發宿根，灌木鳴衆禽。至人感物候，扶杖散煩襟。溪橋訪野客，攜我壁間琴。欲調陽春曲，庶以遭知音。子期邈云遠，悠悠千載心。蘋末起凉風，秋聲滿林壑。山雲卷復舒，林葉掃還落。農事告西成，歸來閉茆屋。郊墟得微寒，展卷牕下讀。榮辱了不聞，終身成獨樂。

### 山水圖

少小别江鄉，重來鬢髮蒼。桑麻荒杜曲，鷄犬静韓莊。喬木風霜古，高齋枕簟凉。看圖懷舊隱，清夢繞迴廊。

### 秋　景

一水澄秋色，群峰淡落暉。雁投寒渚下，漁逐暮潮歸。古寺初鳴磬，孤城半掩扉。行人從唤渡，舟子去如飛。

### 樂静軒

禾川南去是花莊，新闢畬田舊草堂。野馬不來松菊徑，沙鷗獨佔水雲鄉。一犂好雨春耕早，半榻清風午夢長。擾擾利名無盡日，塵纓須早濯滄浪。

## 方　熙

字孟明，莆田人。宣德五年進士。改庶吉士，出爲潮州通判。卒年八十二。有東軒集。

柳湄詩傳：宣宗親試進士以三農望雪賦，熙擢第一。後以目疾致仕。肆志文章，杜門著述。

## 古別離

愁心不自聊，披衣撫孤琴。絲桐感人意，急切無好音。拂席起三嘆，仰天獨行吟。遠望別離處，江空煙水深。

## 閨怨

深閨有淚濕羅衣，萬里沙場音信稀。滿地落花春又去，雙雙燕子認巢歸。

## 薩琦

字廷珪，琅子，閩縣人，其先色目人，元薩都剌後也。宣德五年進士。選庶吉士，翰林學士，禮部侍郎兼少詹事。卒於官。

柳湄詩傳：琦，孝子薩琅之子。父子祠墓皆在侯官西湖廉山。

## 早朝

鵠立彤墀夜未央，參差環佩覲明光。嵩呼辨得龍顏喜，御坐分來雉尾香。花露煖隨金殿入，柳煙晴引玉堦長。招摇乍轉千官肅，遥聽鐘聲出建章。

## 劉武

字士憲，莆田人。宣德五年進士。行人司左司副，遷廣東按察司僉事，分司提督學道。

### 九鯉湖

仙子遺蹤處，凌霄咫尺間。泉聲千澗響，月色一天寒。洞曲藤蘿暗，峰危枳棘攢。湖光知化鯉，竈冷已成丹。飛瀑翻晴雨，殘霞鎖暮巒。山閑猿自嘯，松老鶴猶還。欲識何郎面，今宵夢裏看。

## 賴世隆

字德受，添貴從子，世傳兄，清流人。宣德五年進士。授編修。有玉堂遺稿。

### 舟出小淘過九龍

時聽篙師號，破空一棹操。兩山穿竇出，亂石挾流高。微命生前定，危機終日遭。欲求跬步穩，須與利名逃。

## 趙恢

字汝弘，連江人。宣德八年廷試第二。以榜眼歷春坊庶子兼侍講，經筵講官，晉左庶子兼侍讀。柳湄詩傳：恢纂修國史。正統戊辰會試，旨特命恢分闈，釐正文體。癸酉復典應天考官，所拔皆知名士。景泰元年册封南海神還朝，遂以疾告歸。

閩縣林誌送趙進士榮歸序：余惟世之仕者固非一途，而進士之選則古今以爲至榮，故晉郄詵舉賢良登第，而自喻「瓊林一枝、崑山片玉」。然余謂此獨世俗之榮，而非士夫以爲榮者也。景和年富而質美，疏通而博洽，出際昌辰，履兹嘉會，是其欣幸者乃士夫之謂榮，而非徒如郄生所云審矣。兹焉捧恩榮歸，釋斑襴，衣綵綉，登堂稱觴，以壽其親，而百年桑梓頗增光彩，閭里父老交慶爭羡，皆曰趙氏有子如此。斯雖爲一時之榮，觀其所以爲邦家之光，能不基於此哉？按林誌序，則恢又字景和。

### 長陵陪祀

西山晴日翠華臨，五色雲移輦路陰。梧竹兩朝湘水淚，蘋蘩千載鼎湖心。追陪玉帛叨詞苑，扈從旌旗簇羽林。一自龍飛幽薊後，茂陵松柏日蕭森。

## 鄭亮

字汝明，閩縣人，瑛子，見上。伯和祖。宣德八年進士。官户部主事。有蒙齋集。

柳湄詩傳：郡志稱亮有文名，學者多造門問業。題山水圖有「垂蘿隱隱半山鐘，細雨濛濛萬花樹」之句。按亮墓誌銘：「宣德丙午、癸丑，鄉、會皆以禮經冠闈，成進士，初授户部主事。西域獻麒麟，公爲賦以獻，頗寓規諷，上嘉納之。惜未永年而卒。其孫長史伯和、曾孫運漳，始揭公集而傳之。濡須吴廷翰爲之序。」

### 送朱州判子還家

君家住在于山麓，門前舊種桑榆緑。遥望葱葱知故家，况有清陰庇鄰曲。按，汝明亦住于麓。記得常年二月時，繅車軋軋蠶初絲。桑影欲斜春社散，榆煙新起午炊遲。故鄉別來今幾載，樹色重重長不改。石砌輕風落小錢，粉墻晚日垂高蓋。憐君近別復何如，依然繞屋青扶疏。我亦因之有歸思，欲買扁舟還故居。

### 挽杭州蔣處士

徜徉杖屨嘯林邱，白髮蕭蕭七十秋。令子初承聞喜宴，仙翁應夢采真游。西湖誰咏寒梅月，剡曲空遺夜雪舟。惆悵湧金門外路，斜陽芳草重回頭。

## 盛福

字伯祈，福寧州人。宣德間官上虞訓導，國子學録。

### 應制端陽閲武

藝苑天開紫禁中，聖皇親閲武臣功。追風駿馬騰金電，繞日驤龍絢彩虹。毬擊半空星錯落，楊穿百步氣豪雄。華夷際此昇平日，天保賡歌四海同。按，長溪瑣語：福任上虞訓導，服闋赴闕，上親賜端陽閲武詩，福援筆立就。擢國子學録，降勅褒獎。

## 周哲

字能慧，莆田人。宣德十年舉人。蘇州府常熟訓導，入爲監察御史，擢長沙知府。

### 咏飛燕

夏日江村静，雙雙燕子斜。隨風窺院幕，帶雨掠堤沙。忽過樓頭語，旋銜苑内花。謝堂無故壘，問爾宿誰家。

## 黄　髝

字聲仲，又字梅隱，莆田人。宣德十年應天中式，正統元年進士。户部主事。

柳湄詩傳：按鄭岳集有廣元教諭黄先生祠堂記云「先生名䫂，字聲叔，今户部員外郎顒祖」，通志載「髝爲䫂兄」，是聲仲乃聲叔之兄，他書多混髝、䫂爲一人。

### 兼隱亭

獨立覺閑曠，陂塘明遠天。松高月未下，沙白鳥遲眠。地僻官如隱，才疏老可憐。似非舊時景，聊記北游年。

## 方　澥

字源清，岳祖，見下。莆田人。正統四年進士。官行人司。卒年八十二。入通志儒林傳。

柳湄詩傳：澥六十致仕，足不履城市。學者稱柳東先生。

### 送宋沭陽赴儒學

誰唱驪歌動客心，碧槐回首晚陰陰。天涯彈鋏星霜久，牕下囊螢歲月深。芳草飛花多野興，高山流水少知音。更憐兩地相思處，塞雁南征海月沉。

## 周坦

字孟寬，一字竹雪，莆田人。正統三年舉人。定安訓導，武陵、鄞縣教諭。以子進隆贈監察御史。有鳴竽摘稿。

### 仲秋送汪璟還鄉

驪歌三疊餘，立馬意蕭索。遠樹帶斜陽，孤城送行客。江津楓葉丹，關河秋氣白。去去毋淹留，綵衣侍親側。

## 翁世資

字資甫，瑛子，莆田人。正統七年進士。授户部主事，陞郎中，擢工部右侍郎，謫知衡州府。累遷江西布政，陞都察院右副都御史，巡撫山東。入爲工部左侍郎，轉户部左侍郎，晉户部尚書。再疏請老，加太子少保致仕。卒贈太子少傳。有冰崖集。

蘭陔詩話：冰崖練習國典，尤善理財，以奏減織造文綺貶謫，時論稱之。柯竹巖贈以詩云「愛國心常赤，憂民鬢欲斑」，又云「人笑謀身拙，天知報國忠」。

柳湄詩傳：世資父瑛舉鄉貢，官至翰林檢討，國子助教。世資天順四年充會試同考，縣志誤「五年」。以議減蘇杭織造，謫知衡州府。所著冰崖集不傳。按，世資，洪父。

### 訪山中友人

邑中休暇日，孤棹訪崆峒。汀草凝煙緑，山花照水紅。江村殘雨外，野寺夕陽中。興盡歸來晚，玉蟾出海東。

## 陳叔紹

名棖，以字行，週次子，叔剛弟，俱見上。棲兄，焯父。俱見下。正統十年進士。出按應天諸郡，官至湖廣按察副使。有毅齋集。

義溪世稿小序云：棖有孝行，母病，嘗糞。拜監察御史，出按應天諸郡，嚴明剛重，爲時所稱。任湖廣按察使，卒於官，橐無餘貲，同僚爲經紀其喪。

## 謝公宅

不見謝玄暉，青山宛如昔。廢宅蔓草深，荒井莓苔積。旁有謫仙墳，藤蘿亦蒙密。詩名兩暉映，清風振巖石。

## 凌歊臺

臺廢已無蹤，臺名在人耳。大江天際來，疊嶂雲邊起。當時梵王宫，占斷黄山趾。舊碑何處尋，塔影秋空裏。

## 和錢内翰余阜感懷

篋衣存舊縫，囊書餘手澤。衣以飾遺躬，書以求心德。如何罔極恩，杳杳世永隔。北風吹雨淚，不到松楸側。白雲飛悠揚，望望豈終極。

## 見玉簪花感作

茂葉敷晴風，瓊葩濯秋露。托根在霜臺，詎有纖塵污。舞影覆階墀，飄香滿庭户。公餘散煩襟，相看望清素。痛思玉堂兄，此花爲叔剛所栽可知。當年寓奇趣。花時會群英，飲罷各有賦。詞翰未淒涼，人物已非故。因之重悲傷，臨風淚如注。

## 玄武湖

山勢周遭十里湖，天開勝槩壯皇都。畫船晴泛鷗波闊，玉鏡秋涵兔魄孤。隔岸泉源通太液，中央樓閣類蓬壺。隄邊駐馬徘徊意，爲愛澄清絶點污。

## 白鷺洲

江畔芳洲水勢分，洲前屬玉自成群。聯拳芳草疑殘雪，接羽平沙似斷雲。鷗鳥伴中同皜皜，漁歌聲里落紛紛。無邊詩思無邊景，浩盪烟波靄夕曛。

## 陳　栖

字叔復，又字抑齋，週三子，叔剛、叔紹弟，俱見上。烓父，見下。閩縣人。永樂中處士。「栖」，通志誤作「栖」。

### 游常思寺按，在常思嶺。

興逐東風覽物華，春游隨步到禪家。牕含疊嶂松留鶴，路人重林屋傍花。聽法偶來尋杖錫，敲詩相與坐烟霞。沙彌解識箇中味，折竹分泉細煮茶。

## 黄　鎬

字叔高，澍、湜父，俱見下。侯官人。正統十年郡志誤「十一年」。進士。試都察院，授御史，巡按貴州。遷廣東按察司僉事，改浙江。擢廣東左參政，進浙江按察使，陞廣西左布政。以右副都御史總督南京糧儲。歷吏部左、右侍郎，拜南京户部尚書。卒年六十四，贈太子少保，謚「襄敏」。

柳湄詩傳：鎬有才識，敏吏事，鹽政多所釐剔，按貴州，有平苗功。致仕，道卒。墓在福州西湖西芝田山。

### 送朱大參之任

除書高自九天來，共羡薇垣得俊才。公道喜從今日見，聲光知是昔時培。紅亭緑酒隨宜酌，近水遥山取次裁。此去重看宣德化，一方民物樂春臺。

## 偶阻風雨，與江浦張同寅聯舟因作

兩年結伴紫薇堂，未得從容共一觴。爲掃妖氛秋放棹，偶因風雨夜連牀。雲昏海嶠天關遠，水繞江皋客路長。判袂南津重回首，白鷗飛盡岸茫茫。

## 別眉山余都憲陛辭回南京

曉日辭朝出禁垣，馬前專耑奉明恩。經營王賦推良吏，斟酌民情達至尊。終歲賢勞緣體國，暮年離別倍銷魂。寒風涷雨金陵路，松柏青青爲掃門。

## 登留臺山

力疾扶筇且看山，一登山徑便開顏。殘紅滿地春將老，新綠當階意自閑。醉後恍疑塵世小，年來彌覺宦途艱。回頭忽動鄉關思，飛鳥長空未得還。

## 題商文毅年兄墨竹

渭畝移來今幾時，風霜歷盡有誰知。虛心勁節凌雲表，占斷東南第一枝。

## 周璋

字文達，又字小溪，瑩兄，見下。仙遊人。正統中官河橋主簿。有夢草集。

柳湄詩傳：璋官主簿，見誣於墨吏。有詩云：「舉世只知金點玉，此時何處辯疑金。」其從孫宣，正德中督學京畿，過吴橋，作詩吊之云：「儒術當年已露錐，歸來長橐任雙垂。綠蕪疏雨人爭賞，點玉疑金只自知。望裏桐花非舊樹，夢中梅影尚貞姿。我來已是百年後，獨立東風有所思。」

### 寄弟瑩

年來無處避征塵，況復衰遲值暮春。千里綠蕪江上路，一簾疏雨夜深人。白雲鄉國回頭遠，青草池塘入夢頻。兩載分攜歸未得，强將封鮓慰慈親。

## 周瑩

字次玉，又字鶴洲，璋弟，見上。莆田人。正統十年進士。授工部主事，陞撫州知府。有郡齋新稿。入通志文苑傳。

蘭陔詩話：正統間莆陽風雅凌替，瑩力追古調。與吴下劉欽謨相唱和，欽謨雅推重之。每成一篇，人爭傳誦，莆詩爲之一變。

柳湄詩傳：瑩，璋弟。璋，仙遊人。仙遊志載：瑩，正統十年進士。據明進士題名錄：「周瑩，莆田人，軍籍。瑩二十入官，四十終養。工書法。鄭山齋稱其詩音調清灑。」

## 謁孝陵

鼎湖雲去六龍遥，寢殿巍峩倚碧霄。山鎖烟霞春寂寂，林迴松柏雨瀟瀟。千年帝業思皇祖，萬國輿圖仰聖朝。幾度叨陪林下謁，天風兩袖御香飄。

## 放歸言志

六年爲郡大江西，中歲歸途幸不迷。世路風塵勞薄宦，故園林竹愛幽棲。但乘款段尋春馬，不起愴惶報曉鷄。已判功名身外物，任他麟閣與雲齊。

## 夏日書懷

暑雨晴時草入簾，緑槐垂影拂茅檐。鳴蟬午夢驚初起，睡鴨名香手自添。鄉國故人千里别，他山爲客十年淹。江州司馬歸何處，幾度青衫淚欲沾。

## 李叔玉

以字行，長樂人。正統十年進士。官惠州府。

柳湄詩傳：叔玉父仕鱗，隱居東溪上，嘗曰：「至樂莫如讀書，至要莫如教子。」廣東志稱：「叔玉廉明寬厚，勤恤小民，威折豪右。」閩書：「叔玉工詩，有梅庵集、百花百詠。」

### 淮陰漂母墓

古墓荒蕪何處尋，青山隱隱帶淮陰。當年不進王孫食，後世誰知漂母心。芳草斷碑秋寂寂，斜陽野樹晚沉沉。登臨一勺椒漿意，徙倚西風動越吟。

## 謝　磐

字孟安，一字養庵，士元父，庭柱祖，俱見下。長樂人。正統中布衣。有夷庵存稿。

### 延平城

又從城下泊行舟，山水依然似舊遊。一抹樓臺臨雉堞，雙江燈火正中秋。林疎漁艇明沙岸，風定寒更出戍樓。白首西游欣就養，行旌何日到盱州。

## 竹枝詞

門前江水綠如苔，送盡行人日去來。潮落潮生猶有信，不知郎去幾時回。

# 陳俊

字時英，又字愚庵，珪子，莆田人。正統十二年鄉薦第一，十三年進士。除户部主事，遷員外、郎中，進南京太常寺少卿、户部右侍郎，改吏部。拜南京户部尚書，改兵部尚書，又改吏部尚書。乞致仕，加太子少保。卒年七十，謚「康懿」。

林懋揚云：公爲人簡重畏慎，立朝時屢司饋餉，卒總軍需。每於冗中取静，難裏求成。其詩氣象從容，語意閑淡，殆亦如其人矣。

柳湄詩傳：俊父珪爲文昌教諭。俊登進士，丁父憂，解官迎喪海南。景泰間轉郎中。兩廣用兵，遣督饋餉，丁母憂，乞守制不允，師還始奔喪。服闋，復任户部郎中，陞南京太常寺少卿。成化四年召爲户部右侍郎。改吏部，前后銓敘，最稱得人。滿九載，拜南京户部尚書，改兵部，參贊機務，轉南吏部。復滿九載，赴闕請老不允，俊復乞休，遂加太子少保致仕，賜璽書馳傳還鄉。弘治改元，以疾卒。邑人彭韶爲撰神道碑，稱公爲人「沉毅簡重，孝友廉慎，實終身之行。故哀榮特異」云。方公之歸也，莆人聚觀，所在如堵。

**清源夜泊**

落日西風一棹輕，清源城下滯王程。市聲寂寞人初靜，月色朦朧雪未晴。漁火星星歸遠浦，僧鐘隱隱動孤城。也知南去彭城近，民事關心夢不成。

**永和古跡**

寺對青溪水遶闕，獨留勝跡在名山。苔荒古道人稀到，松老空壇鶴自還。鐘磬聲沉殘月裏，樓臺影落夕陽間。楸梧鬱鬱佳城近，劍氣凌空春晝寒。

林　熗

字汝大，侯官人。通志誤「閩縣」。正統十二年舉人。有海天長嘯集。

**紫臺嵐氣**

紫臺一抹鎖晴嵐，景象依稀畫不堪。霞幕懶收山似黛，林衣倒影水拖藍。黃童驅犢登青坂，白鷺窺魚隱碧潭。感昔傷今多少恨，西風吹淚濕青衫。

## 王勝

字子奇，正統間授福州右衛都指揮使，詔旌孝子。

### 鼓山

千巖萬壑出烟霞，巖壑盤旋古道賒。柿葉凋時猿獻果，松風動處鳥啣花。天連海外三千界，地俯城中十萬家。此日勝游臨絶頂，幾回翹首到京華。

## 柯潛

字孟時，又字竹巖，莆田人。景泰二年以第一人及第。授翰林修撰，歷右春坊、右中允、洗馬，遷尚寶司少卿，陞少詹事，兼翰林院學士，掌院事。景泰七年應天鄉試副考官，天順四年會試副考官，成化元年順天鄉試副考官。有竹巖集。

東越文苑：潛以私艱歸，服除，就家起爲祭酒，辭不拜，尋卒。

康原中云：竹巖詩沖淡清婉，不落蹊徑，庶登陶謝、王孟之堂。按，潛詩文集，從孫維騏爲之編校。

靜志居詩話：「翰林院堂後有井，劉文安所鑿也；亭二楣，凡八楹，柯學士所築也。井在右，亭居左。今入翰苑者，以柯亭、劉井爲佳話。

**牧牛圖**

千山萬山春雨收，遠村近村烟草稠。田家牧兒朝放牛，穩騎牛背如乘舟。溪南兩牛俱引犢，食飽相依臥山麓。溪北兩牛不畏人，日暖沙頭戲相觸。昔年縣吏督租嚴作程，民日苦饑牛苦耕。今日屢下詔書征税薄，民有餘閑牛自樂。牧牛亦解知帝恩，拍手唱歌度林壑，歌聲徹雲雲漠漠。

**辟支巖**

攀雲臨絶頂，一望海天空。野色斷橋外，鳥聲高樹中。煙凝芳草碧，苔襯落花紅。萬慮都消却，長歌送暮鴻。

**送行人司正邵震使安南**

天王出震繼虞唐，宇宙重新化日長。要使車書歸一統，遥頒正朔到殊方。碧天盡處通容管，瘴雨晴時過富良。珍重平生清苦節，莫將薏苡載歸囊。

### 三月晦日作

斗室翛翛半掩扉，一春多病賞心違。東風不忍輕相別，吹送楊花滿院飛。

### 題畫送陳公輔歸毘陵

故人歸去碧山阿，茅屋深深掩薜蘿。一榻白雲眠未起，石闌干外落花多。

## 王佐

字邦弼，或作「彥弼」。希旦、昺、杲祖，俱見下。侯官人。景泰二年進士。授刑部主事，遷員外、郎中，擢廣東左參政。有梅軒集。按，天順三年舉人王佐，懷安人。見本卷。

柳湄詩傳：佐歷西曹十六年，持法公平。分治惠、潮，有平賊功。孫希旦、昺，皆舉於鄉。志俱有傳。

### 都下送陳世光還閩

黃金臺下始逢君，一曲驪歌手又分。惜别酒斟燕市月，還家路遶越山雲。青青草色連天遠，隱隱河聲隔岸聞。明到故園逢北雁，好題尺牘慰離群。

## 謝士元

字仲仁，又字約庵，磐子，見上。廷柱父，見下。長樂人。景泰五年進士。授户部主事，擢建昌知府，補信州。服闋，起知廣信府，又補永平。歷四川右布政使，右副都御史。卒年七十。有約庵存稿。

柳湄詩傳：士元任建昌府，善聽訟，除妖佛，新學宫，按古射禮行之，士賴有造。去建昌，民空巷走迎，豚肩、法醞效殷勤者肩而入，欷嘘泣下。補廣信，山寇盜礦，擾永豐，耀兵靈鷲。爲諜所誤，入其伏，笐傷股，裹瘡督戰，俘其首，塞穴而還。分守東川，有政績。在蜀八年，民倚爲命。告歸四年卒。有約庵集、咏史集。子廷柱、廷枼、廷最。莆田林俊爲之傳。

### 和嚴太史白堂閒坐

道院何寂泬，端居想虎闈。籬花開更落，梁燕語還飛。不嘆生涯薄，惟憐故舊稀。冥心對淨室，細看篆煙微。

## 五丁峽

梁州書禹貢，黑水著圖經。道路通三輔，巖巒鑿五丁。金牛言誕謾，石鼓事沉冥。獨有懸鐘石，分明上勒銘。

## 送貳尹林君孟器致政還家

官居斗邑宦情微，未老投簪早見幾。門外新開松菊徑，山中閒製芰荷衣。甘同倦鳥投林宿，笑看浮雲作雨歸。我欲掛冠時未遂，輸君先上釣魚磯。

## 送趙用深還長樂

睥睨晴曦散曙鴉，獨攜書劍出京華。殷勤歧路一杯酒，汗漫江湖八月槎。遠水烟光連白雁，故園秋色醉黃花。送君未得從君去，迢遞雲山入望賒。

## 過威州

汶川曉發赴威城，强半羌夷少漢氓。荒歲民貧懲重斂，邊關盜息罷長征。馬乘危棧空中下，人挾飛仙樹杪行。王事馳驅忠藎在，賢勞未敢竊時名。

**寄吏部彭亞卿**

秋風黄葉豈無情，偏稱南歸日夜程。客路江山如有待，舊時琴鶴尚隨行。秦庭完璧終無負，同舍遺金久自明。才具濟時君獨步，一時聲價重連城。

**同張内翰訪羅景明過磁溪**

肩輿追逐過磁溪，山犬無聲野鳥啼。冒雨每防苔徑滑，穿林偏覺暮雲低。人家引水舂雲碓，野圃編荆護藥畦。喜有瀛洲文伯在，試將詩句共留題。

**同張文翰游麻姑山**

一線天開玉柱峰，峰前僧寺講時鐘。棊盤便是三生石，秋色偏宜五粒松。雲外楓林多鳥語，雨中苔徑有人蹤。與君載酒時行樂，詩興何如酒興濃。

謁黄陵廟

佐禹勤勞八載間，黄牛乘化播塵寰。當時水土憑刊濬，今日舟航任往還。鹿角虎頭江上路，錦屏螺髻廟前山。經過詞客歌靈貺，管内纔窺豹一斑。

霍去病墓

嫖姚勳業迥無前，卜葬還容附帝阡。不畏石麟荒草没，山形猶見象祈連。

過安慶

雙摇畫槳到同安，剪剪江風入夜寒。東望池陽在何許，青山盡處六江干。

林時讓

字純禮，莆田人，瑋子。景泰五年進士。授户部主事，遷工部郎中，歷官廣東布政司左參議。

### 柯竹巖爲予題綬溪秋月畫卷賦謝

仙郎秀句似玄暉，令我披圖苦憶歸。何日綬溪溪上去，月明高臥釣魚磯。

## 林思承

名統，以字行，又字靜齋，珪子，見上。茂達父，文鉞祖，俱見下。莆田人。薦授泉州訓導。景泰五年進士。選御史，弗就。除知冀州，遷淮安同知。卒年七十九。

柳湄詩傳：思承，珪子，殿撰環姪。年十四，喪父母。入邑庠，困場屋。景泰庚午、辛未捷鄉、會。知冀州，里胥征蕪田稅，免其半。漳河爲州患，築隄延袤百餘里，建義倉，自是水旱不爲害。成化元年滿九載，民詣闕乞留。擢淮安府管糧同知，至是年將六十，前後求退於都御史，不聽。成化七年乞休致，所親謂之曰：「廿載進士，兩考郡佐，大可藩憲，次不失府正。」公曰：「心苟知止，視一命爲有餘；若無紀極，雖萬鍾猶不足。」遂乞致仕，家居垂二十年，公事外不入官府。弘治三年卒，年七十九。茂達，其三子也。邑人彭韶銘其墓。

### 清靜軒

草堂新結傍林邱，幾曲清泉繞屋幽。綠潤琴書嵐翠重，凉生枕簟樹陰浮。身閒遠謝人間事，機息常親海上鷗。廊廟祇今求隱逸，北山未許久淹留。

## 黄洙

字裕魯，一字宗魯，又字魯齋，隆生孫，莆田人。景泰七年舉人。授麗水訓導。

蘭陔詩話：魯齋司訓麗水日，年方三十二，有同官耄甚，注考者誤注「魯齋耄」，罷之。或勸其入都自白，可復官。魯齋笑曰：「幸我方壯，教授里中差可自給。彼耄矣，奪俸將安給？」遂不辯歸，亦人所難也。蒼按，洙，隆生孫，致仕。同族祖仲昭，纂修八閩通志。

### 秋夜感懷

秋江水冷路迢迢，誰把芙蓉抱甕澆。門掩蛩聲聞四壁，月明雁影度中宵。細思物理須沉醉，未覺繁華異寂寥。坐久呼兒尋舊史，漫將興廢説前朝。

## 彭韶

字鳳儀，濬父，莆田人。天順元年進士。除刑部主事。歷官都察院右僉都御史，巡撫蘇松。召入爲大理寺卿，累轉刑部尚書。卒年六十六，贈太子少保，謚「惠安」。有從吾滯稿。

靜志居詩話：彭公臨江詞一篇，慷慨激烈，信足以起頑懦，云「後來姦佞儒，巧言自粉飾。叩頭乞餘生，毋乃非直筆」，蓋指修高皇帝文皇帝實錄者而言。四次纂修，總裁楊東里一人均與焉。即如書傳會選許觀景清實與纂修之列，今刊本猶書其名而實錄去之，則建文諸臣在洪武中嘉言懿行，概從删削而顛倒其是非可知已。彭公所指斥，殆爲東里言之乎？

柳湄詩傳：韶兩下詔獄，不避權貴，内閣徐溥亦忌之。弘治八年引疾致仕，卒。林俊爲撰墓誌。其所著書百餘卷，世傳彭惠安集十二卷，嘉靖十二年邑人鄭岳訂正。詩非其能事，故僅録十一首。其所撰元城劉先生鐵漢樓記，東海張汝弼稱一代作家，託之草書，流布海内。韶在西川時録遠近名臣三十人，人爲之贊，曰名臣録；又嘗録朱子弟子問答之語與西山真先生諭屬之文，名曰政訓，皆自序而傳之。

### 次韻秋興

瑟瑟金風至，城頭散暝陰。壯懷三尺劍，凉意五更砧。迢遞巴南道，蕭疏薊北音。知君懷魏闕，歸思欲沾襟。

### 題山水圖

柳市南頭景物幽，村煙漠漠水悠悠。山家無事常扃户，漁父忘機不繫舟。一逕疏林黄葉晚，數行征雁碧天秋。亭中坐客忘歸去，細話琴書樂未休。

## 贈吴汝賢學士

南都佳麗正春風，學士承恩出上宫。鍾阜山光連驛館，秦淮樹色映房櫳。詩吟真境無聲處，人在金門大隱中。應念榆關持節者，籌邊何日可收功。

## 宿肇慶峽口

歸橈停峽口，欲棹不可得。起視中天月，茫茫浸江白。

## 送陳公甫還廣

白雲縹緲出林端，盤礴回風欲雨難。斂却神功歸洞去，故山依舊碧巑岏。

## 王克復

字師仁，福清人。天順元年進士。授刑部主事，歷員外郎，擢江西參政，湖廣按察使，晉江西布政使，以副都御史巡撫南畿，兼督漕運，轉南京吏部右侍郎。

柳湄詩傳：克復明習法律，奉命兩讞大獄，皆得其平。太監尚銘黷貨，克復獨不與接。以吏部右侍郎致事。有題石在福州郡治烏石山「石天」北。克復正統丁卯舉人，致仕歸，與同舉謝琚、龔福、潘岳四人三百一十歲，爲耆英會。墓在福州臺江望北臺山陰。

### 吴門懷古

昔日館娃處，繁華空故邱。楓橋霜落夜，茂苑月明秋。響屧青苔没，香涇錦纜收。傷心歌舞地，盡是鹿麋遊。

## 楊瓚

字宗器，莆田人。天順元年進士。歷吏部員外、郎中，擢湖廣布政司左參政，移河南。有歲寒亭集。

蘭陔詩話：宗器歷官清要，所居不蔽風雨。嘗語人曰：「楊震以却金名世，吾竊憾焉。夫舉茂才而得懷金之人，其知或有未盡也；却金而存四知之畏，其廉或有未誠也。」志節可概見矣。

柳湄詩傳：仙遊縣志載瓚天順元年進士，莆田志無瓚名，明進士題名録作莆田人。瓚居官貧而廉，其詩不足傳，惟題顧孝子雍竹居云「半點塵埃無地着，一生節操迫人寒」，蓋自况也。莆陽宋、元、明多孝子。宋郭義重、曾孫道卿、道卿子廷煒，稱郭氏三孝子，祠在郡城北。成化中有劉孝子閔，弘治中有王孝子鎰，皆能詩。

## 題孝子顧雍竹居

素持高節愛琅玕，培植千竿與萬竿。半點塵埃無地着，滿庭秋色沁人寒。此句依鄭王臣本。不須截管招鳴鳳，自有遺音舞翠鸞。昔日我曾軒下坐，清風一榻共盤桓。

## 陳鉞

字廷威，莆田人。天順中歲貢生。官麻城教諭。有古崖集。

## 湘湖道中呈同行朱維高大尹

此生薄宦老天涯，每到清明一感嗟。近郭有人皆祭塚，暮年何日不思家。春風綠遍湖南草，晴日紅催漢上花。最是夜來腸斷處，月明如晝怨雛鴉。

## 避暑林薄中偶成

策馬城南隅，長途正炎暑。取道走田畦，解鞍坐林野。林下有荒墟，亂墳盡無主。裊裊青蘿藤，蕭蕭白楊樹。飛鳴見野雉，跳踉歸牧豎。嗟哉墳下人，長夜寧復曙。始知目前計，遑恤身後慮。感慨起凄風，木葉墜如雨。振衣睇官航，夷猶近河渚。攀迓恐後期，匆匆復西去。

**題林思承二守畫**林思承，見本卷。

翛然塵壒外，門巷薜蘿深。種菊看孤節，觀泉長道心。鳥還千嶂夕，雲度一溪陰。最喜居鄰并，相從幾抱琴。

**酬樊司訓**

異鄉爲客久，滯氣向秋多。深户閉苔蘚，孤燈臥薜蘿。曉風鳴磵竹，夜雨亂池荷。病後臨青鏡，無如兩鬢何。

**團風晚泊和韻**

團風向晚泊西風，江上群峰紫翠重。僧舍樓臺秋色裏，酒旗門巷柳陰中。紅裙扶醉皆商客，白鳥忘機獨海翁。世路相逢多識面，論心能有幾人同。

## 陳維裕

字饒初，長樂人。天順四年進士。官河南道監察御史。有友竹集。

柳湄詩傳：江田陳氏家傳：「公通經史，善古文詞，精於篆隸。擢御史，特旨『凡天下大小官員不法者，得以便宜糾劾』，公慷慨直言，章疏無虛日，雖戚畹、大臣無所回護。奉詔兩試南京，時曹、石用事，請託不阿，仍抗章劾之。曹、石環泣上前，泥首訴冤，不爲之動云。」

### 柏臺感興

晨坐柏臺上，柏樹陰且濃。群鴉方蔽集，曉日初曈曈。風吹柏樹枝，玉露滴臺中。臺下有芳葩，朝來不禁風。一動盡披靡，况能保隆冬。人生有至寶，德業求其充。苦無歲寒操，對此難爲容。

### 夜坐

公館歲將闌，更深不覺寒。宦情甘寂寞，民隱苦艱難。渡近潮聲逼，牕疏夜色殘。何如沽美酒，小酌漫成歡。

送趙廷振令海豐

無諸城外逼初冬，送客南行思不窮。壓岸蘆花飄淺素，漫山楓葉墮殘紅。地連百粤通閩嶠，路出三陽是海豐。君去治民須德化，蠻歌和處草從風。

## 陳煒

字文耀，叔剛子，見上。霆父，全之祖，俱見下。閩縣人。天順四年進士。歷官浙江左布政使。有耻庵集。莆田彭韶陳方伯墓誌銘：「成化甲辰八月十六日，江西右布政使陳公以疾卒於官舍，遺命其子霆曰：『彭巡撫吾故友，言不隱惡，可傳信，必使致請銘。』嗚呼，文耀之才之行，海内稱服，世方仰其有爲而竟然耶？公諱煒，字文耀，福州閩縣人。先世衣冠文物著於閩之大義，具載考翰林侍讀絅齋先生墓誌。絅齋元配林夫人無子，繼納林安人。以宣德庚戌八月十七日生公，卒年五十五。公資禀秀朗，聰悟過人。甫十歲失怙，力學。年十八舉正統丁卯鄉薦。景泰甲戌會試登甲榜，以疾未廷對，奔嫡母喪。天順庚辰始赴對，例歸待次。至臨清覆舟，溺子女，止不行，寓教山東，劉魁輩皆出門下。未幾回京，選理刑。又明年，拜河南道監察御史，疏錦衣衛都指揮奸利，謫戍嶺表，中外快之。巡按蘇、松、常、鎮四郡。歲荒歉，有司發廩十萬，漕卒遇造舟，以月糧質於富室，至自無升斗之食。公爲會其日月，平其子本，漕卒歲乃可餘七月糧。累白疑獄，移北直隸，提調學校，歸重名檢，被黜者三十人。壬子，生員被汰者餘四千人。成化六年陞江西按察司副使。福清商十三人見殺於石城，民燬其屍，公廉知爲潘氏，捕至伏法。藩司因盗越獄罪姑縱者二十七人，公以一盗逃而死者衆，減論以徒。十年陞本司按察使，不事威刑而鋒稜自著，累剖盗狀。旱甚，公禱雨而芝産後堂。丁母林安人憂，闢祠堂，定祭禮，葺齋心樓，有不出之意。適憲缺使，吏部以公補之。至官，持己愈嚴，馭吏愈峻，而治訟愈力，吏民益畏愛之。陞江西右布政使，均弋陽、樂平二邑水利。凡可以勸善懲惡，興學下士者，無所不用其心。已有江西左布政使之擢，而公不及見矣。公志高行卓，踐履不苟。妙翰墨，善吟詠，聚書萬卷，非有事未嘗一日舍去。子四，獨璽成人。是年十二月，葬於常思山。蒼按，墓在福州東南積善玉水山。

義溪世稿小序云：文耀拜監察御史，督北畿學政，以嚴肅稱。陞江西按察副使，歷右布政。既卒於官，轉浙江左布政。彭惠安韶謂其「静重整暇，有清四海之志。片言隻字，人寶惜之」。按，恥庵集十一卷。

## 彭城弔古

彭城饒古蹟，劉項屬誰家。帆掛江間日，城棲鳥外霞。荒臺無戲馬，大澤不横蛇。寄語歌風者，賢人帝獨嘉。

### 送魏司訓澄之饒州

日射金門曙色開，故人銜命出蓬萊。花邊躍馬香風動，鷗外飛帆細雨來。北闕有心方重道，西江無地不生才。明堂榱桷先收拾，梁棟行應屬大材。

### 送吴亞卿復致政歸螺江

五十餘年任畏途，邇來歸興遂蓴鱸。風摇雙珮辭三殿，雲引孤蓬入五湖。荔酒醉眠花下榻，茶煙吹起竹邊厨。白頭富貴人間少，况復身閒一事無。

## 鄭紀

字廷綱，仙遊人。天順四年進士，改庶吉士，授檢討。起浙江按察副使，領提學道，召爲國子祭酒，遷太常寺少卿，擢南京户部侍郎，晋南京户部尚書。有東園集。

靜志居詩話：尚書無詩名，蒼按，東園文集十三卷，詩集續編八卷。然如「古塹斜連江樹淡，饑烏低傍野人飛」，「橋頭雨歇溪初溜，天際雲收山漸多」，亦自琅然可誦。

## 送林慎學之官

相送東郊去，秋雲驛路寒。祇因爲客久，欲别故人難。馬向花間度，琴攜竹外彈。歸來不覺晚，月色滿吟鞍。

## 李廷美

字侗庵，閩縣人。天順四年進士。授刑部主事，遷員外郎，左遷衡州通判，陞同知，終蘇州府。

柳湄詩傳：福州府志稱，廷美字未詳，善古詩文。注韓鄭氏鈔本明詩載：「廷美，字侗庵，閩縣人，廷儀之兄，成化中諸生。有侗庵集。」通志以廷美爲寧德人，「天順三年，與兄廷韶同舉於鄉，四年成進士」。蒼按，鄭杰以廷美爲成化諸生，不知何據。按明進士題名録：廷美，閩縣人。又按，侗庵集有耆英會詩曰「四人三百一十歲，昔日同年今同會」，蓋題王克復耆英會也。王克復見本卷。又云「會中同游更五人，惟我庸愚荷遮蓋」，據此則廷美曾入王克復耆英會。果係諸生，未必與諸老結社，又有送何廷秀之任福建詩「我曹濫廁衣冠列」，其爲仕宦中人明矣。詩語淺近，姑辨釋以存其人。

## 烏石山

烏石蜿蜒勢若龍，中峰疊出玉芙蓉。四圍緑繞城邊水，幾點青來海上峰。宋主蒙塵留斷刻，按，此乃指烏石山霹靂巖潘正夫「靖康之間金人犯闕」刻石也。唐儒罵賊有遺踪。按此乃指黄巢殺周朴於烏石山也。榕陰日落村鴉返，僧在翠微敲暮鐘。

## 哭李和之

少小交遊到白頭，忽聞哀訃涕交流。孟郊不副韓公望，李白空貽杜甫愁。經學一函傳菽粟，詩歌千古戛琳璆。關山戎馬迍邅日，旅櫬迢迢向首邱。

## 送林世增之春闈

郭隗臺前信使還，便攜書劍出閩山。濟時功業尊周召，經世文章在孔顔。杏苑探花三月裏，楓宸獻玉寸陰間。京華若問侗庵老，萬頃雲頭一鶴閒。

# 全閩明詩傳　卷十　天順朝二　成化朝一

侯官　郭柏蒼
　　　楊　浚　録

## 張濬

字哲之，天顯父，元秩祖，俱見下。閩縣人。天順三年舉人。授寧國教諭。成化中改四會、饒平知縣。卒於官，祀饒平名宦祠。有畏齋集。

柳湄詩傳：濬爲饒平，會有斗級謝全頑梗亂政，濬笞殺之。全子訟憲府，濬不能自白，鬱悒病疽卒。墓在福州南門齊坑。鄧原岳明詩選稱有孝友堂遺稿一卷。按，閩縣張懋，成化庚子舉人。子濬，字宗禹，一字桂巖處士。濬四子：長孔修，庠生；次廷器，嘉靖乙酉舉人，浙江於潛知縣，徐熥爲撰羅田令張先生傳者是也；三世衡，嘉靖壬午舉人，台州府通判；四孔揚，府學生。宗禹墓在東門遂勝里烏石山。人多以哲之爲宗禹，故附記之。

別茅齋弟

別久頭定白，官微歲又殘。餞平一杯酒，前路雪漫漫。

早發霅川

湖白煙光遠，山陰月色蒼。鷄聲隱深樹，雁夢落清霜。羇思縈孤棹，行期念故鄉。依稀見亭館，天際晃朝陽。

到四會

今識綏州地，孤城瞰海腰。人家盡編竹，村巷半栽蕉。墟市三朝貨，畬田八峒猺。喜聞周茂叔，遺祀在山椒。

方敬所出山留別

嘉會幾三日，離情更一杯。好山看未徧，閒客去還來。素壁留詩草，清風贈隴梅。海天今夜月，相對若爲懷。

## 五王遊春圖爲朱揮使廣題

繁華池館艷陽天，鸞鳳笙歌列綺筵。金塢日融花對笑，玉欄風暖柳貪眠。内家長是三千歲，小酌休論幾萬錢。歸騎莫貪鷹犬樂，桑麻陌上盡春田。末二語隱寓訓誨。

## 過彭澤縣謁陶先生祠

五柳成陰落日遲，百年祠廟大江湄。若論作宰乍來意，肯綬休官歸去期。典午之間無舊業，羲皇以上有新詩。浮雲蹤跡寧無愧，聖治今非處士時。

## 登黄鶴樓

醉眸空闊楚天清，獨倚危樓覽物情。江引巴渝歸渤海，山延廬岳入荆衡。何年笙鶴雙儒會，萬頃烟波兩岸城。赤壁烏林總陳跡，臨風懷抱若爲平。

## 黄竹樓登眺有懷南雍三進士

江上危城城上樓，沅湘東下水悠悠。微茫見雁青山暮，落莫懷人碧樹秋。碣石有文留勝槼，壺觴無客續佳游。廟廊萬里江湖晚，四十年來半白頭。

### 秋夜同應先生宴葉生胚挹翠樓

海上群峰指顧中，晴霄拄笏萃文雄。小牕月色通松逕，虚幕煙光護竹叢。五夜流虹生硯石，半牕靈籟落絲桐。酒醒徙倚危欄上，江漢茫茫思不窮。

### 黄田午泊

行舟暫艤港頭沙，清夢依稀又到家。正好承歡忽驚覺，數聲溪鳥掠蘆花。

## 王佐

字廷用，鼎父，見下。懷安人，衛籍。天順三年舉人。官鄒平、桐廬教諭，以子鼎贈右都御史。有三留集。按，景泰二年進士王佐，侯官人。見上。

柳湄詩傳：李西涯文集云：「閩三留通志誤作『益』。王先生以教諭封監察御史，卒於家，其子鼎，以狀來請。公諱佐，字廷用，福州中衛官籍。年十二能詩，治春秋，得其祕要，天順己卯舉鄉貢，授桐廬縣學訓導，陞鄒平教諭。」嘗自引古人云：「留餘祿以還朝廷，留餘福以遺子孫，留餘巧以歸造化。」故自號爲三留云。

## 游絲

閑處偏多靜處稀，飄揚無力望中微。弱條織雨牽閨恨，斷縷迎風惹客衣。低掛檐前縈落絮，高颺天外繫斜暉。傷情最怕春歸去，網住桃花不與飛。

## 新雁

颯颯凉飈起素商，横斜幾陣向南翔。寒依菰米陂田熟，夜宿蘆花水國凉。片影帶雲横朔漠，數聲呼雨下瀟湘。往來天北天南路，遥認長汀是故鄉。

## 讀花蘂詞

朝擁紅粧出大家，酣歌玉樹後庭花，誰知擒虎兵臨日，背井風寒泣麗華。

## 宫怨

芙蓉帳冷減容光，愁倚薰籠懶著牀。寒氣逼人眠不得，鐘聲催月下迴廊。朱竹垞詩話：廷用是詩載集中，侯官曹能始十二代詩採之。游用之夢蕉詩話謂南寧伯毛舜臣留守南都，灑埽舊内，見别院牆壁多舊宫人題詠，年久剝落，不可辨識。其一署曰「媚蘭仙子書」，即此詩末二句也。當出好事者傅會，不然，裕陵定都北京之後、康陵未南巡以前，安有宫人以廷用詩書之南内壁乎？

## 周卷

字用通，莆田人。天順六年舉人。嶧縣、金華教諭，遷韶州教授。

### 殘歲游紫薇山

每愛清閒不厭貧，偶從勝地伴高人。雲連竹色摇杯酒，風引松枝落葛巾。盛世正須游賞慜，浮生更合唱酬頻。試看石畔丹桃樹，已放輕花幾點新。

## 吴尚岳

莆田人。天順中布衣。以子穀贈潮陽知縣。

### 仙水廟

踏破瑶池一徑苔，仙都無地著塵埃。種桃道士何年去，采藥劉郎此日來。玉誥曾從天府得，丹書不許俗人開。夜深夢斷滄洲遠，山色蒼蒼月滿臺。

## 林玠

字廷珪，一字靜庵，侯官人，籍懷安。天順六年舉人。以子文纘贈刑部主事。詩見雲程世稿。

柳湄詩傳：玠，洪塘瓦埕人，與兄玭、弟瑭齊名。年二十五卒，時見於箕。視之，皆詩文也。次以成編，自名曰靜庵遺玉。蔡虛齋先生爲之傳。遺腹子生，玠托於箕爲之名，曰文纘。

### 別黄秉中

家林鄉國共風塵，對榻論文意氣真。本欲同爲都下客，豈期先作地中人。綠蕪庭院傷殘月，青草池塘憶暮春。黄卷悠悠誰切琢，生平空負一經綸。

附記洪塘江塔湖寄祀鄉先生一則：侯官縣西之洪塘江，舊屬懷安縣，萬曆八年省入侯官。廷、建、古田、閩清之水西來至懷安角，分小支下洪山橋，其巨流由右入洪塘江，又從洪塘江左分二支曰舊瀧，曰新瀧，匯於洪山橋下，曲折入海。舊時水法未壞，人才輩出，科名極盛。江中有浮島，俗呼小金山，僧寺於此，旁有小院曰借借室。道光十九年，蒼兄柏蔚與蒼考校洪塘鄉先生，列主祀之。祀者三十八人：宋林迺、潘牥，明謝瑀、林玭、林玠、翁晏、林塘、蔡清、熊熙、林文纘、張經、林塈、林璧、周亮、鄭守道、趙璧、趙奮、翁興賢、翁正春、曹學佺、曾熙丙、翁登彦、翁希禹、陳鴻、沈野、徐英、艾南英、陳楚白，國朝林崇孚、王君弼、曹白、陳聖泰、王國璽、王九寧、王九微、翁煌、余甸、謝琛。道光二十四年溪漲，漂流鄉先生列傳，僅存半壁。光緒三年，總督香山何璟巡撫葆亨奏濬河道。蒼與兄柏蔭、姪式昌、楊觀察浚、謝糧道家瑞皆與其役，四年工竣。鳩貲增祀六人：周榮、許穀、張懋爵、周書、葛大梁、張元銳。後謝糧道以勞卒，九年七月祀於塔潮之旁。各列傳詳閩會水利，故及未刻洪塘志中。

## 吴希賢

名衎，以字行，字汝賢，一字靜觀，莆田人。天順八年進士，改庶吉士。成化元年授檢討，遷修撰，進左諭德，終南京翰林院侍讀學士。有聽雨亭稿。入通志文苑傳。

柳湄詩傳：希賢授檢討，預修英宗實錄，有寇某以賄丐希賢致半詞於其父。希賢拒之曰：「苟爲此，他日何以見董狐於地下？」楊東里修高皇帝文皇帝實錄，顛倒是非，惜未聞希賢「董狐」之言也。按，林俊撰希賢墓誌銘，希賢卒於弘治二年，年五十三。

### 山水小景

蒹葭未霜潮正長，遠渚斜陽艣聲響，美人莫把青尊强。金風入樹鴻雁過，碧衫輕薄新凉多，天外青山愁奈何。何年相約歸山去，野鶴林猿爲留住。此時晞髮扶桑樹。

## 陳伯欵分教黄崗

黄崗只在楚江頭，書劍憐君賦遠遊。歲晏乾坤雙短鬢，日斜湘沔一孤舟。春風講道臨芹水，夜月懷人上竹樓。北閣先生定相憶，應題尺楮慰窮愁。

## 分題得「卞將軍廟」送李應禎中書

清溪兵合戰塵昏，此日臺城厭楚氛。一代風波成逆節，萬年忠藎説將軍。精魂夜雨歸何處，古廟春苔掩夕曛。更到石頭拜遺像，澤蘭汀芷有餘芬。

## 題翰林贈别卷送陳師召按，陳音，字師召。

十載同登太史樓，清時冠佩此夷猶。世途於我少青眼，心事惟君堪白頭。鴻雁影高賓館夕，木綿花落故園秋。不愁渺渺還鄉路，爲慰高堂倚望愁。

## 題天龍庵

白雲西畔是天龍，醉眼摩挲認舊踪。他日青山賦招隱，隔溪流水數株松。

## 陳　音

字師韶，亦字師召，莆田人。天順八年進士。改庶吉士，授編修，歷官太常寺卿。有媿齋集。

林懋揚曰：太常廣大有風節，詩尚平實，不作紛華語。莆陽志云：「陳太常音在京師酷貧，所居與顧侍郎清相比，常於牆上作輪竿以便投詩，名曰詩鉤。詞林傳爲佳話。」七修類稿：「陳少卿音，文學士也，用心於內而於外多愚態。弘治間與李西涯諸名公最善。嘗傳神而衣服非制，浼西涯贊之。李曰：『其容甚肖，其鬚甚齊。其貌則是，其衣則非。必須蓬其鬢，更其衣。陳師召之像庶幾。雖然，中之美不在於外之威。』贊雖近謔，而有至理存焉。」堅瓠集云：「西涯嘗得良馬，以贈師召，師召騎入朝，歸至門，成詩二章，怪而還其馬。西涯問故，師召曰：『吾舊所乘馬，朝回必成六詩，今馬只成二詩，非良也。』西涯笑曰：『馬以善走爲良，此固非良耶？』師召唯唯，復騎而去。」

柳湄詩傳：音形似愚戇，於義利是非之界則截然不溷。在翰林時上疏陳時政數事云：「如致仕吏部尚書李秉，侃侃公忠，忘身殉國，雖小過不能無，而大節則可許。養病翰林院修撰羅倫、編修張元禎，皆抱經濟之學，鬱不得施，故托疾引退，以免素餐之恥。新會縣舉人陳獻章，所學醇正，所養充大。臣願陛下起李秉復爲吏部尚書，起羅倫、張元禎復爲侍從，徵陳獻章寄之臺諫，則賢才得用而治效日臻矣。」權璫黃賜有母喪，省寺院監咸赴弔，翰林亦有議欲行者。音奮曰：「堂堂翰林，相率而拜內豎之門，奈天下笑何？」議遂止。西廠初建，太監汪直方用事，勢甚張。其爪牙韋英夜率邏校入兵部主事楊仕偉家，收縛仕偉並掠其妻。衆悚懼莫測，音與比居，亟乘墉大呵曰：「汝何人，乃擅辱朝臣？」其人曰：「爾何人，乃不畏西廠？」曰：「我翰林侍講陳音也，懼汝輩壞國法，禍福非所憚。」

### 重九會白雲觀

長春宮殿鎖寒煙，駐馬斜陽古樹邊。白鶴不歸雲影外，黄花仍發酒杯前。空餘譚馬王劉像，莫辨龍蛇虎兔年。燕子蹉跎重九至，西風落帽一凄然。

### 象峰亭

象峰高處搆幽亭，絃管終朝醉未醒。日暮烏啼賓客散，殘垣斷礎草青青。

### 題鄰屋

解組歸來百不憂，烏紗白髮照林邱。古梅影瘦來吟榻，叢菊香寒散酒甌。風定有船堪泛渚，月明無客不登樓。濯纓歌罷滄浪曲，却笑青袍老未休。

### 楊宗器邀飲歸奉謝

故人爲客共天涯，老眼相看鬢欲華。風月一樓頻聚首，蓴鱸萬里更思家。情深未許罍無酒，興逸正宜菊有花。醉後呼童扶上馬，斜陽冉冉散歸鴉。

## 楊 成

字成玉，閩縣人。天順八年進士。官揚州知府。

### 游鼓山寺

石路絶塵野思清，春風扶杖薜蘿情。雲邊萬樹高低出，鳥外群峰遠近明。過客留題巖有跡，老僧入定水無聲。夜深更向東林宿，海宇江天片月生。

## 林 瀚

字亨大，元美子，閩縣人。成化二年進士。改庶吉士，歷官檢討、修撰、諭德、國子祭酒、南京吏部尚書。卒年八十六，贈太子太保，謚「文安」。有泉山集。

靜志居詩話：文安公父元美，中永樂辛丑進士，仕至撫州守，以循良聞。文安公有子九人，康懿、文僖官皆至尚書。諸孫爲尚書者復二人，其他階大夫、郎者不數焉，門閥可云盛矣。公嫻於制舉藝，吾鄉姚處士漸裒集明一代時文三百八十家，特推公爲之首。詩不耐深思，然一門濟濟，儒雅風流，不特三世五尚書有集而已。

柳湄詩傳：林文安公瀚父鏐，即元美，永樂辛丑進士，官撫州知府。長子濬，次子瀚，三子瀫，側出曰淮、曰渭。瀚九子：庭桂、庭棉，俱有詩傳。庭楷、庭杓、庭樟，俱詳通志。庭樸，有詩傳。庭枌、庭枝，俱詳通志。庭機。有詩傳。庭棉子炫，炫子世璧，俱有詩傳。庭樸子燁，考詳燁傳。燁子垠，俱有詩傳。庭機子燫，燫子世吉。俱有詩傳。瀚正德十四年卒，年八十六。時稱「三代五尚書，七科八進士」。文安公祠在福州郡治文儒坊，墓在侯官北郊龍腰山。

## 秋鴻内閣試

秋風起兮寒露瀼，碧雲影裏群翺翔。明月何處來瀟湘，滄江萬里天茫茫。一聲叫落蘆花霜，南去河關道路長。游子思親遥一方，淚痕爲爾沾衣裳。誰將錦瑟彈清商，回翔欲下寒汀旁。漸于磐陸儀羽良，肯隨燕雀紛飛揚。澤國秋深菰米香，何須更度衡山陽。水碧沙明網不張，漫驚漁父宵鳴榔。鴻兮鴻兮動有常，凡鳥安敢相頡頏。知時去就能自量，往來不爲傳書忙，天北天南俱故鄉。

送舒廷音分教桐鄉

京國理行裝，青氈古錦囊。儒官辭桂闕，文旆指桐鄉。山色逢秋瘦，江聲帶雨涼。門牆人似玉，次第折天香。

賜　扇

鐘鼓初朝罷，虞廷賜扇回。裁雲向霄漢，握月下蓬萊。一掃炎氛淨，頻招爽氣來。皇風自清穆，何用蔭庭槐。

圃中新井

翰苑看新甃，寒泉同一泓。影涵銀漢潔，色借玉堂清。潤物施餘澤，烹茶解宿酲。轆轤風外急，時雜讀書聲。

送仕繹張兄復任河間

故人重別帝王州，正值荷花五月秋。一棹晴山江上路，半牕涼月水邊樓。君從瀛海鳴孫復，誰念新豐客馬周。聞説禹門春信近，杏壇回首是龍頭。

### 再乞歸田未遂所願示庭㭬

三年兩疏乞歸休，詔下金門復諭留。華髮自知才力減，素餐深負寵恩優。心懸北闕中天日，夢繞東籬故國秋。且倩摶風南去雁，傳書先到衆芳樓。

### 感懷寄西涯

老來巖野覺前非，贏得投閒願不違。日下鵷鸞思久別，山中猿鶴笑遲歸。愁看露壘頻年結，悵望台星徹夜輝。赤手擎天誰可代，空懷尚父渭川磯。

## 黄仲昭

名潛，以字行，一字克晦，壽生孫，見上。子嘉子，深弟，希英、希濩祖，懋官曾祖，俱見下。莆田人。成化二年進士。改庶吉士，授編修，坐諫鼇山烟火予杖，謫湘潭知縣，遷南京大理評事，進寺副，乞休。弘治初起江西提學僉事，尋致仕。有未軒集。

劉玉執云：先生遺文闡諸理者微，徵諸事者核。模寫窮物象之真，吟咏得性情之正。

靜志居詩話：僉事以詞臣建言，宜有巖巖氣象，而詩特和易近人。其謫居寫懷也，有云「一片歸心留不住，非因故國有蓴鱸」；其歸田雜咏也，有云「悔殺昔年成底事，紅塵鞭馬聽朝鐘」，其淡於世味也可見已。初，自號未軒，羅彝正謂曰：「君之未，余知之。吾道未至於孔孟，吾功未至於伊周，吾民未至於唐虞，君之未也；若士未大夫，大夫未公卿，則衆人之未也。」晚居下臯，築俱樂亭，更號退巖居士云。

柳湄詩傳：仲昭，唐御史滔後。祖壽生。父子嘉，東鹿知縣。仲昭晚號退巖居士，卒年七十四。姊爲林瀚繼室，生廷棉，故瀚爲志其墓。仲昭撰八閩通志、延平府志、邵武府志、興化府志。萬曆間御史黄師顔疏請從祀聖廟，部議同。蔡清、羅倫先專祀於鄉。三山志附山川於寺觀，以重附輕，閩書門目繁猥，皆不便檢閲；獨黄仲昭所著八閩通志八十七卷，倣大明一統志立例，其書簡而確。蒼恐其卷帙繁富，不能重刻，録其凡例於竹間十日話中，後之修全閩書籍者，可取法焉。

## 擬古

瞻彼北邙下，纍纍皆邱墳。古道翳榛莽，老樹含風雲。晨昏樵牧歌，來往狐兔群。白骨亦已朽，寧復有精魂。人生天地間，暫住難久存。年命乃有限，嗜慾胡無垠。營營苦不足，東西日紛紜。一朝委山邱，貴賤難復論。不如謝塵鞅，笑傲雲水村。

故人隔天涯，萬里情尚切。遺我金錯刀，把玩中心悦。金環月團圓，白刃水澄澈。刃以勗直道，環以喻不絕。佩之永不忘，疇能使離别。

## 拙戒吴方伯亭成翠渠有詩寄題次韻

聞説吴方伯，幽亭構已成。四檐深樹暝，一雨小池平。鷗鷺依人宿，蓴鱸餉客烹。良游嗟未遂，幾度夢中行。

## 游囊山寺追和柯竹巖先生按，柯潛，字竹巖。

寺遠人稀到，巖扉靜日扃。烏窺山殿供，風亂石牀經。巢鶴松枝老，潛虬澗水腥。同游總知己，相對眼俱青。

## 楓　嶺

楓嶺度征軒，臨風思惘然。蒼松悲唳鶴，深谷慘啼鵑。泉雜山頭雨，人穿樹杪煙。庭闈何處是，長望白雲邊。

### 送太學生周環依親還吉水

十年芹泮擁青襟，璧水新沾雨露深。明月暫同官舍酒，白雲終動故園心。帆開潞渚潮平岸，路入廬山雪滿林。天上還期繩祖武，勲名奕葉重南金。

### 謁文丞相祠

故宫芳草泣銅人，滄海樓船是紫宸。赤手欲擎西墜日，丹心誓掃北來塵。山河萬里雙垂淚，廟宇千年獨降神。翹首燕山知幾仞，至今高節共嶙峋。

### 秋日寫懷

一官南北總窮途，浮世逢人笑腐儒。囊裏無錢還藥債，門前有客索詩逋。滿天風露鳴蟬亂，萬里烟雲旅雁孤。一片歸心留不住，非因故國有蓴鱸。

### 九日烏石山登高

白露凝霜催短景，黄花泛酒續良游。山横翠黛雲開處，雁帶斜陽天盡頭。百歲光陰馳玉羽，幾人名姓覆金甌。題糕且盡生前樂，灑淚寧勞身後憂。

### 次張坦齋作廣化山水圖

誰寫雲山著此僧，王維去後讓君能。松庭鳥下聞齋磬，蘿逕煙消見佛燈。春雨小溪流瀰瀰，夕陽孤塔影稜稜。看圖便欲離塵俗，共結茅庵紫翠層。

### 重過圓通寺借宿

欲濯塵纓尚未能，匡廬又見碧層層。半生牢落空憐我，一味清閒却讓僧。周覽未酬霞外想，獨吟聊伴佛前燈。重游更與山靈約，只恐萍踪不可憑。

### 寄華嚴寺默然上人

乘閒特訪默然師，何處遊方負所期。林鳥潛窺山殿供，野猿偷動石枰棊。碓收殘藥空流水，犬訝遊人吠短籬。欲問三生緣内事，相逢未卜是何時。

萬木陰中梵宇開，分明人世有蓬萊。漾開池藻群魚戲，點破松煙一鶴回。澗水浮花雲裏出，山風爲雨竹間來。高僧不遇徘徊久，踏遍蒼蒼滿院苔。

### 梨嶺道中

花開不爲春，路濕非關雨。空谷一聲傳，山川學人語。

### 游武夷九曲僭用文公韻

一曲呼來隔岸船，棹歌齊唱過前川。山靈似識遊人意，散盡峰巒遠近煙。

## 鄭思亨

以字行，一字藏庵，華從子，莆田人。成化元年舉人。淳安訓導。

蘭陔詩話：藏庵編輯莆中先輩詩文五十卷，名鳳岡集，按，志誤「岡鳳」。其書已少流傳。

### 九日登江上臺

又值重陽節，仍登江上臺。霜風欺短鬢，黄葉及高槐。杖履乘雲遠，尊罍對菊開。百年幾今日，臨眺獨徘徊。

## 陳紀

字叔振，閩縣人。成化五年進士。選庶吉士，授御史，按兩浙鹽法，改督學，擢陝西按察使，以僉都御史巡撫宣府，入爲副都御史。通志載：「紀天性孝友，歷内外憲職，執法不阿。」

### 圓通寺

翠微雲樹擁，亭院俯嵯峨。路轉天梯上，人從木杪過。澗煙眠白鹿，山雨濕青蘿。應識禪堂近，鐘聲向晚多。

## 方岳

字恒謙，一字秋崖，灖孫，見上。從鯤父，見下。莆田人。成化五年進士。授行人，遷南京監察御史，出爲常州知府。有秋崖先生集。

柳湄詩傳：秋崖方先生文集，其季子將仕郎世舉所刻，朱瀬爲之序。其詩若文，則仲子太學生世忠所刻。成化、弘治間，邑人彭韶、周瑛、林俊與岳，咸以制作之才擅名海内，岳年壽最永。長子從鯤，早卒。

## 寇萊公祠

鈞衡獨運殿巖廊，獵獵邊塵起朔方。日轂親扶行斧鉞，天威遠播靖封疆。北門共惜歸來晚，南粵誰知去國長。氣節如公天下少，故令枯竹感雷陽。

# 周瑛

字梁石，又字翠渠，璋、瑩諸弟，俱見上。大年父，莆田人。成化五年進士。出知廣德州，歷官四川右布政使。卒年八十九。有翠渠類稿。入通志儒林傳。

羅子應云：韓子履霜操，覺伯奇有怨怒之氣，未免害義。若翠渠作，一篇之内，吉甫惑於後妻之失既不可掩，伯奇傷己自訟不敢怨怒，而覬父母自省之意亦明。詞婉意切，足補韓子之失。與拘幽操並讀，可謂一忠一孝也矣。

柳湄詩傳：莆田林俊撰瑛墓誌：「公字梁石，號蒙中子、白賁道人，翠渠其最後號也。公生鎮海，長於莆，神鑒矅古，博學善文，往往有奇悟。景泰癸酉爲主司聶大年所知，置魁亞，第進士，出知廣德州。廣德有祠、有志。任四川布政，蜀有志。正德十三年，壽八十九卒。所著有翠渠集、經世管鑰、律吕管鑰、字學纂要、詞學筌蹄、地理蓍龜、周易參同契本義。子大年，兩魁爲進士，夭。蒼按，瑛師事鎮海衛陳布衣真晟。其時，閩人陳真晟、林雍、周瑛，皆以理學與陳白沙相切劘。

## 履霜操

母兮兒憎，父兮兒怒。蹋踖天地，憯不知其故。父在高堂，兒在郊圻。晨興履霜，踵血淋漓。荷衣不煖，椁食不飽。不即捐溝壑，念我父母。父本兒愛，母本兒憐。一朝放逐，實兒之愆。維鳥有鷇，維蟲有蠃。父兮母兮，其或歸我。

## 感　興

持刀斫月光，月光何曾斷。縛帚掃樹影，樹影依然滿。人皆惡樹影，礙此月明多。樹根苟不拔，其如月明何。

## 詠古送陳白沙歸南海

東都事矯激，西晉尚清虛。一時意自適，社稷隨邱墟。譬彼門户開，轉運由其樞。大勢一傾倒，力救將何如。君子閱世多，立説慎其初。擇中而守固，孔氏有遺書。

## 感興

提瓶去汲水，爲君解宿醒。詎意綆中斷，瓶墜不復升。君恩手中綆，妾身井底瓶。相望不相即，此心誰能明。

## 登金山寺

江漢西來壯，登臨客思開。雁將秋色去，潮帶夕陽回。天地雙蓬鬢，興亡一酒杯。此懷不可及，倚檻獨徘徊。

## 姑孰道中

采石孤帆落，青山一騎歸。朔風吹短鬢，疏雨濕征衣。野火漁歸市，林鐘衲掩扉。可憐江上雁，入夜更南飛。

## 有所思

目斷天涯路，春深有所思。亭臺花落後，簾幕燕歸時。洛浦煙初暝，巫山雲正遲。夫君縱忘妾，妾意比芳絲。

### 夜渡淮河望西湖嘴作

孤舟發深夜，歸路屬殘秋。野曠星辰近，江空霜月浮。得風帆力勁，順水櫓聲柔。遥望西湖嘴，青燈映小樓。

### 送陳方伯亹致政歸漳浦

角巾斜折舊烏紗，南望鄉園趣轉賒。白髮無人堪結社，青山有地可爲家。石湖晚釣收殘雨，野徑春行礙落花。不識廟堂諸故老，幾人清夢到烟霞。

### 早春出郭呈祁石阡

侵晨出郭喜聯鑣，馬首人家入望遥。雲暝孤城微見堞，雪消春水欲平橋。山田鳴雉麥猶短，野箔初蠶桑未條。經國有謀勞相度，議將封事上清朝。

### 神樂觀張道士乞詩

金爐火暖養丹砂，滿院靈光含紫霞。野鶴不鳴春晝永，玉笙吹落碧桃花。

## 李仁杰

字士英，他書誤「唐英」。一字敬所，焕子，莆田人。成化八年廷試第三，以探花授翰林編修。有文集八卷。

### 挽西湖吴處士

寒雲慘澹落花飛，回首西湖淚濕衣。巢樹鶴歸春自老，倚樓人去月空輝。春殘石几琴聲斷，竹壓柴門客到稀。惆悵欲知身後事，清風千古釣魚磯。

### 漁梁遇雨

西風秋氣冷，况復雨凄凄。鳥道藤蘿濕，人家烟火迷。雲深川谷暝，溪漲野橋低。對此堪惆悵，孤猿何處啼。

## 龍峰霽雪

昨夜同雲掩落霞，曉來巖壑遍凝華。却疑江上人横笛，落盡寒梅萬樹花。

## 周軫

字公載，一字恥庵，瑩姪，見上。莆田人。成化八年會試第三。授户部主事，歷官山東運使，江西按察使。卒年八十一。有章林藏稿。

柳湄詩傳：莆田林俊撰軫墓誌，稱軫「取會魁，第進士，爲户部主事。得所想像，屹不可攀。及被延接，直訥鮮文而刓型，老格樸根，骾性靜範，情儉訓俗，於古而近之矣。庇民經國，運若無奇，而弊隱以去。在林下者十七年。正德九年卒，壽八十一。較定手訂濫竽存稿若干卷」。

### 在故城與鄭元耀會别

湖海雙孤客，詩書一故知。蹉跎相會處，契闊舊游時。話久西牕燭，情深北海卮。明朝分袂去，江樹又離離。

## 和竹溪見贈歸來亭

小亭岑寂四牕開，坐看春風長綠苔。爲愛多情雙燕子，暫時飛去又飛來。

# 林　塈

字世調，壂、址、坙兄，俱見下。閩縣人。成化八年進士。授户部主事，轉員外、郎中，出爲湖廣右參政，轉廣西左布政。卒年六十五。有雙松集。

莆田林俊雙松先生傳：雙松先生諱塈，字世調，世爲枕峰在福州南門外。林氏。宋神童科進士禹臣子津龍爲常平幹辦公事，稱「常幹林」。蒼按，尚幹之名始此。遷塔林，稼翁也。四傳爲封户部員外郎公樵。樵四子，伯雙松與仲子壂、三子址、季子坙，皆傑俊。伯、仲先長，游吾莆，從編修李先生士英授經，攻苦忍淡，夜讀盡四鼓，咨明見，復讀。成化辛卯，伯、仲領鄉薦。壬辰、戊戌，先後第進士。伯户部，仲工部，皆主事、員外郎、郎中。其後，雙松爲宰臣所知，拔勳部，壂復除祠部，皆有宦業。雙松尤開朗，有犯，委委謝過，不屑辯枉直，淺中狹量讒嫉險刻之流，見之風消。母卒，無意仕進。弘治二十一年卒，墓在枕峰壽邱之原，雙松盤鬱，愛之，號曰雙松。雙松運剛於柔，括顯於晦，售直於坦，植廉於同，而處之一以仁裕，自視若無官者。有愧蘧集。

柳湄詩傳：按長林存稿序云：「世調晚年與陳孝廉焯、陳僉憲烓、弟坙爲泛江之游。有秋江夜泛集及蘧蘧集、三江漁隱集。」

擬古

海浪驚風灑瓊玉，估客帆檣何處宿。幾家烟火暝漁村，一帶雲林掩僧屋。壺觴不盡客情歡，歲月蹉跎羊胛熟。仙骨如君獨奈寒，梅花瘦影依修竹。

夜宿舟中呈王工部

明時不用歎歌牛，祇恨東風易白頭。賓館久懸徐穉榻，客帆今共李膺舟。紙屏石枕三山夢，明月蘆花兩岸秋。江北何人吹玉笛，渚雲飛盡水悠悠。

高昂

字尊卿，一字南牕，莆田人。成化八年進士。官六安知州。以子江見下。封行人司正。有和唐鼓吹集。

荆門道懷古和劉禹錫韻

行人猶説舊京畿，落日西陵草樹稀。宋館有基秋潦没，梁臺無主野雲飛。燒塵昨夜消金井，花朵當時妬舞衣。剩水殘山多少恨，不逢老叟灞南歸。

**凌歊臺和許渾韻**

歌舞三千夢不回，春風依舊掃行臺。青山似怨蛾眉老，芳草曾承翠輦來。雛燕有情還自語，野棠無主爲誰開。斷碑文字多零落，猶自摩挲玩古苔。

**經煬帝行宫和劉滄韻**

故宫零落半荒坡，城上啼鴉唤奈何。宫妓夜遊絃管沸，龍舟東幸舳艫多。柳花有恨飄殘雪，溝水無情起白波。安得遺踪消歇盡，不聞人唱後庭歌。

**長洲懷古和劉滄韻**

獵獵西風吹刼灰，荒臺猶是舊樓臺。長江無際青山小，返照微明白鳥來。壓酒吴姬還解笑，行吟楚客不勝哀。停車欲問前朝事，淺渚蘆花幾處開。

## 林泮

字用養，鈍子，清源弟，濬淵兄，閩縣人。成化八年進士。授南京大理評事，歷寺副、寺丞，出爲廣州知府，擢廣西參政，遷江西布政使，晉順天府尹，陞户部右侍郎，擢南京户部尚書。

柳湄詩傳：泮父鈍，字叔魯，長子清源、次子泮、三子濬淵皆登進士，四子瀛。泮貴後，列第於福州郡治之黄巷，今稱西林里是也。詳上林廷選傳中。泮墓在侯官縣北郊竹柄山，翁仲、石馬尚存。近有浙人於二翁仲間砌墓。

### 薊門懷古

薊門形勝地，弔古問幽州。馬骨不可見，燕臺空故邱。西風元廟廢，斜日漢陵秋。不盡悲歌意，蕭蕭易水流。

## 黄榮

字儼仁，莆田人。成化八年進士。歷官刑部員外郎，擢浙江按察僉事。以濬運河削豪右侵地，豪右齮齕之，罷歸。有柳南集。

### 題舍弟世英東山草亭按，世英名華，成化甲辰進士。

偃蹇乾坤裏，深深一草亭。千花窺石鏡，片雨度紗櫺。靜悟承蜩理，閒謄相馬經。夢回春欲暮，池草近人青。

### 牧牛圖

江草芊芊一作「青青」。江水流，臥吹短笛弄清秋。放牛莫放南山下，昨日南山虎食牛。

## 陳焯

字文厚，一字遯庵，閩縣人，叔紹子，見上。塤父，公選高祖。成化七年舉人。隱居不仕。有棲雲集。八閩通志：文厚才豪氣逸，脱略世故，上公車不偶，輒斷家累，去義溪十里營桐山而居。蕭然一榻，嘯歌酣適。

柳湄詩傳：「焯於桐山即棲雲山。築棲雲樓，年老，二子皆喪，遂終隱焉。著桐山集二卷，不傳。有「叩竹聲寒天地秋，拂鬚目送滄江晚」二句，爲時所誦。焯子塤，舉人，卒於燕。塤曾孫仕卿能詩，徐熥贈詩云「入林無小阮，終少七賢狂」，仕卿，价夫從姪，故云。徐𤊹詩云：「莫謂卿慚長，陳家總德星。」按，仕卿名公選，詩不傳。

## 閒中誦天台方希直先生寄貧之作

朝荷東皋鋤，暮返東皋屐。町畦雨足菘韮肥，溪塢秋深梨棗實。人笑貧者不求仕，貧者笑人無遠慮。世間萬事等浮雲，蘿月松風高臥去。君不見金谷園，又不見平泉莊，一卉一石誰主張。季倫歌舞地，至今人牧羊。

## 步園感興

少壯浮名老大灰，紅塵無夢到金臺。四時好景憑詩卷，千種閒愁仗酒杯。桃李陰連同客坐，町畦翠滿課童栽。青山笑我年年住，野鶴林猿不用猜。

## 與㙔、烓二弟夜過潮音閣

野火燒空空欲然，晚雲猶掛碧山巔。良宵共步清溪月，高閣誰敲石磬煙。老眼模糊還自嘆，交情寥落不如前。獨憐池草春無恙，何似當年謝惠連。

和通甥韻

近來捉筆眼昏花，到處青山映畫家。夢里乾坤真是幻，閒中詩酒未爲賒。流鶯度竹調新語，倦鳥歸林帶夕霞。可笑遯翁無箇事，水邊松下一甌茶。

## 董宗道

字文英，秀子，閩縣人。成化七年舉人。薦辟訓導，潮陽教諭，遷鎮江府教授。

客中見新雁

西風初別塞垣秋，迢遞分飛楚水頭。獨客驚心歲月晚，故鄉兄弟更關愁。

## 陳烒

字文熇，閩縣人，棲次子。見上。成化中諸生。

### 寄遯庵山居遯庵，焯字，見前。

遯叟攜筇即訪僧，吟詩寒夜獨挑燈。白蓮社裏難忘酒，西華山中任曲肱。倦鳥却歸天萬里，奔鯨曾破浪千層。春來贏得田家樂，醉捧豚肩祝歲登。

## 林景清

字靖夫，一字竹牕，連江人。成化中歲貢。官興國州判。有竹牕小稿。

天啓間閩縣徐𤊹題竹窓小稿後云：林景清，號竹牕，連江人。隸籍府庠，食廩餼，五試不第，援例入太學。成化間授湖廣興國州判官。雅善草書，吾鄉自永樂中王太史孟揚工於八法，繼孟揚者竹牕也。少年游金陵，與名妓楊玉香狎，賦有一清軒詩，多艷詞情語。手書一卷，向藏余家，謝在杭喜其風流韻致，字法精工，從余索去。陳汝翔採其詩於晉安逸志，而先生全稿無從得也。憶予少時，有老學究持先生手稿欲售之，先君因其索價高未之購。歷三十餘年，偶與友人倪柯古談及，柯古乃尋學究而購之，重加裝潢。詩雖未甚奇警，而書法之妙不減吴興。予乃選其雅馴者錄爲一帙，以見先生之高標逸韻未泯於今也。

情史：林景清，閩縣人。蒼按，景清見通志文苑傳，情史作「閩縣」，誤。成化己亥以鄉貢北上，歸過金陵。院妓楊玉香年十五，色藝絶群，喜讀書，不與俗偶，獨居一室，貴游慕之，即千金不肯破顔。姊曰邵三，亦一時之秀。景清與之狎，飲於瑤華之館。因題詩曰：「門巷深沉隔市喧，湘簾影裏篆浮煙。人間自有瑤華館，何必還尋弱水船。」又曰：「朱翠行行間碧簪，羅裙淺淡映春衫。空傳大令歌桃葉，爭似花前倚邵三。」明日，玉香偶過見之，擊節嘆賞，援筆續曰：「一曲霓裳奏不成，强來別院聽瑤笙。開簾覺道春風暖，滿壁淋漓白雪聲。」題甫畢，適景清至，投筆而去。景清一見魂銷，堅持邵三而問。三曰：「吾妹也。彼且簡對不偶，詩書自娱，未易動也。」景清强之，乃與同至其居，穴壁潛窺。玉香方倚牀竚立，若有所思，頃之，命侍兒取琵琶作數曲。景清情不自禁，歸館寄以詩曰：「倚牀何事斂雙蛾，一曲琵琶帶恨歌。我是江州舊司馬，青衫染得淚痕多。」玉香答之曰：「銷盡爐香獨掩門，琵琶聲斷月黄昏。愁心正恐花相笑，不敢花前拭淚痕。」明日景清以邵三爲介，盛飾訪之。一見交歡，恨相知之晚也。景清詩曰：「高髻盤雲壓翠翹，春風並立海棠嬌。銀箏象板花前醉，疑是東吴大小喬。」玉香詩曰：「前身儂是許飛瓊，女伴相攜下玉京。解佩江干贈交甫，畫屏涼夜共吹笙。」夜既闌，邵三避酒先歸，景清留宿軒中，則玉香真處子也。景清詩曰：「十五盈盈窈窕娘，背人燈下卸紅妝。春風吹入芙蓉帳，一朵花枝壓衆芳。」玉香詩曰：「行雨行雲待楚王，從前錯怪野鴛鴦。守宫落盡鮮紅色，明日低頭出洞房。」居數月，景清將歸，玉香流涕曰：「妾雖娼家，身常不染，顧以陋質，幸侍清光。今君當歸，勢不得從。但誓潔身以待，令此軒無他人之跡。君異日幸一過妾也。」景清感其意，與之引臂約盟，期不相負，遂以「一清」名其軒，賦鷓鴣天一闋留別曰：「八字嬌娥恨不開，陽臺今作望夫臺。月方好處人相別，潮未平時僕已催。　聽囑付，莫疑猜。蓬壺有路去還來。毿毿一樹垂絲柳，休傍他人門户栽。」玉香亦以鷓鴣天答之曰：「郎是閩南第一流，胸蟠星斗氣横秋。新詞宛轉歌纔畢，又逐征鴻下碧樓。 開簾怕上木蘭舟，見郎歡喜別郎憂。妾心正似長江水，晝夜隨郎到福州。」景清遂訣別歸閩，音信不通者六年。至乙巳冬，景清復攜書北上，舟泊白沙，忽於月中見一女獨行沙上。廹視之，乃玉香也。且驚且喜，問所從來。玉香曰：「自君别後，天各一方，魚水懸情，懷思日切，是以買舟南下，期續舊好，不意於此邂逅耳。」景清喜出望外，遂與聯臂登舟，細敘疇昔。景清詩曰：「無意尋春恰遇春，一回見面一回新。枕邊細説分離後，夜夜相思入夢頻。」玉香詩曰：「雁杳魚沉各一天，爲君終日淚潸然。孤篷今夜烟波外，重訴琵琶了宿緣。」吟畢，悲啼不能自止。天將曙，遂不復見，景清疑懼累日。及至金陵，首訪一清軒，門館寂然，惟邵三縞素出迎，泣謂景清曰：「自君去後，妹閉門謝客，或有强之，萬死自誓。竟以思君之故，遂成沉疾，一月之前死矣。」景清聞之大駭，入臨其喪，拊棺號慟。是夜獨宿軒中，吟詩曰：「往事凄凉似夢中，香奩人去玉臺空。傷心最是秦淮月，還對深閨燭影紅。」因徘徊不寐，惘惘間見玉香從帳中出，唏嘘良久，亦吟曰：「天上人間路不通，花鈿無主畫樓空。從前爲雨爲雲處，總是襄王曉夢中。」景清不覺失聲呼之，遂隱隱而没。

## 題龍

春雷一夜天地震，七澤濛濛烟雨暝。數聲驚起臥潭龍，怒卷銀濤飛萬仞。黑雲影裏露奇形，鱗甲錯落光縱横。須鬈奮張頭角聳，炯炯射海雙瞳明。伊誰老手妙無敵，奪得天機歸筆力。所翁之後豈無傳，只恐驚愁山鬼泣。龍兮龍兮真有神，須臾變化隨屈伸。何當吸盡滄海水，徧澤枯槁皆回春。

**和卓怡秋琳井幽居韻**

識破浮榮早，悠然戀故棲。雨香花滿塢，苔破笋穿泥。兀坐江天晚，長歌山月低。曉來值鄰叟，授簡索新題。

**至京與嚴尚寶話舊**

記得潼川從宦日，相逢俱是少年時。東風紫陌春游慣，疏雨寒燈夜臥遲。南北可堪同別恨，窮通深愧負交期。於今又是都門會，心事惟應鮑叔知。

**送曾廷瑞還鄉**

賢關名籍喜相聯，忍向都門醉别筵。驛路東風迎綵旆，樓船春水坐青天。異鄉景物歸詩酒，壯歲功名在簡編。君到三山逢故舊，細將羈况話燈前。

## 黄湜

字文潔，鎬從子，澍弟，俱見上。侯官人。成化七年舉人。廬陵教諭，移蕪湖，遷南雄府教授，移潮州府。

柳湄詩傳：湜任潮州府教授，秩滿應遷，赴部陳情，願終教授。得旨云：「黄湜可稱廉吏，特允其奏。」按萬曆府志，鎬子澍，有傳。乾隆府志載「湜有傳」，誤湜爲澍從弟，限於科分，故倒列之。

### 山齋偶成

閒來移榻看山光，蒼翠高低下夕陽。疏柳一蟬催暝色，晚花雙蝶管餘香。廢吟正坐忙酬債，判飲從教醉是鄉。高枕北牕非失計，擬將身世等羲皇。

## 强溢

字中美，滿弟，侯官人。成化間諸生。有岑静軒詩文。

柳湄詩傳：溢，進士滿弟。詩文見乾隆間三山進士廖炳鈔本。寄道澗詩曰「曉山曚曨客已行，晚山蒼翠人不登。一輪明月照獨宿，夢在白雲最上層」，殊有意味。

### 答雲中子林航

幽趣半牀雲，閒情一窓月。觀泉得天機，獨坐見山骨。無營亦白頭，詩思終不發。念子來山中，秋風動毛髮。

## 陳良貴

字文介，長樂人。成化時先任陽朔教諭，至正德間以歲貢入成均，後以舉保爲長汀知縣，俱見郡志。有南坡集。

### 題彭工部山水

江風夜散溪頭雨，楓葉瀟瀟滿沙渚。沙邊野客送輕舟，舟上離人若相語。風多語急了不聞，櫓聲咿軋誰能分。迴波極浦無尋處，只隔中流一片雲。君住江南我江北，長記相逢未相識。忽將歸興逐飛鴻，舉袂欲招招不得。揮毫作畫者何人，畫中山水無纖塵。向來人事幾遷易，畫中山水長青春。

### 秋夕無寐

一番風雨過，庭院覺新涼。老至夜無寐，秋來更轉長。螢光斜入户，蟾影漏侵牀。撫枕無言處，流年兩鬢霜。

### 過釣臺

萬古清風繫此山，釣臺高瞰碧波灣。落花無數曉風急，啼鳥幾聲春夢閒。半夜空占星斗渚，一竿先破利名關。自慚薄宦猶羈旅，舟過黄昏也赧顔。

### 陪李太守俞别駕遊玲瓏巖

層層鳥道亂雲通，巖際靈泉漱石宫。穿塢柳風吹鬢綠，傍巖花影落杯紅。仇池事往真成幻，勾漏丹成已馭風。留此好山供勝賞，不辭歸路夕陽中。

### 游西湖

湧金門外水如天，湖上風光倍爽然。楊柳有情憐野客，梅花無主夢詩仙。摇摇帘影迎春旭，隱隱鐘聲起暮煙。莫羨蘭亭修禊事，風流堪比永和年。

## 秋夜月

冰輪光映桂花天，風露娟娟夜未眠。老景逢秋多少思，良宵見月幾回圓。浮雲滅没銀河淨，靈籟淒凉北斗懸。踏遍瓊瑶花影碎，數聲鴻雁落雲邊。

## 漁浦

漁浦東頭幾問津，風波仍舊客懷新。雲山千里勞鄉夢，萍水經年少故人。楚客候潮舟似蟻，吴兒歌調月如銀。推篷無那霜華重，多少寒威怯早春。

## 魏時敏

字愚仲，一字竹溪，莆田人。成化中諸生。官無錫縣丞，改桃源丞。卒年八十。有竹溪詩稿。

黄未軒云：竹溪詩，其氣和平，其體正大，其味雋永，藹然盛唐風致。

錢受之云：竹溪詩如「殘曆愁中盡，流年夢裏過」，「山花彈緑鬢，月鏡暈青天」，「官嬾終成癖，家貧易絶交」，「帶雨隨孤艇，穿林翳晚鐘」，「徑竹籠煙翠，池荷戰雨喧」，「野水帆歸浦，秋山燒隔林」，「雲歸雙樹老，門掩一僧貧」，「黄花籬落家家酒，白雁江天處處砧」，「雙杵擣殘千里夢，一尊傾盡百年心」，「林隱曉嵐山半出，湖添秋雨水平鋪」，「南浦雨添耕後草，西齋塵掩讀殘書」，「酒杯此日憑誰共，吟社他生得再回」，皆佳句也。

林懋揚云：竹溪絶句如「千載桃花開不盡，年年流出武夷溪」，警策何減昌齡。

蘭陔詩話：竹溪以邑從事謁選，冢宰尹旻試以詩，有「簡拔自慚非漢吏，威儀今喜見周官」之句，深加忻賞。在官日鼓琴嘯咏，大有哦松之致。未幾致仕歸，與諸名士結社唱酬。其詩雅鍊遒逸，無儒響弱調，品格當在開元、大曆之間。

## 寄周鶴洲太守

風雨越江邊，郵亭對夜眠。鄉心孤島迥，客夢一燈懸。訪舊懷他日，談詩記往年。離魂將别夢，幾度到臨川。

尋幽臨絶壑，春望倚晴闌。舉世情皆薄，謀生道更難。雲邊雙闕迥，林下一官寒。自笑卑棲意，塵冠未敢彈。

## 寄徐齊紈

旅館秋風早，官城樹色微。長天南雁盡，樽酒故人稀。落葉鳴幽户，寒蟬噪夕暉。相思何處是，惆悵暮潮歸。

## 和王文偉韻

最喜投閒日，蓴鱸正及秋。鐘聲林下寺，燈影水邊樓。老去仍青眼，吟多易白頭。還思爲客處，梧雨滴鄉愁。

## 秋夜有懷寄楊大使

孤館涼風發，長天白雁過。旅魂秋易斷，鄉夢夜偏多。野曠雲連樹，江寒月浸波。不知楊子宅，秋興近如何。

## 題淨慈寺洪上人卷

爲客臨江館，尋僧到虎溪。路深春草合，鳥散夕陽低。呪鉢龍生雨，安禪燕落泥。焚香聽説法，慚覺俗途迷。

## 偶成寄高尊卿

一春卧病掩荆扉，轉眼風光换葛衣。江郭雨晴榕葉暗，土莊地暖荳花肥。厭騎羸馬聽鷄出，喜買扁舟載鶴歸。欲把長竿釣明月，白雲占斷子陵磯。

## 春　草

緑蕪芳草滿晴波，曾伴幽人醉綺羅。却憶江南春雨裏，鷓鴣聲斷落花多。

## 和鶴洲題水莊韻

寒流一曲抱孤村，放棹長歌夜到門。自笑清狂頭白盡，也隨歌舞倒芳樽。

## 泉州太守尹公祠

洛陽橋下水流清，紫帽山前秋月明。千古刺桐祠下路，耕人猶説尹專城。

### 途中憶錢塘

驛程迢遞路茫茫，夜聽城笳斷客腸。却憶去年秋色裏，一帆疏雨過錢塘。

### 殘年

社鼓聲喧送酒杯，春風落盡一庭梅。不知白首狂吟客，醉飲屠蘇更幾回。

### 折楊

嫩葉柔條拂短簷，鶯啼燕語曉風恬。傷春無計留春在，怕見飛花不卷簾。

# 全閩明詩傳　卷十一　成化朝二

侯官　郭柏蒼
　　　楊　浚　錄

## 黄乾亨

字汝亨，一字偶軒，深子，莆田人。成化十年鄉薦第一，十一年進士。官行人司行人，奉使滿剌加，溺死，贈司副。

### 送蔡日睿之任裕州

帝將庠序簡栽培，百里師儒屬俊才。洙泗鐸聲寒已久，千年道脈自君回。

## 林登秀

莆田人。成化中官於潛縣尉。詩見列朝詩集中。

### 梅都尉園竹

人去秦臺竹尚青，四時疑有彩雲停。霜中節懍孤臣操，地下根分貴主靈。三徑陰森連舊闕，半溪烟雨暗荒亭。孤枝爲染虹橋血，化碧竿頭似有腥。

## 謝文著

字仲簡，士元從弟，長樂人。成化十年舉人。官慶遠知府。有草塘存稿。

### 過燕城有感次前公韻

鹿失龍興世幾更，青山如舊遶荒城。春深麥秀花無主，歲久臺蕪月自明。勝國諸陵歸草莽，甘棠故地屬氓耕。驅車來往空白首，不盡登臨弔古情。

### 和通府楊寅丈詠雪韻

幽薊天寒酒未醺，擁爐閒看雪繽紛。臺平馬露雙尖耳，野曠天低一色雲。淡月明中梅失影，微風蹙處水成紋。老來堪笑衾如鐵，故和新詩到夜分。

## 顧叔龍

字文時，孟喬子，閩縣人。成化十年舉人。官肇慶府同知。

柳湄詩傳：叔龍官肇慶，有治行。莆風清籟集以叔龍爲莆田人。按通志成化十年選舉：「顧叔龍，孟喬子，閩縣人。」乾隆福州府志選舉，落去叔龍名字。或係莆田籍，故鄭氏收入莆詩中。

### 厓山次陳白沙韻

閒遊還約白沙翁，夜雨蒼茫一棹同。山路至今多勁草，海濤終古起悲風。君臣魚水魂猶在，將士沙蟲跡已空。鐵纜江頭三片石，前身端合是三公。

## 黄文琳

字潤玉，一字拙庵，莆田人。成化四年鄉舉第一，十四年進士。

林見素云：「拙庵身長玉立，聲若洪鐘，未及授官而卒，士論惜之。」

### 見梅花有懷

寒梅初破臘，攀折寄同心。殘雪千山晚，白雲一徑深。丰裁同凜凜，消息共沉沉。驛使明年至，休傳鬢髮侵。

## 吴昭

字守愚，陽保孫，莆田人。成化十年鄉薦第二，十四年進士。授南京工部主事，歷員外、郎中，擢廣東按察司僉事，遷廣西副使。

### 落花

春來春去亦匆匆，萬樹花枝轉眼空。因雨沾泥閑自掃，隨風翻溷恨何窮。江城遷客頭應白，野店吴姬酒壓紅。最不世情是乳燕，啣香還入畫堂中。

## 林壂

字世南，一字葵軒，號弟，見上。址、埏兄，俱見下。閩縣人。郡志選舉誤「永福」。成化十四年進士。授工部主事，遷員外郎，調禮部，出爲湖廣荆南榷使。按通志：壂擢貴州右參議。長林世稿：「壂卒於襄陽官舍。」是未任貴州參議。

## 送羅某致政

遂却布衣脱錦衣，俸資留買渚頭磯。梧江鳳去青天闊，狼鬣星明北斗輝。陶令田園三徑在，米家書畫一船歸。鸕鷀潭水腥風起，愁殺江頭白鷺飛。

## 陳烓

字文用，一字蒙庵，又字留餘，週孫，棲長子，俱見上。達父，輔之祖，俱見下。閩縣人。成化十四年會試第三。授潮州推官，擢南京監察御史，陞廣西按察僉事。服闋，起浙江按察僉事，引疾歸。卒年七十九。有留餘稿。

林希元傳云：公幼聰敏，日記千言，善决疑獄，清兩浙戎政，得兵萬人。劾監司以下十三人，名大起。服闋，不起。銓曹以舊官起兩浙，三月引疾去，年方五十二。平居如春風煦物，當官莅事，公私界限斬然。

## 松徑風

一徑深且紆，森森覆松栝。清風池上來，幽思與之發。逸響諧素琴，凉陰散緗帙。宏景或可邀，高懷共清豁。

### 釣龍臺

憶昔山中逐鹿回，層臺兀嵂倚天開。霸圖一去空流水，遺跡千秋變綠苔。漁釣謾疑靈物在，江雲猶想翠華來。古今多少興亡事，颯颯悲風動草萊。

### 懷熇兄

江頭酒盡眼婆娑，一曲離情且謾歌。北闕我依紅日近，南閩君去白雲多。春風馬帳情偏洽，夜雨彭城夢屢過。幾度相思不相見，池塘芳草近如何。

### 至日有感

惱人塵事亂如麻，撚指光陰逼歲華。共喜一陽來復日，應憐萬里未歸家。寒威散作千門雪，春信吹飛六琯葭。空憶灞橋詩思好，未知何處有梅花。

### 潮州謁昌黎祠

藍關匹馬雪漫漫，追憶當年事可歎。瘴嶺鳳來天有意，惡溪鱷去水無瀾。廟廷自昔曾封伯，山木於今尚姓韓。千古報功歸祀典，況留文字後人看。

### 題分水關

迴旋峻嶺苦攀躋，嶺上雲霄似可梯。一水南分閩海遠，數峰青入楚天低。雨聲忽動溪聲急，山色遥連樹色迷。擾擾浮名成底事，半生空自悵羈棲。

### 從劉西廳諸君遊義山亭次韻

霧磴煙臺第幾層，孤亭高處許先登。荒階不剪何年草，老樹長懸百尺藤。酒盡題詩寄歸鳥，雲深看竹共高僧。浮名已逐年光老，神武掛冠苦未能。

## 林俊

字待用，一字見素，唐邵州刺史蘊二十二世孫，達父。見下。成化十四年進士。授刑部主事，歷員外。下獄，謫姚州判官。復官南京刑部員外，擢雲南按察副使，調湖廣，轉廣東右布政使，以僉都御史巡撫江西，改四川，陞右都御史，工部尚書，改刑部，加太子太保。卒年七十六，謚「貞肅」。按，生於景泰三年。有見素西征集。

稗史彙編云：正德中，見素林公俊以右都御史命平蜀寇。未幾即乞休，時閹宦與佞倖用事故也。空同李夢陽以詩寄公云：「錦水啼鶯起，巴山春望微。干戈滿眼急，江漢一身歸。花送琴書色，霜留斧鉞威。所傷豺虎亂，公也惜鷗機。」「諸葛能安蜀，穰苴本善兵。向來優詔起，翻作急流行。老益丹心壯，憂惟白髮驚。祇憐川父老，涕泣挽歸旌。」二詩摹寫公盡矣。

蘭陔詩話：公立朝日，批妖僧，抑奸閹，蒼按，俊轉員外郎時，妖僧繼曉挾近侍梁芳以秘術進，被憲宗殊眷，發內帑數十萬金建寺。俊上疏云：「今內而大臣，次而百官，以及閭井之徒，亦皆痛心疾首欲食繼曉、梁芳之肉，而卒不敢以此言進於陛下者，所惜者官，所畏者死耳。」忤旨，下詔獄，謫姚州判官。尋復南郡。孝宗立，擢雲南按察副使。元化寺稱有活佛，歲時士女會集，爭以金泥其面。俊命焚之，毀各屬淫祠三百六十餘區。劉瑾誅，俊復疏云：「瑾雖誅，權猶在近倖，安知後無復有瑾？」俊歷官敢言，排擊佛教、璫黨，可謂不遺餘力。按逆寧，平蜀寇，天下望之如景星慶雲。好賢若渴，陳憲章、陳茂烈、文徵明、劉閔，皆公所薦。楊應寧云：「見素詩宗子美，晚乃出入黃山谷、陳無已間。初視之若有隱澀語，久而咀嚼，悠然有餘味焉。」

## 次漢

沅湘日夜流，蕙蘭委秋草。採芳江上船，欲往忘故道。長風起天末，湖水白浩浩。咫尺不可隨，思君令人老。

## 送王德輝還朝

西風息庭樹，落日在雙杵。攬衣候殘星，送别江之滸。岸楓葉赤天雨霜，日出未出江蒼涼。黄花白酒動秋色，落霞孤鶩催歸航。客子流光一過鳥，别時轉多會轉少。健翮直凌霄漢間，倦身祇愛風塵表。狀頭學士君不孤，千年文氣須人扶。六朝典籍要秦火，此語外激中非迂。平生獨得言，可爲知者道。完質變青黄，皇風薄麗藻。君歸語伯安，浮豔輕一掃。商彝周鼎自有真，拽以萬馬酬千緡。聲名太早物所忌，未信今人非古人。

## 送方上舍

客路阻風沙，離心迫歲華。潮平今夜月，梅作去年花。囊澀書還購，天寒酒待賒。席珍逢聖主，未許臥烟霞。

## 下獄聞欲加刑

抱病死將至，臨刑命復傳。老親猶有賴，弱息不須憐。臣本比干後，君今虞舜前。尚方未賜死，感激向誰先。

林塘漫興爲楊孔昭作

林居絶幽僻，烟景即天台。徑窄山窮轉，牕虚竹上開。微凉生草樹，落日在池臺。烏角巾斜岸，絺衣步紫苔。

到芋原誌喜

眼前三日是回程，萬死天容脱此生。官燭對牀翻老淚，城笳落耳誤邊聲。峽江今度風波隔，驛使初傳猿鳥驚。臥病老臣無氣力，勉叉雙手賀昇平。

訪顧家亭

衰顔得酒變兒童，小簇山盤對二翁。遠笛江川晴樹外，斷鴻秋水晚煙中。赤松藏老還餘日，白社投閑自舊風。萬竹亭深時一遣，不應酬直與青桐。

湖堤晚對

葛巾蕭散步蒼苔，久客幽懷一笑開。山色夕陽看更好，柳陰啼鳥夢初回。閒情偶占鷗邊石，鬱熱忻聞脚底雷。漱罷芳泉尚餘興，短籬呼月送殘杯。

### 雲莊即景

露葵疏短伏杉鷄，接葉交柯徑轉迷。鶯帶殘聲移別樹，鷺拖寒影貼平溪。潤黏野客雲雙屐，春動田家雨一犂。倦倚夕陽憂歲儉，乞墦人滿路東西。

### 題岳武穆廟

十二牌來馬便東，郾城狼狽泣相從。中原赤手經營外，底事書生早料中。大將幾看刑白馬，諸公無分飲黃龍。播遷竟阻奸臣計，吹落匡山此夜風。

## 鄧炊

字廷耀，閩縣人。成化十四年進士。授編修，擢侍講。按，「廷耀」應作「文耀」。侯官林瑭有題鄧文耀思萱卷。

早　朝 志載熧有文名，惜僅存此詩。

鐘鼓千官曙，金門列雁行。西山含落月，北闕映初陽。御柳蓬萊色，宫花太液香。袖中有三策，思欲上君王。

陳　焞

字文盛，周孫，棲子，俱見上。閩縣人。成化中，由選貢入太學。

山寓懷歸

牀頭流水白雲間，匝耳濤聲四序寒。時有野人相對飲，白雲蒼狗任前山。

林廷選

字舜舉，一字竹田，初姓樊，玉汝父，見下。長樂人。成化十七年進士。授蘇州府推官。服闋，選山東道理刑，實授浙江道監察御史，陞浙江按察司僉事，轉副使，轉廣東按察使、江西右布政使、浙江左布政使，陞南京大理寺卿，晉都察院右都御史、總督兩廣軍務兼理巡撫，陞南京工部尚書。年六十五乞休。卒年七十七，贈太子少保。有竹田集。

柳湄詩傳：莆田鄭岳撰廷選行狀，稱爲「晉招遠將軍祿後，元季有名昊生者，贅於築堤樊氏，至廷選貴，始復姓」。蒼按，俗稱「樊廷選盡此壺」云：廷選與所親飲酒，適奉旨總裁廷選，提壺曰：「盡此壺，盡此壺。」詩中用此三字者皆入彀。卒，賜葬侯官洪塘妙峰山，今人呼其地爲「樊廷選」。竹田並其子少竹、玄孫石雲詩彙編成集，名竹田世吟錄。成化時，福州有四林同時在朝者：東林，則閩縣林文安公瀚，詳瀚傳。及族弟如泉、其子虛江即利節，爲户科都諫，俗稱「連浦林」，七科八進士，三代五尚書」者；西林里，今爲地名，在侯官黄巷，尚書林泮、泮兄清源、弟濬淵宅也；詳泮傳。南林即廷選；北林，都御史林廷玉，今侯官衣錦坊即其第也。

## 吴江舟中述懷

放櫂入吴江，瞻雲思欲狂。親闈雙雪鬢，宦海一風檣。理郡知無術，憂民若有傷。微吟笑今古，漁唱起滄浪。

## 别李伯起

逆境安身藥，榮名賈禍媒。君恩深雨露，吾道有蒿萊。洗耳空明洞，披襟獨秀臺。桂枝深出地，何處不掄才。

### 送秋官林待用謫滇南

緘默場中獨犯顔，滇池萬里肯辭難。雷州司户嘲誇大，潮郡昌黎學挽瀾。觸目炎凉隨地遣，到頭夷險且懷寬。碧桃紅杏沾天日，松栢風光耐歲寒。

### 游金山寺

幾度經過憶勝遊，風波世事阻扁舟。山當下上江心處，水望東南天盡頭。玉鏡臺前看寶髻，芙蓉葉下臥龍虬。昨宵夢得麻姑信，海外於今只九州。

### 溧陽道中

陽羨纔過又溧陽，郊墟桃李似蘇常。金陵地近雲霄上，天目山高牛斗旁。積雨空林歸杜宇，小溪新水浴鴛鴦。五年前是春明客，今日江湖歎野航。

### 建溪舟中

山行牢落憶舟棲，水涸程修意轉迷。亂石激流溪曲折，閑雲横嶺樹高低。月斜篷竹疏螢度，風靜沙汀獨鳥啼。臥看星河知欲曙，更無茅屋一聲鷄。

## 進賢道中有懷

停車徙倚倦逢迎，去路悠悠趁曉晴。霜滑危橋驚馬足，月明孤枕候鷄聲。絲綸簡付今時邁，耳目叨居古裏行。知己相逢重相祝，風霜臺上務寬平。

## 衡陽冒雨至祁陽宿山鋪口占

衡陽纔過又祁陽，馬首山花不斷香。吏徒行庖依疊石，氓窺駐節在深篁。掃雲隨處成高臥，冒雨從人笑獨忙。欲寄音書數千里，峰前回雁未南翔。

## 厓山大忠祠次陳白沙内翰韻

自有乾坤適此躬，斷魂斜日怒濤風。身危未肯全歸數，義盡由來不計功。感激江湖存一老，綱常今古係三公。厓山草木應增重，誰向錢塘覓閟宫。

## 陳崇德

字季廣，長樂人。成化十七年進士。授清江知縣，徵南京監察御史，擢廣西副使、兵備右江道，遷左參政、右江分守道，進江西右布政使。有三峰集。

柳湄詩傳：崇德，江田人。爲御史時，同官楊茂元以直諫觸茂陵怒，禍幾不測，衆皆縮舌。崇德抗疏救之，上意始解。子用賢，陽門知縣。

### 題樊同年滄浪秋興按，即林廷選。

東山有遺逸，興與滄浪深。恬然萬慮遣，日夕恣遠尋。微風吹桂棹，碧月淡瑶琴。回橈泊孤嶼，歌聲澄竹林。

### 送郭黄門遊衡岳

皇州春色濃如酒，皇州二月花如繡。秦淙有客曳長裾，飄飄紫髯問南斗。林宗自是倜儻士，螭頭載筆傳不朽。祝融三百六十峰，待君高吟震林藪。

## 遊石盤誌成即「西山石溜」。

淩晨閑策杖，選勝是花朝。綠樹分陰入，幽禽隔水招。邊情聞日異，朝報苦風遥。何計滄江側，同君安採樵。

## 寓陽朔

四野山多少有墟，山形露骨洞巖虚。眼前瘡疾誰能療，紙上文移我厭書。功利乘時奚可久，治安長策竟何如。列城願得朝歌長，盤錯何愁不盡除。

## 郎司務上京過别餞於鳳山洞

偶得公餘半日閑，追尋佳境恣躋攀。愛聽好鳥過叢樹，貪看閑雲上遠山。流水尊前雙鬢改，夕陽林下一僧還。南州喜有能吟客，管領風光共笑顔。

# 葉元玉

字廷璽，又字古崖，甘鄉祖，清流人。成化十七年進士。授户部主事，擢潮州知府。有古崖集。

石倉歷代詩選：古崖與李獻吉、鄭繼之以文字交，出領潮州守。强毅舉職，中讒而歸。人以前太守韋庵王公、後太守古崖葉公爲兩賢。按，古崖集，李堅、鄭善夫俱有序。

### 玉山發舟

玉山河水落，出岸石齒齒。小舟費推移，一步如一里。趺坐矮篷下，低頭不敢起。明日且肩輿，從容看山水。

### 崖翁亭爲潮州陸高士作

古崖慕高士，駕車到竹林。清論真有趣，薄言日西沉。子今構斯亭，人豈識子心。子有無弦琴，舍我誰知音。

### 同寅李獻吉西齋落成次韻

清論西軒裏，相忘白晝長。鳥聲隨樹轉，燕口帶泥香。酒盡詩留壁，窓虚月滿牀。君家好兄弟，何地不傳芳。

## 瀰湧巖

金蓮山寺萬松陰，流水花開自古今。幾髮青螺撑佛頂，半潭秋月印禪心。滿天風雨龍歸洞，入座笙歌鳥隔林。駿馬神鷹無覓處，一聲鷄犬在雲深。

## 獻吉席上分韻

民曹水部兩同心，總是斯文異姓親。百歲幾遭文字飲，一官深厭簿書塵。風翻槐影簾紋碎，雨洗苔斑石齒新。笑殺坐中誰更老，古崖雙鬢半如銀。

## 偕獻吉自京回通馬上聯句

靄靄林光雨霽初，乾坤著眼一塵無。歸雲渡水春涵影，醉面便風曉出都。乳燕教雛嬌欲墮，遠山當馬翠如扶。十年來去通州路，慚愧山間破衲徒。

## 舟中寄李獻吉

美人愛我戇且直，我愛美人才出群。團扇把手議政事，西齋剪燭論詩文。割鷄呼酒對山月，撾鼓放舟看水雲。百年知己那復得，海角天涯遥憶君。

**風　花**按，元玉出守潮州，以事忤吴少卿一貫，坐是罷歸。故時於小詩寄意，自是詩人之旨。

惡風吹好花，花猶抱故枝。畢竟被吹落，還有重開時。

**次龍門衛**

龍門關外龍門衛，元是紛紛狡兔場。今日草枯胡馬瘦，將軍穩卧綠沉槍。

## 林　瑭

字廷玉，玭、玠見上。珵、瑋弟，侯官人。成化十七年進士。授行人，遷御史，巡按雲南，陞太僕寺少卿，督學南畿。卒年五十一，入祀鄉賢。有西園遺稿。莆田林俊撰瑭墓志，稱瑭「懷安洪塘雲埕人，曾祖陽，祖信任，父秀用。瑭以太僕卿提督南畿學政。弘治丙辰以省墓北上，卒於浦城。南畿人以瑭與真西山列祀學宫」。又按，晉江蔡介夫先生祭福州林侍御文：「嗚呼，清早得以不肖之身託之吾雲室先生陶冶。中惟先生，雲室愛弟也，克體雲室之心，申雲室之教，循循善誘，使不肖於理道亦獲窺見一二。至於江山萬里之跋涉，京國十年之遊寓，凡百動止，槩惟吾二先生是依。」據此，則介夫先生先後師事玭、瑭兄弟。瑭墓在今侯官妙峰山何家坑。

## 過吕梁次林見素壁間韻

江左不善變，東都自頽風。誰憐七尺軀，獨立綱常中。斗酒兩耳熱，擊劍摩秋空。我懷正激烈，出門誰將同。

## 題雙節祠

劍冷風生幕，簾空月在除。溪山歸戰骨，燈火照離居。宇宙留雙節，春秋不一書。賣身與降虜，聞此亦何如。

## 三原冢宰王公八十索贈

立朝勳業一身孤，不忝遐齡八十餘。黄耇尚懷虞舜治，白頭猶戀伏生書。貞元際合天難老，名位懸殊跡易疏。徙倚衡門望南極，祥光長照紫宸居。

## 滇陽書事用晦庵韻

真得歸與即破顔，不愁光景落人間。狂同莊叟談秋水，喜並陶翁見晚山。出岫閒雲無定着，知時倦鳥自應還。結茅沽酒西園約，分付詩腸且莫慳。

驛書飛報汗人顔，宣慰顛危反掌間。夷服未應輕一羽，綱常原亦重邱山。春秋時義今如此，司馬風流不可還。燕頷虎頭當自識，天王茅土不曾慳。是時，夷酋思揲逐殺其主宣慰，當道視爲輕末，故此云云。且思少司馬王君詔先曾經略此夷，今不可得矣。

## 王　鼎

字器之，懷安人，佐子，見上。應桂曾祖。見下。成化十七年進士。知上饒縣，擢御史，出按蘇松，遷光祿寺少卿，改大理寺少卿，以忤劉瑾謫保昌知縣，改寶慶同知，歷河南僉事，入爲順天府尹，遷都察院右副都御史，進右都御史。卒年六十，贈工部尚書。

柳湄詩傳：李西涯文集云：「鼎爲御史，或言事過激，其父三留先生輒遺書勵之曰：『汝職當爾，毋以我故有所顧慮。』其大者則論王越開邊封伯，尋褫安置，仍謀起用，及親藩誣詆守臣，上繫之獄。公會疏極言，一夕而宥，舉朝縉紳皆爲歡賀云。因忤逆瑾，謫保昌知縣，稍起同知憲僉。瑾敗，陞副都御史，晉右都御史，乞歸。卒年六十，贈工部尚書。墓在福州西湖西高安山。」

### 贈龐黄門擢參閩藩

鳳雛産龐氏，文彩九苞鮮。疏抗黄門重，名高白璧連。八閩歸化治，兩浙入吟鞭。不作春明怨，臨歧自灑然。

### 登泰山

身出烟雲外，懷居驚悸中。乾坤生氣盛，今古受封同。勢判徐青遠，川流汶泗通。北瞻復南望，雲樹兩濛濛。

## 鄭瑗

字仲璧，一字省齋，義和子、登高父，見下。莆田人。成化十七年進士。授南京禮部主事，陞郎中。有蜩笑集。柳湄詩傳：瑗嗜學，六經諸史，下至百家，無不涉獵，故實鑿鑿如身履而目擊者。有省齋集。

### 獨不見

東飛百勞西飛燕，我所思兮獨不見。歲云暮矣多霜霰，日月推遷玄髮變。煢煢處廓誰與鄰，高山無蹊河無津。車鄰鄰馬駪駪，車馬縱横徧城闉。獨不見，意中人。

### 將進酒

我有斗酒甘如飴，何以斟之金屈巵。青髯倏忽成白髭，今我不樂日月馳。君不見，三閭大夫屈湘纍，獨醒不肯啜其醨。死與魚鱉充調饑，身後虚名徒爾爲。曾如隴西李謫仙，醉倚鯨魚飛上天。

## 彭甫

字原岳，志作「元岳」。大治父，見下。文質祖，憲范曾祖，見下。莆田人。成化十七年進士。授户部主事，遷員外郎，擢廣西提學僉事。有忍庵集。

### 題畫

暮雲收盡畫圖出，靈籟數聲風動松。鷗鳥無情自歸去，臥看明月上孤篷。

## 林庭桂

字利芳，閩縣人，瀚長子。見上。成化十六年舉人。

柳湄詩傳：庭桂有詩一卷，鳳陽顧伯謙題而藏之，曰鄰笛悲唱卷。其弟廷梂少保題曰：「死别俄經二十秋，忽看遺墨淚如流。風簾寂寞燈前雨，誰復能禁此夜愁。」庭桂舟次羅灘有「鷄聲村店元無異，人語鄉園漸不同」之句，爲時所誦。

## 過釣臺

羊裘灘上釣，鳳詔日邊迎。猶自顛狂態，那堪故舊情。恢恢天地量，耿耿古今名。一點客星象，依稀江底明。

## 鄭光與

字以祿，莆田人。成化十六年舉人。天台知縣。志稱：「光與賦役均平，導民孝弟。及歸，民齎咨涕洟，如失慈母。」

## 同李伯玉宿石梯寺

上方萬竹雨餘青，笑煞門前食肉人。道味年來參玉版，談鋒今欲轉風輪。餘生莫問泥牛信，世事真如野馬塵。收斂奔馳歸寂靜，夢回仍與佛燈親。

## 林廷玉

字粹夫，芝子，侯官人。成化二十年進士。授給事中，轉左遷都給事中，以言事謫海州判官。遷茶陵知州，陞江西僉事，廣東提學副使，擢右通政，以右僉都御史巡撫保定，調掌南京都察院事。有南澗集。

柳湄詩傳：廷玉晚年自號烟霞病叟，善擘窠書，福州郡治烏石山望潮峰側有大書「冰壺」二字，又霹靂巖題石正書，皆公筆也。人稱南澗先生。又精堪輿。按，廷玉父芝，景泰四年舉人，官信宜訓導，母徐卒於官，火葬鳳凰山。廷玉奉使至，欲負骨歸。陳獻章止之，乃圖山形而去。後精堪輿，遂另葬父。正德間衛卒亂，公平之。以古有「烏石青，動刀兵」之讖，遂毁祠伐樹，於烏石山望潮峰旁題曰：「烏石山或建祠宇，且樹木長盛，予患，言於當道。未幾衛卒兩度亂。僉云當毁祠伐木。尋有咎予非是者，賦此用告諸後：『烏石分明是虎頭，虎頭昂聳豈良謀。憑君莫究從前事，我爲生靈獨隱憂。』正德十四年春三月，烟霞病叟林廷玉書。」八十九字以示後人。閩人以廷玉與高文達有平衛卒功，合祀福州郡治九仙山麓，祠近就圮。墓在福州西郊杜塢。

### 秋日感興

風塵嗟澒洞，誰能驅三蟲。乘桴涉溟渤，滄波杳難窮。念此青鬢髮，忽爲霜雪叢。安得從化人，駕虬游長空。

## 清溪

清溪水邊人唱歌，千花萬花森相摩。陌上行人詑相見，欲行不行無奈何。鶯忙蝶亂競穿掠，年年惟願春相若。天道陰晴那可知，但恐妬花風雨惡。

## 昔宋歐陽公雪中會客，出令賦詩，禁體物語，因追和其韻以寄興云

六出開殘天上萼，繽紛四海摧林薄。戍夫絶塞苦宵征，行旅長途艱早作。能令寰宇盡迷茫，解使乾坤頓恢廓。倚山莫道自堅牢，觸日應須謾銷鑠。倏來忽去逐風顛，蒙頭拂面漫空落。偶然颯刺到窓紗，遽爾嚴凝透狐貉。騷人筆底任品題，兒童階下隨摶攫。凌晨艱食啼乳鴉，向晚迷巢飛凍雀。釣磯簌簌響簑衣，石徑霏霏滑棱屩。莫爲今朝凛冽愁，可卜來年豐稔樂。夙成體魄自不緇，天然襟度何須瀹。横縱無計仰松篁，緯繣只宜飛朔漠。凍足應思就火爐，僵手那能事旗槊。千年詩令仰前規，呵凍揮毫爲吟噱。

## 和西涯雨中韻

一雨連三日，涼生枕簟秋。同雲低隴樹，遠水接江樓。浪跡慚飄泊，浮名苦繫留。不眠憂稼穡，深願恐難酬。

## 錦衣獄臥病

落魄嬰三木，乾坤此病翁。擘牕看皎月，移榻避斜風。愁陣攻頭白，燈光照眼紅。蓬萊天咫尺，無路可相通。

## 別王子衡侍御次韻

客裏仍爲別，鶯啼似欲留。柳牽煙縷恨，花帶雨容愁。野樹雲千里，江天月一樓。何時定攜手，重上鄂君舟。

## 泉石野音

謝事歸來早，深居遠是非。雁銜秋色到，鴉帶夕陽歸。水落江形瘦，山高樹影微。行藏宜任理，與願不相違。

## 游圓林寺次韻

蘿薜門深晝亦關，紅塵何路到空山。高超瀛海三千界，遠隔巫峰十二寰。黄菊有情留客醉，白雲無事伴僧閑。浮名衰鬢成遷逐，無補清時每汗顔。

## 正德丁卯十月十七日寓恩平行臺

凱還當日費經營，三十餘年得太平。到處旌旗閑夜月，誰家砧杵送秋聲。黄茅瘴起浮層巘，碧海潮來繞近城。最是一般寥落甚，晚風疏雨逗羇情。

## 黄田道中

不斷西風吹客舟，葛衣清爽暑初收。青山兩岸半含雨，綠樹一江將入秋。湖海每憑辰北望，歲華無奈水東流。行藏寂寞頻看鏡，勳業何時願始酬。

### 正德辛未八月曾宿大安，有詩糊黏於壁，次其韻

松陰滿地廣庭空，高卷朱簾許燕通。旅興總歸山色外，春光半在鳥聲中。苔荒石逕千家雨，花落瑶階一夜風。自古賢勞動篇什，吾生焉敢嘆飄蓬。

### 秋　興

襜褕快爽得餘涼，深覺蓴鱸興味長。歸雁遠投江茨暮，釣船清帶渚蘭香。風高海國榕猶綠，秋盡家園橘漸黄。村酒醒來還更醉，馬頭日日向他鄉。

### 山莊秋興

晴峰曉帶鷓鴣斑，碧海茫茫咫尺間。夜雨燈前孤影在，秋風江上幾人還。滿償暮景逍遥願，參透塵寰夢覺關。天外浮雲隨手變，青山終共野翁閑。

### 和東彭敷五韻

南郊禮祀又新年，獨對寒燈思悄然。宦跡豈能隨事好，鬢華應不爲人憐。星躔遥與宫壺

應，河漢還同禁署連。幾度詩成仍未寫，也應羞澀到君前。

### 謁文丞相祠

國破天驕萬蟻屯，捐軀猶欲正乾坤。千年廟貌含生氣，萬古綱常寄斷魂。苔襯白雲封石刻，柏拖寒雨障祠門。陳詞跽灑汍瀾淚，天地酸心日月昏。

### 送毛斷事考績還南越

燕山越水望悠悠，課最承恩别鳳樓。身世流年雙短鬢，江湖宦跡一虚舟。孤帆細雨黄塘路，紅樹清霜玉硤秋。聞説石門碑未朽，憑誰千載企前修。

### 海　棠

道是花仙却豔粧，誰云梅聘可相方。春雨着來偏有色，東風吹盡不聞香。廢吟杜老牽情重，睡足楊妃惹恨長。苦把群芳閑比論，風流還合讓花王。

驪山

花萼樓前百和香，伊川曲譜教寧王。朝元閣在含秋雨，天寶泉温帶夕陽。灞水滔滔人共渡，秦坑落落草空荒。前朝舊事知多少，都付邯鄲夢一場。

題烏石山霹靂巖此詩楷書五寸鐫福州郡治烏石山霹靂巖，公集中不載。

草樹迷濛謝豹啼，江山依舊世人非。野翁識破塵寰事，一度來時一醉歸。

蔡清

字介夫，一字虛齋，觀慧子，晉江人。成化十三年鄉舉第一，二十年進士，以病歸。弘治元年，授禮部主客司主事，奏改吏部稽勛司主事，補祠祭司員外郎，陞南京吏部郎中，乞終養。正德元年即其家拜江西提學副使。度寧府必反，乞致仕。歸數月，復起南京國子祭酒，未任卒，年五十六。萬曆中贈禮部右侍郎，詔特祀於鄉，追贈「文莊」。國朝雍正二年從祀文廟。有虛齋文集。

柳湄詩傳：同安林希元撰先生行狀稱：「先生先世居惠安東林里，至正間有處士惠者避紅巾寇徙晉江，是爲始祖。先生曾祖輝，中永樂甲午鄉試。成化丁酉，先生年二十五，發解首。先是，清山山鳴如玉磬聲者三日，人以爲先生之兆。南京國子之命下，先生以病故，遂不起矣。正德戊辰十二月二十三卒。是夕有星墜於屋西吻。」蒼按，洪塘未刻志稱，先生少從侯官林玭學易於洪塘，玭以易解一筍授之。故今小金山亦祀文莊。」

### 别鄒汝愚謫雷州吏目

識君未三月，别君遽萬里。吾豈小丈夫，淚落不能止。

### 題雲谷室

山矗矗，水簇簇，白雲一片臥空谷。臥空谷兮渾無心，乘風起兮應爲霖。

### 畫圖景

崇山巍巍矗天起，根盤不知幾千里。萬木群然山之巔，大者明堂棟堪擬。遠山其勢漫微茫，雙峰直登青雲裏。大人結廬羡山光，閑來攜杖何徜徉。翹然矯首青雲外，意欲乘風至帝旁。

## 姚鳴和

字廷和，莆田人。成化二十年進士。官户部主事。

### 同林見素、顧孟時宿囊山寺

共步招提境，居然淨俗緣。水光涵樹影，山色入湖天。鷄唱將沉月，人依入定禪。高軒胡可戀，憂患恐相煎。

## 張元紳

以字行，一字坦齋，莆田人。成化中布衣。

柳湄詩傳：元紳偕黄仲昭、周瑛同修興化府志，與吴繹思、趙時敏結詩社，自稱坦齋山人。

### 無題

銀魚不鑰信沉沉，别恨離憂海水深。九曲畫闌迷宿靄，一天明月起寒砧。閑來怕檢囊中字，夢醒空懸壁上琴。自笑不如紅拂帳，常留雙帶綰同心。

## 林址

字世定，一字文山，壄、壂弟，俱見上。垐兄，見下。閩縣人。成化中隱居不仕。詩見長林世稿。

## 宿酒

酒帶春酲猶未解，小槽又報酒如泉。人同北海開樽飲，我自西窓擁被眠。

## 林坔

字世增，一字翠庭，甓、壂、址弟，俱見上。鈦父，見下。閩縣人。成化二十二年舉人。以子鈦封浙江道監察御史。有青露集。崇禎間侯官有林坔，見卷五十。

## 感懷

江村寂寞芰荷荒，時序衰遲感夕陽。短翮未飛雲路上，閒情已結鶴巢旁。樓頭月上琴初弄，花底人來酒正香。與世寡諧今不恨，半生踪跡任疏狂。

## 陳鈞

字德衡，閩縣人。成化中歲貢。官訓導。有蔗軒集。按，洪武間羅源有陳鈞，見卷五。

**送羅殿元倫復京**按，倫曾謫閩市舶提舉司。

朝擢龍頭第一人，除書夕捧下南閩。荆州幸識非常士，宣室翻思故逐臣。視草每尋宮燭夜，看花重醉御林春。衹今要路無榛棘，長策君門自在陳。

**呈陳獻章先生**

洙泗源流一派東，若爲山斗仰文宗。寫懷每見傾三峽，飛夢空傳到九重。老去無心嗟失馬，生來有志慕乘龍。聖賢物色浮雲外，何事當年祿萬鍾。

**釣臺懷古**

古臺斜瞰大江湄，高節清風一釣絲。劍氣已隨龍去久，璽書應怪鳳來遲。狂奴故態君能識，諸將中興我不知。回首英雄西漢士，韓彭何事使人疑。

**謝祭酒林亨大寄書**按，亨大，林瀚字。

君恩渾未報涓埃，已把丹心變死灰。三徑秋容今在菊，六橋寒思獨關梅。鄙夫自是貪嘉遯，明主何曾棄不才。霄漢古人猶有意，遠憑鴻雁寄書來。

咸陽懷古

六王圖像舊山河，萬里經營政自苛。牧馬邊兒南下少，聞鷄秦卒北行多。蒙恬事業知何在，賈誼文章信不磨。撚指光陰才二世，沛人中唱大風歌。

林垠

字本寬，洪曾孫，耀子，富父，萬潮祖，兆誥、兆珂曾祖，俱見下。莆田人。成化中布衣。以子富封評事，累贈兵部右侍郎。有槐庭集。按，二十一卷閩縣林垠。

虎溪寺

十里波光度石橋，片雲飛不到山腰。蒼苔古路尋初遍，小柳輕煙望未消。陰洞藤蘿昏日月，陽巖松桂傲風飇。隔溪樵散禪關掩，清磬泠泠下碧霄。

## 題黄未軒先生山亭

青林亭子近蓬萊，萬朵芙蓉竹外開。踏破苔花人跡少，分明麋鹿亦曾來。